电影学院040

超越套路的剧作法

——修订版——

［美］肯·丹西格（Ken Dancyger） 杰夫·拉什（Jeff Rush） 著

易智言 等译　焦雄屏 推荐

北京联合出版公司

推荐序

大家都知道台湾电影界基础薄弱。许多时候，我们根本质疑以当今的手工业式的短视经营法，加上长期以来将电影归属于政宣的党营、省营、军营体制，台湾到底有没有电影"工业界"？

这种混淆不清、羸弱僵化的体质，说明了台湾电影缺乏竞争力的原因。忽略市场策略，罔顾人才培育，台湾电影界纵然有创作力旺盛的导演，也时常有"无米之炊"、技术人员不足之憾。

台湾一位新锐导演有一次在回答观众问题时，曾涉及此遗憾。观众问他，台湾导演为什么都不拍商业电影，老要拍一些看不懂的艺术电影？这位导演苦笑说，不是我们不拍，而是做不到。比方说，我们要拍一场高速公路飞车追逐的戏（这在香港商业片中是很起码的基本要求了吧！），可是片商会答应你撞车所需的花费吗？摄影师及器材能掌握追逐戏吗？我们有飞车特技演员吗（唯一的柯受良已被香港挖走了）？我们拿什么条件拍商业电影？

电影界的问题，其实和台湾所有问题相似，都是只重表面的繁华光荣，内里败絮其中，不堪一击。经济上只求赚钱，不问方法，甚至破坏整体经济。政治上争权夺利，只求表面民主，基础的民主概念却不建设。电影上更只忙着在国际影展邀功，或不择手段牟利，几十年来只求剥削不事累积。

所以，刚培养出一个录音人才杜笃之，他就疲于奔命，从一个承诺扎入另一个承诺；刚庆幸有个廖庆松有剪辑大师之风，他便一片一片接不完。

我们电影界基本动作实在太差了。偏偏连教育界也无此认知。当国外早已把电影教育视为艺术一环纳入正规大学的三四十年后，我们的"教育部"仍视电影为实用艺术，将电影课程并入戏剧、大众传媒、广播电视系中，丝毫不了解其已俨为20世纪最重要、影响力最广的艺术之一。

电影界及政府既然不重视电影的基础建设，许多累积便靠民间及个人了。其中，我认为出版社为此贡献了非常多的心力。远流出版公司的电影馆丛书，万象出版公司的电影丛书及志文出版社的新潮文库，长年都为热爱电影的学子新手提供若干文字数据。

不过，电影书籍长年以往较偏重影评及思潮介绍，少有"基本功"的书籍。易智言翻译的这本《超越套路的剧作法》即是这种"基本功"书籍。从编剧着手，这本书言简意赅地将剧本的结构、角色、戏剧情境、对白、类型部分做引介提示，并且鼓励各种创意的突破。其虽然偏重好莱坞主流影片的勾勒，但是所有的例子都耳熟能详，提供最基本的编剧思维方向，是管窥编剧创作相当基本的入门书。

我自己也教过编剧课，由于缺乏基本教材，简直成了灾难。为此我很感激易智言，我于1983年在UCLA(洛杉矶加大)的第一堂课中首次认识他，当时他是个刚从政大毕业、对电影充满憧憬理想的青年。10年来，我眼看他的理想逐渐落实到台湾环境，真正与这个电影界共生共存，与我们并肩耕耘。1993年，他主持电影年教育训练班培训多方面技术人才，成绩斐然。1994年正当他开始执导处女作时，又交出这本译作，令人为他高兴。

我祝福他，也祝福所有将在这本编剧书中得到启发的读者。

焦雄屏

译者序

这是一本值得深入阅读的编剧书,尤其是对那些反好莱坞、但不知为何反的"进步分子";尤其是对那些拥护好莱坞、但不知为何拥护的"保守人士"。

翻译这本书应该是我回台湾5年来做得最有意义的一件事。

易智言

前　言

《超越套路的剧作法》以多种角度检视编剧与电影制作的艺术。我们首先重新评估众所周知的主流三幕剧式结构，然后再鼓励编剧考虑以非主流的另类手法来编写传统或反传统的剧本。

本书在内容和形式上都采取了一种混合类型的方法。我们刻意让理论与实践并置，以呈现写作其实是知识与直觉交互作用的结果。本书搜罗了各种主要问题、例外情况、个案研究和参考练习，希望大家在充分且广泛地了解编剧的实际情况后，能整合出适用于自己的编剧方法，从而为我们源远流长的叙事传统带来新的变化。

最后，由于本书强调的是各家编剧方法的差异性，因此本书的两位作者并无意于统一彼此观点上或写作风格上的差异。这种差异并不会造成阅读本书的困扰，反而更巩固了作者的艺术创作没有标准答案的信念。艺术创作不是靠套路，而是靠超越套路才能得以蓬勃兴盛。

肯·丹西格

杰夫·拉什

目 录

推荐序 1
译者序 3
前　言 5

第一章　规则之外 1

1.1 传统方法 2

　　结　构　2
　　前　提　3
　　冲突的作用　4
　　人　物　4
　　对　白　5
　　氛　围　5
　　动作线　6
　　上进式动作　6
　　潜文本　7
　　意　外　7
　　逆　转　7
　　转折点　7

1.2 超越结构 7

1.3 人物替换 9

1.4 对白替换 10

1.5 氛围替换 11

1.6 前景故事及背景故事替换 12

1.7　上进式动作替换 ……………………………………… 13
　1.8　发展叙事策略 ………………………………………… 14
　1.9　结　论 ………………………………………………… 15

第二章　结　构 ……………………………………………… 17

　2.1　复原型三幕剧式结构 ………………………………… 19
　　　人物的变化　22
　　　中心人物　22
　　　内在冲突和外在冲突的关联　23
　　　第一幕的特征　24
　　　第二幕的特征　25
　　　第三幕的特征　26
　2.2　写作复原型三幕剧式结构时需要注意的细节 ……… 27
　　　三幕式架构　27
　　　建立及焦点　28
　　　人物与动作合一　28
　　　第一幕和第三幕的关系　29
　　　方向性　29
　2.3　结　论 ………………………………………………… 30

第三章　对复原型三幕剧式结构的批评 …………………… 31

　3.1　故事重于肌理 ………………………………………… 32
　3.2　基调的一致 …………………………………………… 33
　3.3　决策空间 ……………………………………………… 34
　3.4　了解动机 ……………………………………………… 34
　3.5　角色心理二元论 ……………………………………… 35
　3.6　历史只是背景 ………………………………………… 36

3.7　动机比事件重要 …………………………………………… 37
　　3.8　隐没的叙述者 ……………………………………………… 38
　　3.9　结　论 ……………………………………………………… 39

第四章　反传统结构 ……………………………………………… 41
　　4.1　明显的结构 ………………………………………………… 42
　　　　反讽型三幕剧式结构　42
　　　　夸张的反讽型三幕剧式结构　44
　　　　创作者就是反面角色　45

　　4.2　纪录片式的随机 …………………………………………… 45
　　　　抽离型三幕剧式结构　46
　　　　反讽型两幕剧式结构　47
　　　　一幕剧式结构　48

　　4.3　混合形式 …………………………………………………… 49
　　4.4　结　论 ……………………………………………………… 50

第五章　跟着类型走 ……………………………………………… 53
　　5.1　类型与观众 ………………………………………………… 53
　　5.2　类型电影 …………………………………………………… 55
　　　　西部片　55
　　　　强盗片　56
　　　　黑色电影　58
　　　　神经喜剧　59
　　　　情节剧　60
　　　　情境喜剧　61
　　　　恐怖片　62
　　　　科幻片　63
　　　　战争片　64

惊险片 65
史诗片 66
体育片 68
传记片 69
讽刺剧 69

5.3 结　论 ………………………………………………… 70

第六章 反类型而行 ……………………………………… 71

6.1 改变母题 ……………………………………………… 72

西部片 72
强盗片 74
黑色电影 76
战争片 78

6.2 混合类型 ………………………………………………78

相反类型混合的个案研究：《月落大地》 79
相似类型混合的个案研究：《银翼杀手》 79
神经喜剧混合黑色电影的个案研究：《散弹露露》 81
讽刺剧混合惊险片的个案研究：《抚养亚利桑纳》 82
改变母题与混合类型的个案研究：《罪与错》 83

6.3 结　论 ………………………………………………… 86

第七章 重新设定主动和被动角色的差异 ……………… 87

7.1 约定俗成的角色观念 ………………………………… 88

主动的角色 88
活力充沛的角色 88
有企图的角色 89

7.2 现实生活与戏剧生活 ………………………………… 89

现实生活中的人物 89

　　　　电影化的人物　90
　　　　戏剧化的人物　90
　　7.3　人生如戏 ·· 90
　　　　叙事推力　91
　　　　叙事动力　92
　　7.4　被动人物的问题 ···································· 92
　　　　被动主角的个案研究：《性·谎言·录像带》　93
　　　　主角作为催化剂的个案研究：《谁能让雨停住》　94
　　　　主角作为旁观者的个案研究：《真正朋友》　94
　　　　主角作为局外人的个案研究：《四个朋友》　95
　　　　主角作为媒介的个案研究：《梦幻球场》　96
　　　　瓜分主角的个案研究：《现代灰姑娘》　97
　　　　反面角色弥补主角的个案研究：《小狐狸》　97
　　7.5　结　论 ·· 98

第八章　延伸角色认同的限制 ·························· 99
　　8.1　同情、感同身受和反感 ······················· 99
　　8.2　认同与偷窥主义 ································· 101
　　8.3　自我表白 ·· 102
　　8.4　英雄主义 ·· 104
　　8.5　魅　力 ·· 105
　　8.6　悲剧性的缺点 ···································· 106
　　　　魅力和悲剧性缺点的个案研究：《愤怒的公牛》　107
　　　　自我表白与英雄主义的个案研究：《满洲候选人》　108
　　　　认同与偷窥主义的个案研究：《蓝丝绒》　109
　　8.7　结　论 ·· 110

第九章　主要角色与次要角色 ·············· 111
　9.1　经典案例 ························· 111
　　　戏剧民主化的个案研究：《陌生人之恋》 113
　　　多个主要角色的个案研究：《现代灰姑娘》 114
　　　平衡关系的个案研究：《谁能让雨停住》 115
　　　主角作为旁观者的个案研究：《全金属外壳》 116
　　　内在主要角色与外在次要角色的个案研究：《德州巴黎》 117
　　　角色对调的个案研究：《散弹露露》 118
　9.2　结　论 ·························· 119

第十章　潜文本、动作及角色 ·············· 121
　10.1　前景与背景 ······················ 121
　10.2　前景与背景之间的平衡 ·············· 125
　　　以前景故事为主的个案研究：《父女情》 126
　　　加强背景故事的个案研究：《铁案风云》 127
　　　背景故事的个案研究：《月色撩人》 129
　10.3　"特殊时刻"及潜文本 ·············· 130
　　　"特殊时刻"的个案研究：《我美丽的洗衣店》 131
　10.4　结　论 ························· 132

第十一章　剧本的文字及其指涉 ············ 133
　11.1　一个镜头与一场戏 ················· 133
　11.2　分镜头剧本与剧本 ················· 134
　11.3　剧本形式的基本认识 ················ 139
　11.4　连续的几场戏及转场 ················ 142
　11.5　语　言 ························· 143

11.6	是谁在看？	146
11.7	戏剧化的动作	147
11.8	另类的剧本形式	152
11.9	结　论	153

第十二章　角色、历史和政治　155

12.1	经典案例	156

形式研究：《助选员》与《候选人》　156

12.2	补白、节奏与个人化	158
12.3	保持叙事距离以达历史的客观性	171
12.4	结　论	177

第十三章　基调：无法避免的"反讽"　179

13.1	人　物	180
13.2	对　白	180
13.3	氛　围	181
13.4	叙事结构	182
13.5	反讽的笔触	183
13.6	反讽的人物	184
13.7	反讽与对白	187
13.8	反讽与氛围	193
13.9	反讽与类型	194
13.10	三幕剧式结构	195
13.11	讽刺剧	196
13.12	结　论	197

第十四章　戏剧的声音和叙述的声音……199

14.1　声音与结构……202
14.2　结　论……206

第十五章　叙述声音的写作……207

15.1　剧本的开始……207
主流剧本的铺陈　207
另类剧本的铺陈　209
冲突的位置　210

15.2　发　展……211
焦点的集中和建立　211
意义与动作　212

15.3　收　尾……213
我们如何知道电影已经结束了？　213
冲突的移位　214

15.4　结　论……216

第十六章　修　改……217

16.1　接受建议……219
16.2　练　习……220
卷入其中：拟写潜文本　220
保持距离：改变视点人物　221
保持更远的距离：写场"不老实的"戏　221
简化铺陈戏：把剧本中前面的场景根据后面的场景重写　221
重整：改变故事架构　222
视觉化：不靠对白写剧本　222
让戏有呼吸的空间：以相反的结局改写　222

　　　　破解诅咒：写明显的理由，而不要解释　223
　　　　放宽心胸：要求一群人帮你改写　223
　16.3　结　论 ·· 223

第十七章　个人式写作 ·· 225

　17.1　你的故事 ··· 226
　17.2　你的结构 ··· 227
　17.3　你的人物 ··· 229
　　　　真实的戏剧和虚构的生命　230
　　　　困境的任务　230
　　　　角色的魅力　231
　　　　卓尔不群的传统　231
　17.4　人物 vs. 剧情 ·· 232
　17.5　人物的种类 ··· 232
　　　　边缘人物　232
　　　　疯狂人物　233
　　　　受害者　233
　　　　英雄人物　234
　17.6　对待人物的态度 ·· 234
　17.7　如何把剧本个人化 ··· 235
　17.8　编剧和其他艺术形式 ··· 235
　17.9　编剧和电影市场 ·· 236

出版后记 ··· 237

Chapter 1
规则之外

BEYOND THE RULES

关于如何把剧本写好，各派观点不一。为了更容易抓住重点，我们最好一开始就说清楚本书的几个基本观点。

第一，我们认为编剧基本上是个说故事的人，只不过这故事凑巧被拍成了电影。事实上许多编剧都不止写电影剧本。史蒂夫·特西奇（Steve Tesich，《突破》[Breaking Away，1979]编剧）和哈罗德·品特（Harold Pinter，《使女的故事》[The Handmaid's Tale，1990]编剧）都同时写舞台剧本和电影剧本。大卫·黑尔（David Hare，《无吊带上装》[Strapless，1989]编剧）、威廉·戈德曼（William Goldman，《虎豹小霸王》[Butch Cassidy and the Sundance Kid，1969]编剧）和约翰·塞尔斯（John Sayles，《无怨青春》[Baby It's You，1983]编剧）不仅编剧，也写小说。余者不胜枚举。我们要说的重点是，电影编剧不过是说故事的大传统中的一支而已。使自己与其他的写作形式断绝关系，或是自以为电影编剧是可以故步自封的艺术形式，无异于将自己排除在更普遍的文化共同体之外。

第二，剧本不能只是结构精良而已。编剧经常被当作某种技术人员，相当于建筑业的制图师。虽然有些编剧会满足于做个技术人员，但是很多编剧并不这样。而我们也并不认为你应该只当个技术人员。本书的目的之一就是引导你的写作超越结构的套路。

第三，你必须先通盘了解传统结构，然后才能超越它。唯有先仔细把它弄清楚，才能加以创新。正因如此，本书将花大量篇幅解释传统的剧本结构。

既然你已经了解了我们的基本观点，那么现在介绍一下我们的讲授方法。我们会先概述一下传统的编剧模式，再提供改良传统的方法。同时我们会引用实例来解释说明。我们的终极目的就是要帮助你写得更好。我们将从形式、内容、人物、字句锤炼等各个层面分别讨论，帮助你了解传统并超越传统，以便早日创作出最好的剧本。正如在马克斯·弗赖伊（Max Frye）的《散弹露露》（*Something Wild*，1987）里，露露（梅兰妮·格里菲斯［Melanie Griffith］饰）曾向保守拘谨的查尔斯·迪格斯（杰夫·丹尼尔斯［Jeff Daniels］饰）说："我了解你，你的叛逆藏在骨子里。"所谓人不可貌相，她了解的是他外表底下的内涵。我们也期望你去探究编剧"外表底下的内涵"并大胆超越其套路。希望你获益匪浅。

1.1 传统方法

不论你的编剧手法为何，你一定会运用到一些基本的说故事的法则。例如，所有的故事都不免安排情节，而在情节中，前提是以冲突的方式来呈现的。冲突，正是我们考虑如何说故事的焦点，上自《圣经》中的《十诫》，下至两个电影版的《十诫》（*Ten Commandments*，1923/1956），无不如此。发现和逆转则是传统上另外两项推进剧情的方法，因为意外在所有故事中都非常重要。没有意外的话，故事往往显得过于单调，甚至看来像是一系列事件的报告而已，很难让读者（或观众）融入剧情当中。转折点的运用也是说故事时的一个典型方法。每个故事的转折点多寡不一，但是用法均极为重要。以上所提的这些元素——冲突、发现、逆转、转折点——都是使读者融入剧情当中的基本技巧。除此之外，就看你的意愿和想象力如何发挥了。

结　构

过去 10 年来，大多数电影下面都采用三幕剧式（three-act）的结构

（structure）。每一幕各司其职：第一幕，介绍人物和前提；第二幕，展开冲突和抗争；第三幕，解除在前提中呈现的危机。每一幕都分别用各种铺陈剧情的技巧，以强化冲突、塑造人物并推展剧情。关于"结构"，我们会在第二章专门论述，在此先不赘言。

值得一提的是电影剧本和其他说故事的形式在结构上的差异到底有多大。大部分的舞台剧本只有两幕，而大部分的小说都超过三章。虽然许多歌剧都是三幕，但歌剧的叙事形态比较特殊，其潜文本的重要性往往强过本文，因此这种艺术形式也与电影有着很大的不同。（不过话说回来，电影剧本的创作也是可以借鉴其他艺术形式的。）

前 提

前提（premise）往往是整个剧本的中心问题。通常，主角在他的人生历程中碰到一个特殊的状况而处于两难的困境时，前提就出来了。这通常也就是故事真正开始的时候。例如，《彗星美人》（*All About Eve*，1950）的前提就是：当年龄威胁到一位巨星的美貌及事业时她该怎么办？《真正朋友》（*Inside Moves*，1980）的前提则是：当一个年轻人自杀未遂时他会怎么样？

前提通常以冲突的方式来呈现。在《彗星美人》中，女主角有两条路可走，或是接受年华老去的事实及命运的安排，或是尽力奋斗以求延长自己的美貌及演艺生涯。这一番心理斗争以及因斗争而产生的结果，就是这个电影剧本的基础材料。而当女主角下定决心后，故事就结束了。

在《真正朋友》中，主角意图自杀，却没有死。接下来他就有两个选择：继续试图自杀，或者说服自己活下去。选择生存还是死亡，就是这个电影剧本的基础材料。一旦他作出选择之后，故事就结束了。以上我们说明的前提是整个故事的中心，而且最好将它设定在主要角色的主要冲突上。

有两种特定的前提尤其值得我们注意，这两者在经过专门讨论和电影人的一再运用之后，目前几乎已经成为了电影业的基本语法之一。它们就是高概念（high concept）和低概念（low concept）。高概念是指以剧情的发展作为重要取向的前提，它暗示出高度的戏剧性。而低概念则是指以塑造人物作为重要取向的前提，它在剧情的发展上会比较缓和，但是却可能凸显出主人公强有力的性格。简而言之，高概念前提常用于强调剧情的故事，低概念前提常用于强调人物的故事。20 世纪 80 年代以来，高概念前提的电影在票房上斩获较佳，因此得到了更多制片人的青睐。

冲突的作用

冲突（couflict）是剧本的重要元素之一。电影中经典的冲突样式可概括为某人与他人，某人与环境，以及某人与自己的冲突。至于性别、年龄、宗教、文化的差异，则可使冲突的种类更多样化。"两极化"（polarities）是制造冲突的指导原则。在西部片里最明显的两极化就是英雄骑白马穿白衣而恶棍骑黑马穿黑衣。此外，警察/罪犯、律师/被告、富人/穷人、英雄/恶棍等对比在形形色色的剧本无处不在中无处不在，这属于人物冲突方面的两极化。

银幕上的所有人物，不管是在外貌举止上或是在言行品格上都是以两极化的形式来塑造的。在《码头风云》（On the Waterfront，1954）中，男主角是唯一一个体格健壮的角色。他哥哥是个罪犯，看来较苍老，穿着及谈吐也和他不同。男主角黑发，与他相爱的女主角则是金发。她比他谈吐高雅，而他则比她轻松自然。每当女主角做了什么决定时，男主角总是意见相左。两极化就是这样不断呈现出来。至于其他角色也无不是按此规范被设计出来，如他们的身材（胖/瘦）、年龄（老/少）、性格倾向（暴力/温顺）等等。如果你想要你的剧本时时刻刻都充满着冲突的张力，两极化的运用最能收到立竿见影之效。

人　　物

在剧本的诸多元素中，人物（character）最能引起观众对故事的兴趣。观众最容易由于认同剧中的人物及其困境而投入到剧情中。就表面上来说，我们当然可以在其主要体征及行为举止上设计明显的特点，使人物容易辨识，但是，只有在该人物显露出内在特点或性格上的弱点时，观众才会亲近他，并进而认同他。

一般而言，主角是整个剧本中最活跃的角色，我们会安排最多的冲突给他，鞭策他贯穿起整个故事。他与配角有许多不同之处。最大的差异就是，主角在故事进行过程中会产生改变。而配角不仅不改变，反而常被用来衬托主角的成长与改变。借着与主角的互动关系，配角会协助剧情的推演。

不管是主角还是配角，剧本中的所有人物都要有清楚的目标。而这些目标必须和剧本的前提相符。配角的立场被分置于两极，而主角则要左右为难地面对冲突。在《码头风云》中，主角特里（马龙·白兰度 [Marlon Brando] 饰）面对着这样的一些问题：他这个过气的拳击手是不是一个比他的罪犯哥哥更有道德良知的人？他会变成罪犯还是圣贤？李·J·科布（Lee J. Cobb）和罗德·斯泰格尔（Rod Steiger）扮演的配角属于罪犯那一极；伊娃·玛丽·森特（Eva Marie Saint）和卡尔·莫尔登（Karl Malden）扮演的配角则处在圣贤那一极。两极的配角都在拉马龙·白兰度入伙，一旦马龙·白兰度决定加入哪一边之后，故事就结束了。

对　白

自1927年开始，电影进入有声片时代，其声音部分包括对白（dialogue）、音效及配乐。一部电影中的对白通常要担负三项任务：第一，协助塑造人物。角色的言谈可以透露出该人物的教育水平、出生地、职业、大概年龄以及说话时的心理状态等。第二，可以帮助观众理清剧情的发展方向。角色的对白是由他们在故事中的功能决定的。在《四个朋友》（*Four Friends*，1981）中，主角对人生抱持却步不前的迟疑态度，但配角路易则是一个濒死但仍热爱生命的人。路易的功能就是透过对白强调他生活中的乐趣、他对科学及性爱的热情，而这些皆是主角生命中缺乏的东西。对白的第三项任务是，利用幽默的话语缓和剧情的张力。幽默也可以拉近观众与人物间的距离，观众在剧中角色说笑的情况下会易于松弛神经而接受这个角色。

氛　围

如果阅读一部剧本，你看到的无非是描述性的文字及对白，而氛围（atmosphere）的形成则有赖于视觉元素的营造，所以创造氛围应该是拍摄时的工作，关剧本什么事呢？其实不尽然，如果剧本对人物、地点及事件发生状况的细节描述得令人信以为真,氛围自然就会在读者的想象中形成。

动作线

动作线(action line)通常就相当于故事线或情节。只是在电影这种强调影像的媒介中,用动作线这个词比较视觉化和贴切生动。有时候动作线也被用来特指前景故事(foreground story,或曰故事主线),以区别背景故事(background story,或曰第二故事线)。

前景故事看起来似乎是整个故事中比较重要的部分,但其实并非总是如此。在很多剧本中,巧妙的背景故事常常包含养更深层的意韵和人物关系,与推动故事发展的主要事件形成鲜明的对照。在这种情形下,动作线背后的深层意涵则比动作线本身更重要,它们才是引导观众投注情感的主要元素。

因此,从观众的立场来衡量的话,动作线(前景故事)可被视为剧本的外在动作,以制造冲突为取向。背景故事则可被视为剧本的内在动作,以制造人物认同为取向。

上进式动作

上进式动作(rising action)贯穿动作线的首尾,并意指在故事进行中主角遭遇的冲突强度在逐渐加强。冲突当然是在第三幕达到最高潮。在第二幕、第三幕开始时,上进式动作往往稍稍回落,以凸显其后排山倒海而来的高潮戏,见图表。

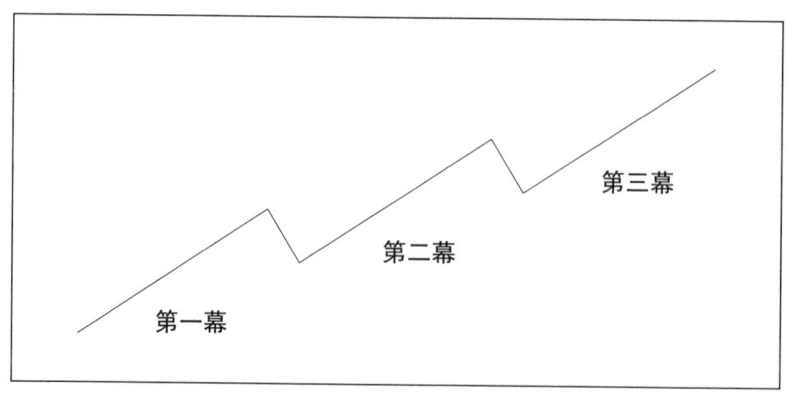

潜文本

潜文本（subtext）是背景故事或主角的内在挣扎，是主角内心冲突的抉择过程。潜文本通常表现为人物的情感状态，如爱/恨、求生/欲死。当然，不见得每个剧本都涉及这么根本性的感情，但能传世的电影都会具备这些人性共通的深刻层面。当电影剧本的潜文本挖到人性最深处时，它比表面上的动作更能打动人心。

意　外

正如我们之前提到过的，一些意外（surprise）的元素对于电影剧本来说非常重要。无论这意外是关于情节的还是人物的，也无论它就整个剧本的意义而言是多么微不足道，让观众一路发现意外是维持其观影兴趣的一个重要手段。就程度而言，在剧本后段发现的意外应比在前段发现的更强更有力。

逆　转

情节的逆转（reversal）同时代表了主角命运的逆转。这种技巧不仅使故事爆发出戏剧张力，同时也引起读者高度关注主角的命运。不过，逆转技巧的使用必须加以节制。一个剧本若出现太多逆转，其冲击力反而会降低。对逆转的小心应用才会使冲击力最大化。

转折点

使用转折点（turning point）能制造意外效果，调动心理期待，加强情节张力，从而持续观众对故事的兴趣。转折点有主要和次要之分，逆转便是一种主要的转折点。次要的转折点经常通篇分置于各幕中。剧本前段的主要转折点的功能在于开启故事并陈列出主角即将面临的各项选择。而后段的主要转折点则指向主角如何解决危机，从而使故事的焦点收拢。

1.2 超越结构

对一个剧本而言，结构具有相当的重要性。因此我们将花费大量篇幅，从第二章至第六章分别讨论结构、反结构、类型及反类型的运用。如前所述，本书所谓的结构就是指三幕剧式的说故事方法。而三幕剧式的结构搭配，也是传统的类型电影的一般构成。

假如你不愿意遵照传统的三幕剧式结构，你就要考虑怎样的模式会更可行。例如，单用一幕能不能讲个故事？很难。那么两幕呢？可以，《全金属外壳》（*Full Metal Jacket*，1987）就是例证。四幕呢？也可以，比如《爵士风情》（*Mo' Better Blues*，1990）。

传统三幕剧式结构采取"铺陈—对抗—解决"（setup-confrontation-resolution）三个发展步骤，《全金属外壳》省略了解决这个步骤，而《爵士风情》则在第四幕中增添了另一个解决之道。如此省略或增添的做法，使电影有异于古典传统，并为影片提供了新的意义。

电影剧本的限制之一在于它必须要有铺陈这个步骤，也必须发展出某种程度的对抗。一个剧本如果只有铺陈而缺少对抗，或是只有对抗而省略铺陈，它必然不能成为一个完整的剧情片，而只会像是一个完整故事的片段。

在电影的类型方面，编剧则具有很大的选择性。不论是强盗片还是恐怖片，每一种类型都有其明显的特征，观众很容易就会辨识出来。例如，观众可以根据电影中的怪兽识别出这是一部恐怖片，或是根据影片中的城市背景识别出这是一部强盗片。你可以任意选择某种既定的类型去组织你的剧本结构，但你也可以尝试去挑战某种类型的固有模式。例如，西部片里的主角一般皆为积极果断、充满道德良心、勇于面对挑战的独行侠。然而《日落黄沙》（*The Wild Bunch*，1969）一反此类型片的既有模式，将主角塑造成一名呼朋引伴的歹徒和谋杀犯。

除了从人物下手外，我们也可以通过其他的途径来挑战类型。只要是类型惯用的母题（motif），都可以成为我们挑战的对象。不论是反派出场的方式，还是对抗的性质，抑或解决问题的方式，都可以作为编剧创新的内容。例如，《全金属外壳》中的女性狙击手打破了对于反面角色的描述传统。而事实上，在该片前半段里，编剧甚至将反派设计成军中同僚。

对类型的另一种挑战方式是运用混合类型（mixed-genre）来改变其传统意义。《银翼杀手》（*Blade Runner*，1982）和《散弹露露》就是两个绝好的例子。这种特殊的编剧技巧在 20 世纪 80 年代大为流行。由于类型元素的多样化,编剧的发挥余地更大了。虽然不是任何类型的混合都能成功,但即使拿最不相干的类型来混合,也可能产生有趣的效果。例如,《歌剧红伶》(*Diva*,1981)混合了歌舞片和黑色电影两种类型,这绝对比该片只是纯粹的歌舞片或黑色电影来得新鲜有趣。

伍迪·艾伦(Woody Allen)的《罪与错》(*Crimes and Misdemeanors*,1989)则对上述的传统编剧手法作出了终极挑战。在结构方面,他结合了两个三幕剧式结构。在类型方面,他不仅混合了不同类型,而且还挑战了类型中的母题。这样做的结果导致观众的预期心理落空,情绪迅速变化,最后只能瞠目结舌啧啧称奇。基本上,这样一部电影必须先假设观众的观影经验够丰富,熟悉传统的结构及类型,然后又能够宽容这种程度的反传统实验。艾伦在他感觉可以控制的很多层面上挑战了观众的这些观影预期。

1.3 人物替换[①]

在传统剧本中,主角大抵是故事的中心,是个行事主动、讨人喜欢的人物。当然,这些特质也都可以被替换。本书从第七章到第九章将详细讨论人物替换的细节,以下先概略说明。

如果你剧本中的主角比较被动、比较不涉入情节,而只是个旁观者般的人物,那么这将对整个剧本有何影响?如果你的主角具有不受人尊敬的性格,甚至根本不讨人喜欢,那又会如何?如果有其他配角比主角还抢眼,又会怎么样?以上这些超越套路的做法是不是必然会降低剧本的效力呢?换一个角度来看,它们有可能反而会提供给我们创作剧本时的崭新视野以及更多的可能性。如果你希望如此,而不只是墨守成规,你就必须调整你对人物塑造和叙述法则的态度。我们不妨先看几个创造了非传统主角的剧

[①] "Character Alternatives"。alternative 这个字颇难翻译成中文。一般称它为"另类"或"其他的选择"。在此,它指在传统公式的作法之外,其他的可行性。因此"人物革新"亦指"不同于公式的人物"。——译者注

本实例,看看这些编剧们如何创新,却没有减弱剧本的效力。

《五指间谍网》(Five Fingers,1952)由迈克尔·威尔森(Michael Wilson)编剧,剧中主角是二战期间外通纳粹的间谍。这样一个千夫所指的人物,在威尔森的笔下竟变得异常迷人。在保罗·施拉德(Paul Schrader)编剧的《出租车司机》(Taxi Driver,1976)中,主角则是一个充满焦虑感和疏离感的退伍军人,他不仅具有暴力倾向,而且会作出异常的反社会行为。这样的人物和传统观念中的主角,差距何其大。保罗·齐默尔曼(Paul Zimmerman)在《喜剧之王》(King of Comedy,1982)里塑造的主角更是没有一点符合传统之处。那是一个对人生充满绝望、困惑、妄想、甚至错觉的小人物,他一心想成为一个电视名人。

就以上这些实例来说,如果你仍然希望观众能认同这些主角,那么你在编剧时就要特别注意呈现他们的手段及营造戏剧动作的方式。在《出租车司机》里,大部分的角色皆冷漠麻木,这就使得主角在相较之下显得极为敏感脆弱,因此观众会将他看做社会的牺牲品,而比较忽略他精神异常的行为及行凶者的身份。如果想要自己笔下的人物有不同于传统主角的存在感,这是作者必须要做出的调整。

此外,你也可以尝试用反讽式人物来进行人物性格上的替换。反讽可以使观众和人物之间保持一段适当的距离,因此观众在同情人物的处境之余,更会想知道他为什么会陷入千夫所指的境地。通常,反讽式人物很适合用来诠释体制下的牺牲品。因此,如果你的剧本侧重意念的表达甚于人本的观照,反讽式人物就可以成为一件利器。

1.4 对白替换

对白有助于加强剧中人物的真实感。无论对白的作用是推展剧情还是反映人物性格,观众都期望对白要像真实生活一般可信。因为电影这种艺术形式本身就具有拟真的本性。在银幕上,不论是场面调度的运动,还是演员的举手投足,只有看起来像是在真实生活中发生的一般,观众在看电影时才会自然而然地把它们当真。假使我们在编剧时颠覆这种可信度并且破除现实主义的幻觉会怎么样？这时候我们可以在对白上下一番工夫，使对白的性质及功能超出它在传统剧本中的范畴。比如说，我们可以引进其他艺术形式使用对白的方式，如戏剧、舞台秀、杂耍表演等。这些艺术形式对于对白的使用形式，要比传统电影丰富得多。

同样地，对白的力度与情感也不必总是局限在传统电影对白的天地中，例如帕迪·查耶夫斯基（Paddy Chayefsky）在《电视台风云》（*Network*，1976）中就运用对白构成一场滔滔雄辩，用以表达新旧两代节目制作人在理念上的冲突。这时对白成为了展示冲突的重要方式。而对白也可以不带情感，以抽象的方式呈现，使观众可以把对白看做角色心理状态的隐喻，而不再是写实的口语或言辞。大卫·黑尔就在《谁为我伴》（*Plenty*，1985）和《无吊带上装》两片中运用如此手法。对白替换的另一种方法是反讽。这种手法用戏谑的对白来颠覆言辞的字面涵义。马克斯兄弟（Marx Brothers）便长于运用此法。

此外，一个剧本可能会因戏剧动作极少而活力锐减，略显沉闷，这时候编剧便可以运用对白替换予以矫枉。这种情况需要非常大量且充满活力的对白，同时对白的重要性也相对提高，斯派克·李（Spike Lee）的《稳操胜券》（*She's Gotta Have It*，1986）便是如此。有时候，过低的制片预算也会导致对白的大量运用，因为动作场面耗资较多，而运用大量且活力十足的对白便可减少动作场面。昆汀·塔伦蒂诺（Quentin Tarantino）在他的电影中用对话场景取代动作场面的做法便是一个很好的实例。

1.5 氛围替换

视觉上的细节创造出电影的氛围，而氛围的营造又可增加电影故事的可信度。但是如果你意图颠覆可信度，或是希望在可信度外有更深层的涵义，你就必须替换传统的氛围。而操纵环境的细节是替换氛围最直接的利器。

比尔·弗塞斯（Bill Forsyth）的《本地英雄》（*Local Hero*，1983）描述美国德州的一名油商到苏格兰购地钻探近海油矿的事迹。我们很容易想象在这样一部电影中应该会出现忙乱的办公室、庞大的钻油设施、原油喷天的景观等等，然而《本地英雄》却绝少有这方面的影像。弗塞斯努力表现的是一块悦如世外桃源的土地，以及那些探勘者见识到这块土地时心醉神迷的反应。故事结尾时，探勘者并没有开采到任何油矿，但是他们已经不在乎了。不论是老板还是员工，都因这块神秘土地的洗礼而改变。这部电影就是利用对环境细节的颠覆转变了故事原来可能的方向。

科波拉（Francis Ford Coppola）和迈克尔·黑尔（Michael Herr）则运用氛围的改变，将《现代启示录》（*Apocalypse Now*，1979）从前段写实色彩浓重的越战经历，转入后段对越战富有神话色彩的隐喻。大卫·马梅（David Mamet）编剧的《铁面无私》（*The Untouchables*，1987）则将警匪对抗的强盗电影，转变为善恶斗争的故事，片中种种隐喻的手法逐渐将观众的注意力从故事文本的戏剧动作，推向潜文本的善恶主题。

最后，编剧更可以运用对细节的描述来推翻此前营造好的氛围，以达到氛围替换的目的，如大卫·林奇（David Lynch）的《蓝丝绒》（*Blue Velvet*，1986）。一开始林奇以鲜艳的花朵、安分的居民、可爱的学童等，营造出一幅安居乐业的小城风光。然后，林奇忽然呈现给观众庭院草皮上的蚂蚁及昆虫的恶状。紧接着，男主角在草地中找到了一只断耳。至此，原先建立好的小城印象全然破灭，再无半分宁静的感觉。观众的预期落空，开始不再相信自己的眼睛。

1.6 前景故事及背景故事替换

编剧在前景故事和背景故事方面具有宽泛的选择。所有剧情片的故事都是在人物和动作这两种重要元素之间，被进行适当的分配。一般而言，倾向于人物塑造的故事比较曲折和富于文学性；而倾向于动作展现的故事则一般遵循直线叙述。如今，后者被称为"高概念前提"，而前者则被称为"低概念前提"。自从《星球大战》（*Star Wars*，1977）在票房上大获成功以后，高概念电影便蔚为风尚。换句话说，前景故事占领市场，编剧无不汲汲将才华发挥在前景故事上，以免遭到市场淘汰。但撇开市场需求的因素，好的剧本其实在前景故事和背景故事两方面都应当有力，这点我们会在第十章详谈。

对编剧来说，前景故事及背景故事的替换始于两者之间的平衡发展。创造前景故事与背景故事间的平衡最关键的因素在于主角。如果编剧较重视主角个人的内在困境（倾向背景故事），观众就比较难以预料剧情的演变。人的内心不是按直线发展的，当然难以推演预料。

虽然前景故事是目前电影的主流，但是注重背景故事的编剧却仍大有人在，《月色撩人》（*Moonstruck*，1987）就是很好的例证。以背景故事为重的电影，除了倾向人物塑造之外还有许多其他特点。例如，对白往往脱离写实范畴而富于文学性，显得独特而又奇妙。舞台剧编剧就很习惯于运用文学性的对白，只因为舞台形式先天上就缺乏动作，感情的宣泄全靠语言。《月色撩人》的对白有如此倾向其实也很容易理解，因为这部影片的编剧约翰·帕特里克·尚利（John Patrick Shanley）原本就是舞台剧作家。另外，山姆·谢泼德（Sam Shepard）、史蒂夫·特西奇、哈尼菲·库雷许（Hanif Kureishi）、大卫·黑尔、大卫·马梅等人都是身跨舞台剧和电影的两栖编剧。这些有意思的编剧都是擅长写背景故事的作者。

前景故事容易勾起观众的官能感受，但是对人物的表现却很浅薄。若是编剧能妥善运用背景故事，人物就会更富有人性，结局就会更自由开放，电影给观众留下的感动也会更加深刻。因此，虽然市场偏好前景故事，但如果你能在剧本中同时结合强有力的背景故事，势必如虎添翼，获得更大的成功。

1.7 上进式动作替换

如果剧本中的背景故事强而有力，那么此剧本前景故事的动作线则可以充满各种可能性。标准的上进式动作是按部就班地渐近至高潮的戏剧动作线，只有在第二、第三幕的开端稍作停顿，以便设置变因，来推展后续的动作。专注于背景故事的创作，作者可以在人物的塑造上投入更多的时间，尽管其并不是推动情节或导向戏剧高潮所必需的。路易·马勒（Louis Malle）的《与安德烈晚餐》（*My Dinner with Andre*，1982）是这类替换的绝佳范例，还有他和让－克劳德·卡里尔（Jean-Claude Carriere）合编的《五月傻瓜》（*May Fools*, 1990）也相当有趣。这两部电影干脆撇开上进式动作，专心经营人物。

我们在第四章将会提到，如果编剧不采用三幕剧的形式创作，剧本中的人物与结构都会给人更开放的感觉。而如果编剧替换掉上进式动作，也会产生类似的效果。但此时编剧必须特别注意人物及对白的表现，人物和对白就是新的"剧情"。对白必须有力量，有光彩，充满惊喜。不然观众必然会感到平淡乏味。

1.8 发展叙事策略

一则电影故事可以有很多种说法，这是本书一再强调的观念。而在说一则故事之前，你必须先找到一种最适合的叙事策略。而在决定叙事策略之前，你又必须先想清楚几个问题：你剧本的主角是什么样的人？你故事的前提是什么？其中最刺激的动作线是哪条？此动作线是否最能凸显主角的困境？其困境主要是周遭环境所致，还是主角性格上的问题？以上这些问题都是影响剧本实际效力的重要因素，你必须自己作好回答。我们要提醒你的是，最显而易见的答案不见得就是最好的。

到底哪一种叙事策略比较合适呢？你必须根据剧本的每一项元素加以选择。这些元素即是前面所谈的人物、对白、氛围、动作线、背景故事、和结构等等。在主要人物方面，你可以选择积极介入剧情的主角，或是消极旁观的主角，甚至拥有不讨人喜欢性格的主角，这完全视你所要求的戏剧效果而定。在对白方面，你无须受制于讲述对白的人物的角色功能。在结构方面，你可以混合多种类型、变更三幕剧式结构、替换前景故事及背景故事。无论如何，运用非主流的叙事策略，采取公式之外的其他可能性，会使你以更新鲜的手法说故事，创造出更开放的角色。

对所有的编剧而言，创作故事必须抓住一个宗旨，那就是想办法让观众认同你的主角和主角的处境。假使你的叙事策略无法达到这项要求，那你便无法保证观众会耐心看完你的故事。

编剧还要具备一定的变通能力，使剧本中因替换而牺牲掉的部分能从别的方面补回。例如，要是你的主角不讨人喜欢，你就得创造一个能让观众认同他的处境。为达到这个目标，你需要进行好几个步骤。你或者需要省略对其他人物的描述以便给主角留出较大的篇幅，或者需要将对白处理得感性一些或更有张力一点，或者需要创造出更经得起推敲的情节。在希区柯克（Alfred Hitchcock）与本·赫克特（Ben Hecht）及雷蒙德·钱德勒（Raymond Chandler）两名编剧合作的作品中，就经常出现不讨人喜欢的主角，但他们却仍能获得观众的认同。《惊魂记》(*Psycho*，1960)、《群鸟》(*The Birds*，1963)和《西北偏北》(*North by Northwest*，1959)都是运用人物处境，而非人物本身来吸引观众的。而《美人计》(*Notorious*，1946)和《火车怪客》(*Strangers on a Train*，1951)则是设计出令人极度嫌恶的反派角色来与主角作对比。

此外，编剧也要随时记得向观众提供刺激。观众看电影的目的基本上是寻找快乐。不管是精巧的情节还是机智的对白，任何刺激观众的元素，都能产生银幕和观众间的共鸣。每当我们更易传统中的编剧元素时，就会降低刺激的力量，此时我们就需要补偿的措施。斯派克·李的《稳操胜券》改动了传统结构，但他运用魅力十足的对白，依然可以令观众投入其中。不管你采用何种叙事策略，观众的认同和他们所获得的刺激都是你的剧本成功的决定性因素。

1.9 结　论

在这一章里，我们讨论了传统的和反传统的编剧手段。传统的方式是剧作艺术中公认可行的基本原则，而反传统的方式则可能为你的剧本提供不同以往的新生的活力。即使你要实行新的叙事策略，也必须先了解传统。本书所推崇的就是那些在传统与反传统间能取得平衡的佳作。

Chapter 2
结 构
STRUCTURE

首先,让我们以《大审判》(The Verdict, 1982)为例,审视一下主流电影的故事线是如何发展的。剧中主角高尔文是一个丧失了司法信仰的律师,经常酗酒。拜以前的教授所赐,他又接到一件极为单纯、容易处理的案子。他只要让案件双方庭外和解就可以了。然而他却对案中不公义的情形深感不平,也意识到这是他自我救赎、重建事业的良机,于是他决定把案子搬上法庭。但这却是一个疯狂的举动,很显然高尔文把这个案子给搞砸了。故事原本可以在这里打住,让高尔文回到他原来的放荡生活。但此刻却出现了一个个转折,高尔文锲而不舍地展开调查,当其他所有人都放弃时,只有他还在继续坚持。就在最悲观的时刻,他遵循线索找到了关键证人。最后,他打赢了官司,也完成了他的救赎。

现在,我们来将《稳操胜券》的故事线与此做一下对比。一开始女主角诺拉就面对着镜头告诉观众,她很高兴拍这部影片来澄清自己的声名。然后银幕上出现了一连串的采访片段以及仿纪录片风格的画面,叙述诺拉的过去。于是我们知道,诺拉有三个情人,而她坚持要同时拥有三人,不愿择一而终。但是三个男人都不能理解这点,尤其是她比较在乎的杰米,最后竟离她而去。诺拉因此陷入绝望之中。她渴求自由却适得其反,孤寂和痛苦联袂而来,于是她决定离开其他的男朋友,追回杰米。而在影片结尾,时间又转向现在，这时我们发现诺拉选择一夫一妻制的决定毕竟还是错了，她如今已经不在乎了。"我不能只爱一个男人"，她说。

在这三章，我们会详细分析以上两种不同叙述结构间的差异。但在此之前，我们不妨先思考一下，这两种方式带给我们的感受有多大差别。第一个故事步骤清楚，每一幕之间起承相接，转合相连，故事的结局相当于之前所有发展的总结；而第二个故事的结尾却与此前所渲染的孤寂和痛苦的感觉相抵触（不过事实上它也符合逻辑，甚至比《大审判》的转折还来得有说服力）。在第一个故事中，高尔文经历了转变，他洗雪了过去的耻辱，重建了自尊；在第二个故事中，电影结束时的诺拉似乎和开始时并无不同。第一个故事采取直线发展的叙事结构；第二个故事却绕回原点，形成循环式结构。《大审判》中的事件条理分明，清楚地表现出人物的转变；《稳操胜券》中的事件则显得比较随意，造成多重诠释的可能性。在《大审判》中，失败的自觉意识引发救赎意愿和新生力量；在《稳操胜券》中，失败却被视为成功。

这两个故事都具备严谨的结构，但方式却南辕北辙。《大审判》在结构中包含了故事的主线及旨意。由于高尔文在绝望的时候找到了自我，所以他能找到自己内在的力量，然后克服不公，达成救赎。剧本中的所有元素都统一奉行上述旨意。《稳操胜券》的结构却并未包含故事的主线及旨意。当诺拉因失去杰米而面对自我时，她自省的结果却并未如我们预期一般：和一个男人长相厮守，过着普通的家居生活。相反，电影违背了观众的期待视野并把我们拉到别处寻找故事的意义——纪录片式的风格，粗糙质朴的影像，以及流浪汉小说般的场景。无可否认，《稳操胜券》的结构也很坚实，但却未如《大审判》一般直接透过结构阐明旨意。这样的结构差异，正是造成我们对两部影片不同反应的关键因素。

了解结构运作的道理可大幅度地拓展我们创作剧本的能力。在检验各种不同结构的剧本之前，我们需要先了解各种结构的基本模式。结构不外乎凸显故事主线的结构（如《大审判》）和较具挑战性、甚至颠覆性的其他结构（如《稳操胜券》）。这一章我们要仔细探究的是最寻常的一种结构模式，也是传统的三幕剧形式的一种，我们称之为"复原型三幕剧式结构"

（restorative three-act structure）。下一章我们则会考察一下复原型三幕剧式结构创造的假想世界。第四章我们再考察故事结构的革新方式。

2.1 复原型三幕剧式结构

美国的主流电影大多采用三幕剧式结构，其间又有各种不同的变体。三幕剧形式可以溯源到亚里士多德的说法：所有的戏剧都包含开端、经过、和结尾，而且有某种比例来分配三者的比重。然而亚里士多德的说法太空泛了，说明不了什么（当亚里士多德说"中间的意思就是，在它之前和之后都有其他的东西"[①]这话时真的不是在开玩笑吗？）。

主流电影中居主导地位的三幕剧形式实则承自19世纪20年代法国剧作家尤金·斯克里布（Eugene Scribe）所创作的"佳构剧"（well-made play）。这种形式的戏剧的特点是它有一个清楚明白、合乎逻辑的结尾。在收场时，剧本中一切纷纷扰扰的事件都回归平静，社会又重拾秩序。因此，"佳构剧"让我们享受打破世俗规范的幻想，但是又不会真正威胁既有的社会结构，"绝不会留下任何悬而未决的疑问去困扰观众"[②]。因此，我们便将其命名为"复原型三幕剧式结构"。

在详解复原型三幕剧式结构之前，我们不妨先回顾一下三幕剧式结构的基本守则：

▶ 一般剧情片的剧本暂以120页估算。现在将它划分为三幕，则第一幕约占30页、第二幕60页、第三幕30页。

▶ 每一幕都要达到一个危机点或张力点，我们称之为闭幕戏（act curtain scene）或情节点（plot point）。情节点的解决办法就把故事推

[①] 亚里士多德：《诗学》（*Poetics*），芝加哥：亨利·雷格纳瑞出版公司（Chicago: Henry Regnery Company），1976年，第15页。

[②] 汤姆·F·德赖弗（Tom F. Driver）：《西方浪漫主义及现代问题：现代戏剧史》（*Romantic Quest and Modern Query, A History of the Modern Theatre*），纽约：德拉科特出版社（New York: Delacorte Press），1970年，第1版，第48页。

进到下一幕。
▶ 情节点务必"扣紧戏剧动作,把故事转到别的方向"①。
▶ 第一幕旨在铺陈,第二幕旨在对抗,第三幕旨在解决。
▶ 每一幕在开始时都必须弛缓一下戏剧张力,然而每一幕的张力都必须较前一幕更强。

现在我们就以《大审判》为例,演练上述纲领。

▶ 《大审判》的剧本有123页,其中包括第一幕28页、第二幕60页、第三幕35页。
▶ 每一幕都达到一个情节点。

第一幕的情节点发生在高尔文不接受庭外和解,决定进入诉讼程序。当他拿着和解金的支票时,他说:"要是我拿了这钱,我就是财迷心窍了,最多我只是个有钱的行尸走肉。"

第二幕的情节点则是他在法庭上质问被告时犯了错误,使案情的发展对自己大为不利。

▶ 情节点务必"扣紧戏剧动作,把故事转到别的方向"。

一旦高尔文决定接下这案子(第一幕结束时),往后故事的发展自然就都改观了。高尔文不再整天晃荡着做白日梦,而是积极地去研究案情。但这还只是表面上的改变,他其实还沉溺在不切实际的假想中。在他失去证人之后已无法掌握案情,而且他在法庭上态度恶劣。同时,检察官步步占领先机,等着看他出丑。

然而在案子似乎要败诉时(第二幕结束时),高尔文却不愿放弃。于是另一个转折出现了,高尔文重新设定他的目标。在锲而不舍的精神支撑下,他终于找到了一位关键证人。同时高尔文也发现了他女朋友的表里不

---

① 悉德・菲尔德(Syd Field):《电影剧本写作基础》(*Screenplay: The Foundations of Screenwriting*),纽约:戴尔出版社(New York: Dell),1982年,第9页。

一，并拒绝同她复合。最后，他打赢了官司，并且重建了自尊。

▶ 第一幕旨在铺陈，第二幕旨在对抗，第三幕旨在解决。

在第一幕里，我们差不多见到了故事中所有的人物，除了两个主要角色：一个是后来意外出现的那个证人（他被保留到第三幕才出场），另一个是后来的一名专家证人（事实上，在先前的证人尚未失效前，他若出场也没有什么意义）。而在第一幕中唯一一名被建置出的证人没有出现在后面的影片中。当高尔文考虑要不要把案子搬上法庭时，其实案件的来龙去脉已经全都被透露给观众了。第一幕结束在对抗形成但尚未爆发之际。

第二幕就从这个对抗开始，一直到高尔文被击败为止。在这个过程中，情势越来越复杂，高尔文越来越没有招架的能力。如果电影到第二幕就结束，它将是一个失败者的故事。

到了第三幕，高尔文重新站起来，朝解决之道迈进。当他找到关键证人，并且和女朋友谈妥后，我们知道他已经掌握住一切，我们也知道他最终一定会赢。

▶ 每一幕在开始时都必须弛缓一下戏剧张力，然而每一幕的张力都必须较前一幕更强。

当高尔文决定接下这个案子后（第一幕结束），他自信一定能打赢官司，此时正是戏剧张力弛缓的时刻。直到他失去证人，开始忧心忡忡，戏剧张力才再度升高。而在高尔文似乎败诉之后（第二幕结束），他深陷在疑虑中，这也是一个戏剧张力弛缓的片段。直到他决定继续奋斗，开始追寻关键证人，故事才开始奔向最终的戏剧高潮。第二幕结束时显然比第一幕结束时（高尔文决定接下案子）的戏剧冲击力更大。而第三幕在法庭上胜诉时的高潮则达到了全片戏剧张力的最高点。

对于解说复原型三幕剧式结构来说，《大审判》是一个很好的教材。主角在第一幕决定突破现况，在第二幕于突破中逐渐认识自己的处境，乃至在第三幕因获救赎而复原，以上这些在剧本上都有很清楚的层次。此外，由于《大审判》采用直线的叙事方式，而且没有采用反讽之类的叙事技巧，所以故事中严正的教化意义没有受到丝毫斫伤。以上这两点——充分的复原及摒除反讽，正是复原型三幕剧式结构的两大要素。在后面的几章中，当我们谈到其他的编剧形式和叙事技巧时，就会谈到挑战这两点要素的一些方法。

前面曾经提过，不同的故事结构有不同的形式特色，这些都会影响观众对于故事的反应。所以，如果想要了解复原型三幕剧式结构是如何左右观众反应的，我们必须先知道各幕是按什么样的形式特色被结构起来的。这时我们要研究的不仅是戏剧动作而已，还包括人物的发展，以及观众观影时经历的过程。

人物的变化

采用复原型三幕剧式结构的故事，经常以人物发展为其驱动。这种故事不单单是关于戏剧动作的，也不单单是关于突然被卷入事件的人物的。这类故事更多的是关于某种特定的戏剧动作和特定的人物之间的互动和关联的，动作发生的时刻，也正是人物在发展的时刻。

写作以人物为驱动的三幕剧故事，最困难之处在于设计情节点时不仅要扣紧戏剧动作，还得明确展现出人物的发展。

中心人物

在定义上，复原型三幕剧的故事架构必然环绕着中心人物。也许故事里有很多个重要人物，但其中只有一个能引导我们穿梭于各幕。《百万金臂》（*Bull Durham*，1988）正是绝佳的实例，为大家解释戏剧结构如何聚焦在一个人物身上。尽管电影开场是安妮冗长的旁白，然后是花园宴会里努克的出场，但克拉什·戴维斯仍是全片的中心人物。在他的主导下，观众才能由上一幕进入下一幕。在第一幕结尾，安妮带着两个男人回家，克拉什虽然渴望着安妮，但最终仍然走出大门，把安妮和努克留在了房里。正是克拉什的这一举动使第一幕宣告结束。第二幕则完全在展现克拉什如何对抗其自傲并最终失败。此幕结束于一个低潮点——克拉什引导努克进入主联盟而他自己却退出球坛。开启第三幕的动力仍然来自克拉什——他决定追求安妮。整幕戏讲的都是克拉什如何证明自己。在他刷新自己的全垒打纪录、甘心做个球队经理并重回安妮怀抱之后，故事才算结束。

综合以上这些陈述来看，虽然安妮的旁白揭开序幕并贯穿全片，而努克是唯一成功进入主联盟的人物，但克拉什才是真正主导整个剧情走向的中心人物。所有动作的设定最终都要从属于他的改变。

内在冲突和外在冲突的关联

编剧经常会面临一个问题，那就是如何掌握电影媒介，使电影的意义超越这种媒介表面上的纪录功能而直达人物的内心。在复原型三幕剧式故事中，外在的戏剧动作是用来体现人物的内在心理状态的，而这种心理状态往往是主人公在面对"抉择"时的内心矛盾。

《华尔街》（*Wall Street*，1987）的中心人物是巴德，他一方面非常尊敬他的父亲及其价值观，一方面又因贪婪的物欲而想逃离他父亲的生活形态。在第一幕中，贪婪似乎胜利了，巴德开始向并购大王戈登·杰寇靠拢，并且将得自他父亲的内幕消息透露给杰寇。巴德果然也因此得到丰厚的物质报酬。然而杰寇并不放过巴德，他希望巴德长期投靠在他旗下并向他透露内部消息。巴德虽然经历一番良心挣扎，但最终还是同意了。以上第一幕呈现的是巴德性格其中一面的全然胜利。但是我们知道巴德的性格还有另一面，因此投靠杰寇的戏剧动作就显出更丰富的意涵，我们可以想见之后巴德势必会因此付出不少代价。

影片第二幕表现的是巴德在金融界的攀升。他完成一笔笔交易，购置了一间奢华的公寓，还追到了他心仪的女子（只有巴德不知道她是因拜金才和他谈恋爱）。虽然他的新生活显得有点俗不可耐，但也没有什么可不满的。他父亲告诫他小心变成杰寇的玩偶，而他在他的新世界崩溃之前根本听不进这番教诲。直到杰寇决定收购巴德父亲服务终生的航空公司时，巴德才对杰寇产生了反感。巴德毁弃了他精心布置的公寓并赶走了他的女友。这时，巴德内在性格中的另一面终于透过外在剧情表现了出来。

在复原型三幕剧式结构中的一个重要技巧就是将主人公内在的自我认知通过外在的情节线索展露出来。虽然证管会的调查风波将整个故事推向第三幕，但巴德在第二幕结束时的沮丧却并不是因为调查风波这个外在事件，而是他意识到他已经丧失了自我。这才使巴德的自我救赎具有了可能性。在第三幕中，即使巴德的身影只是处在法庭中等待审判，但实际上他也已经完成了自我救赎。因为这时巴德内在性格中的正面力量已经被彻底释放了出来。

如上所述，主人公在面对抉择时的性格张力是复原型三幕剧式结构的要旨。在《华尔街》中，极度冷血的杰寇就不会产生这种矛盾的性格张力，因为他永远不可能像巴德这般毁掉自己的成果。如果《华尔街》以杰寇作为主人公，其在结构上只能有两幕——他的成功，以及被逮捕。而复原型三幕剧式结构则多了人物的觉醒，人物也因此得到救赎和复原。在复原型三幕剧里，人物不会逃过法律的制裁，但他在被捕之前就已经得到救赎，这种表现手法可以彰显真正的惩罚系来自人物内心。

当然，并非所有复原型三幕剧故事都像《华尔街》这么露骨，但人物需要面对的这种抉择却是相同的。在《百万金臂》中，克拉什必须丢弃他的自傲才能与安妮结合；在《大审判》中，高尔文必须放弃他对正义的天真幻想，运用特殊手段，才能打赢官司。

第一幕的特征

有去无回的门槛（the point of no return）。复原型三幕剧式结构会截取人物生命中的某一段时间，而视这段时间为人物一生成败的转折点。这和我们在下面几章要讨论的漫游式或生活取样式的比较平淡的叙事方式截然不同。第一幕的作用像是一道有去无回的门槛，一旦人物走过这道门槛，他马上就要面临前所未有的处境，而且也无法再回到进门之前的时光。每部电影的门槛及其意义都不同，其重要性要视人物跨越转折点时的难度以及该转折点之于整个故事的分量而定。例如在《毕业生》（The Graduate，1967）的第一幕中，一旦本杰明和罗宾逊太太做爱，他就不可能再是一个天真无邪的男孩了。这个转折点的重要性就在于，它表现了本杰明要如何克服自己的紧张情绪去和罗宾逊太太做爱，而他的这种行为又如何对之后他与罗宾逊太太的女儿伊莱恩的恋爱关系产生了深刻影响。

错误的解答（false solution）。第一幕的情节点看似解决了中心人物的两难处境，它似乎解答了第一幕所提出的问题：比如克拉什会成为安妮的爱侣吗？高尔文会接下案件吗？巴德会替杰寇工作吗？然而，它所做的解答却是错误的，不然故事就到此结束了。错误的解答使人物的短暂视野和观众的长远视野背道而驰。剧中人物会觉得"我已经掌握了我的生活"，但观众却明白"电影不可能现在结束，你一定会碰到麻烦"。所以，第一幕的闭幕戏看似解决了危机，实则引发了更多的问题。

错误的解答可以是明显的错误，比如本杰明与罗宾逊太太做爱、巴德为杰寇工作、克拉什离开安妮等。但它也可以指向正确的方向，只是主人公缺乏充分的理解与准备，如高尔文决定展开讼诉，却并未认清自己荒唐、酗酒的生活和对正义的天真信仰，这些都构成了他成功的阻碍。

第二幕的特征

观众先知先觉（moving ahead of the character）。复原型三幕剧式结构中的一项令人惊讶的特征即是，在第二幕中观众比剧中人物知道得更多且能事先预料结果，而此时剧中人却似乎忘却了自己的命运。这种情况就像人物急欲逃离自己的身世背景及周遭环境，但却不知道自己的腰间绑着一条橡皮筋，而观众倒是知道。于是观众眼看着橡皮筋被人物拉到极限，再把人物给弹回来。

在某些故事里，中心人物的"忘却自我"很明显，他性格中的内在冲突会暂时消失。在《华尔街》第二幕中，巴德几乎从没质疑过自己的行为。这导致他质问"自己是谁"的那场戏来得有点牵强，显得师出无名。而在大部分故事里，人物在探索自己的命运时，多半不会这么缺乏自我意识。例如克拉什的痛苦来自他逐渐意识到自己的棒球生涯已剩日无多，回到大联盟的希望日渐渺茫。而无论观众的意识比人物领先多少，戏剧张力形成的方式都是一样的。我们无非是等待事情变糟的那一刻，等待人物不得不面对自己并采取行动的那一刻。

自食其果的一幕（act of consequence）。第二幕同时也是自食其果的一幕——这需要等到人物认知的脚步终于追上观众。第二幕的高潮位于人物终于开始认识到错误的选择（第一幕结束时）所种下的恶果。这种认识也提供给人物内省的机会，以便迈向第三幕的解决和复原。

第二幕的闭幕戏则因达到了一种"双重解决"，而展露出非凡的冲击力。其一是人物终于认识到自己犯了错误；其二是人物的认知终于又和观众同步了，这会使观众因人物重回自己的怀抱而得到满足。因此这是全片中观众对人物的认同度最高的地方。

人物的声明（character assertion）。第一幕的结尾根本是硬塞给中心人物一个决定。而且在大多数时候，他如果不做这个决定，故事就无以为继了。所有我们在本章中提到的样本皆是如此，若是剧中人物做了不同的决定，例如巴德如果拒绝杰寇、高尔文如果同意庭外和解、克拉什如果第一天晚上就追上安妮、本杰明如果拒绝罗宾逊太太的求欢，这些故事就没有下文了。

第二幕结束时观众的感受则全然不同于第一幕。故事进行到这里仿佛渐行渐远，留下一个困惑迷茫的人物。而观众在观赏完剧中人物遭受了意料之中的打击之后，似乎也耗尽了兴致。人物因犯错而付出的代价似乎也显得无足轻重了。

因此，在这里人物本身必须重新声明自己在故事中的重要性。而人物急欲声明的强烈意图，则又鼓舞观众进入第三幕。现在换人物引导观众了，他让观众惊讶于他无穷的潜力，并证明了他一旦面对自我就能取得胜利。这种"认识自我必然取得成功"的哲学，在《华尔街》中传达得最为清晰。巴德成功地整垮杰寇，只是他勇于面对自我并端正动机的结果而已。

第三幕的特征

认知与复原（recognition and restoration）。复原型三幕剧式的故事在结尾时呈现出复苏的状态。人物在认识到自己的失误之后，能够再站起来，克服内在和外在的冲突。而通常是内在冲突（主角的自我认知）首先得到解决。自我认知激起的力量，足以使克拉什克服自傲并最终与安妮结合，使高尔文悟出他单凭纯洁的信仰打不赢官司，使巴德能在病房里与父亲握手言和（复原）。

而第三幕剩下的部分都是在极单纯地解决外在冲突。对克拉什而言，事情很简单——他必须击出破纪录的全垒打。对巴德和高尔文而言，第三幕剩下的部分就是俗套的情节了：巴德是否能从杰寇手中救回航空公司，保住父亲的工作？高尔文能不能打败贪污的法官，认清女友的吃里爬外，从而打赢官司？

一旦人物有所认知，他的目标才会变得清晰。而一旦抱持着目标，他才有机会克服困难，获得胜利。发生在第二幕的外在事件导致的结果是人物的认知，而非不可挽救的灾难。及时的认知阻绝悲剧的发生。这就是复原型三幕剧式故事的真义：人物总会拥有第二次机会来扭转局面，而他们的认知与救赎要比外在的动作和事件更重要。

复原型三幕剧式结构是一种很温和的叙事形式。剧中人物必定犯错，就像在真实生活中一般。而当人物犯的错误衍生出恶果，当他终于认识到自己的错误时，他的考验才真正来临。然后又因为这种认知，他才有机会证明自己并获得救赎。

2.2 写作复原型三幕剧式结构时需要注意的细节

在往下继续之前，我们来看看写作复原型三幕剧式结构的几个注意事项。

三幕式架构

三幕剧式结构有一大好处，就是它把一个 2 小时的故事划分成几个单元，使编剧更容易实行操作。你会发现这种将故事分段的方法非常有效，但是它并不能一蹴而就。写作是一个不断锤炼的过程，你必须在这个过程中不断地思考如何分段才会取得更好的效果。以下是能帮助编剧构思三幕剧式结构的一些方法：

▶ 将每一幕都写成一段说明。
▶ 将整个故事写成一段说明，每一幕只用一个句子。
▶ 只用一句话，传达出某一幕所包含的主题意义。例如，《华尔街》的第二幕可以写成："当一个人认识到他因贪婪而迷失自我并伤害了亲人时，这种认识就促使他改变了他的价值观，了解到自觉与亲情比金钱更重要。"

请注意这些主题句如何传递出复原型三幕剧式结构的戏剧动力。"促使"这个动作，恰发生在第二和第三幕、认知和复原之间。

建立及焦点

各幕的建立必须采取渐进的方式。除非你故意要让观众的期望落空，否则你就应当将戏剧高潮一幕幕依序向上叠加。假如你的故事的第二幕及第三幕过于平板，很可能就是因为整个剧本欠缺渐进式的发展，也可能是第一幕透露了太多的情节。

每一幕的结构建立都需要依赖于焦点的建立。一般而言，每一场戏都应该具备两种功能。第一种功能是塑造人物和营造动人的情境，使观众投入到剧中；第二种功能是要推展剧情，特别是得把焦点拉到该幕的戏剧张力所在，并朝化解该张力的方向前进。例如本杰明带罗宾逊太太去旅馆的戏，就把焦点拉到他是否会与她做爱这件事，更重要的是这场戏最终会使剧情朝着解决这件事的方向前进。

人物与动作合一

在复原型三幕剧式结构中，动作线是一幕幕地循序渐进，而人物也是一步步地逐渐改变。如何使动作线的渐进和人物的转变在速率和时机上互相吻合，可能是创作三幕剧中最难做到的一件事。以《华尔街》为例，有很多手段可以使巴德脱离杰寇，片中航空公司被收购的危机只是其中之一，而最直接的手段可能是将证管会的调查提前到第二幕进行。然而，只有航空公司被收购这个危机最能触动巴德内心的良知和脆弱的感情。因此，这个动作的发生才能真正吻合人物的转变。

我们建议你同时列出两条分幕线：一条就动作的发展来列，另一条则就人物的发展来列。一开始你可能会发现，两条分幕线很不一样。不过，当把它们放到故事里之后，你就会发现它们排列的顺序其实是相吻合的。这时你更会发现，用三句话描述的各幕动作说明中，也连带说明了人物在各幕的发展和转变。

第一幕和第三幕的关系

在复原型三幕剧中，所有的事件都起承转合，铺排有序。因此，当故事在第三幕出现败笔时，往往可以在第一幕找到祸源。缺乏经验的编剧常会在第二幕结束的地方出现思路阻塞，无法创造出具有说服力的人物转变。殊不知，编剧在第一幕就要埋下人物转变的潜质。观众在第一幕就看到了巴德对父亲的爱，这样进入第二幕后他们才能理解这份爱受到了怎样的伤害，以及此后人物为弥补此伤害做出的相应转变。只有经过这些仔细的铺展，第三幕的结局才会顺理成章。

方向性

在复原型三幕剧式结构中，各幕发展方向相反。大致上，第一幕的高潮猛烈地倾向于上扬与外放。反之，第二幕的高潮则倾向于下倾与内敛。第三幕的结束则是个大合并——倾向上扬与外放，但不复猛烈。

假使你发现在你的剧本中各幕的发展方向是一致的，那这个剧本可能就只有一幕了。稍后我们会讨论单幕剧式的剧本。而在我们现在讨论的范畴里，发生这种情形的原因很可能是你无意中丢失了复原型三幕剧式结构中的过渡性胜利（位于第一幕结尾处）和沮丧（位于第二幕结尾处）这两个情节点。如果是这样，你的故事必定会显得冷漠而抽离。这时候，我建议你回头修正分幕线，在第一幕和第二幕的结尾再加点材料进去。

2.3 结　论

　　复原型三幕剧式结构是构造剧本的途径之一，并且被美国的主流电影广泛采用。绝大部分的复原型故事都具备如下特征：中心人物主导故事线；故事线连接人物的内在张力与外在冲突；前一幕必提供下一幕发展的诱因；各幕张力依序加强，最终将故事推向第三幕的复原。

　　复原型三幕剧式结构提供给人物最充裕的救赎及复原的机会，因此其价值取向正面而乐观。编剧在第一幕就设下冲突，并让人物有机会去觅得解决的办法。在第二幕中的大部分时间里，观众的所知较中心人物领先，一路看人物因第一幕时所犯的错误而接连失败。这是讲究结果的一幕，在这幕将要结束之时，人物会发现自己的错误，取得与观众同等的认知，并陷入他在整个故事中最低潮的时刻。而第二幕产生的认知使得人物在第三幕得到自我救赎的机会。

　　下一章，我们将更深入地探究复原型三幕剧式结构所创造出来的虚拟世界是什么样子的。之后，我们再讨论其他的剧作形式。

Chapter 3
对复原型三幕剧式结构的批评
CRITIQUE OF RESTORATIVE THREEACT FORM

在复原型三幕剧故事中，创作者和观众间存在着一种默契——剧中人物都会犯错，而犯错误就需要付出代价。也许我们希望剧中角色付出的代价不会太惨重，或是他能从付出的代价中吸取些教训。但是代价却一定是不可避免的，只有这样我们才会感到戏剧的完整性。创作者和观众都了解常人的行为规范为何，当剧中人物违反了这个行为规范时，创作者和观众就都希望能够纠正他。于是，复原型三幕剧的要旨便不在于我们搞清楚主角到底犯了什么错，而在于我们认同的人物居然做了我们无法认同的错事，更在于他会为自己的所作所为付出代价并设法挽回。由最广义的观点来看，复原型三幕剧始终不变的主题是——善有善报，恶有恶报。这份报应或复原绝对会在剧终前出现。

但是，这种道德观在现今是否过于简单？我们认知的世界是否如此黑白分明？生命中悲喜的不可预知性是否能被囊括其中？我们对金钱与权力腐蚀性的认识是否像《华尔街》中描写的那样敏锐？我们是否又会经常碰到《大审判》中的那种极度不公平的事情？暂时别管那些电影中唯利是图的掮客和满心良善的律师，想想自己的问题吧——我们的生命是否就在一些鸡毛蒜皮的琐事中流逝了呢？我们如何找到物质与精神的平衡点？我们是否真的在按照传统价值观行事而毫无例外？我们该如何回应外在世界同化我们的企图？

　　这些问题都是无法用复原型三幕剧来回答的。虽然不是所有的复原型三幕剧都如《华尔街》和《大审判》般结构僵硬表意明显，但是复原型三幕剧和所有说故事的形式一样，只能表达相应的观点。不论编剧用何种方法去掩饰复原型三幕剧式结构的痕迹，但只要故事中出现了"犯错"、"认知"和"救赎"，这个故事自然就成了道德剧，而与道德剧相应的观点就是我们需要巩固既有的道德规范。

　　难道复原型三幕剧式结构就不能发人深省吗？当然可以。本书的目的不在于限制，而在于开发更多的可能性。没有人能够规定你写作的模式，如果你安于别人的规定，就是放弃了作家天赋的权力。我们应该做的，是多看看各种不同的模式与方法，看看通过它们我们是否真的能传达出我们对这个世界的不同看法。

　　你甚至可以深入到更核心性的问题。剧本的形式真的很重要吗？有可以塞下所有故事的所谓的中立形式吗？答案是：形式真的很重要，没有所谓的中立形式。任何形式都会作用于故事的内容，形式和内容相互影响、不可分割。编剧选择的剧本形式直接反映了编剧对剧本内容的感觉与观点。因此决定剧本的形式也是创意的一部分，而创意是无所谓"对"或"错"的，它是没有标准答案的。这些将是本章讨论的重点。

　　在我们讨论其他结构（超越套路的结构）的可能性之前，我们还有必要检视一下复原型三幕剧式结构暗示的观点。这些观点主要是对人性的看法，例如，复原型三幕剧式结构暗示人人都有知错就改的能力，还暗示人物的行为背后一定有着清楚确切的动机。不论你同不同意上述观点，一旦你采用复原型三幕剧式结构来说故事，这些观点就会很自然地存在于你的剧本中。

3.1 故事重于肌理

　　任何故事和时间都脱不了关系。故事的开始是时间上的一个点，故事的结束是时间上的另一个点。三幕剧式的说故事方法特别注重时间推移的感觉，特别注重前后情节的连续感。如果我们冻结时间，停在三幕剧式结构的某一点上，我们会发现自己真的没有什么材料来将故事组织起来。

为了保持时间上的连贯性，每场主戏都要把故事往前推一些，一直推向剧情的情节点。三幕剧式结构中的情节点都极有分量，因为它们都是苦心营造的结果。如此渐进式的叙事方法，影响了观众的价值判断——它暗示我们何者为故事主体，何者只是背景（肌理与细节）而已。在三幕剧式结构中，这种不断向前的方式牺牲了故事的肌理（texture）、余韵和暧昧性。

日常生活的经验、细节、肌理等很难入戏的原因在于，它们太琐碎，看起来全无焦点，我们很难知道何者真正重要。就算我们找到真正重要的事件，又很难整理出它们起承转合的脉络。如果剧本要反映真实生活，编剧必须先找个方法来整理这些满坑满谷的琐事。但是请注意，所谓反映真实生活并不是把真实生活生吞活剥地搬上银幕。如果只是这样，那你的剧本将充满分散观众注意力的杂事——刮胡子、洗碗、绑鞋带、喂猫、爱人死了——你的创作将是一团混乱。你要写"混乱"这个主题，和你"混乱"地写剧本，是两码事。表现真实生活的诀窍是先找到一个有条理的前景故事。叙事方法其实是现实生活的门面。而有条不紊、焦点清楚的复原型三幕剧式结构，恰恰可以充当混乱的现实生活的这个门面。

3.2 基调的一致

故事的基调（tone）必须保持一致，否则大家会听不懂这则故事。这就好比游戏，其规则可以随意制定，但是定了之后就必须保持一致。不然，游戏就毫无意义。

在复原型三幕剧式的故事中，基调的实验空间并不大，因为它需要被各幕的特性所限制。例如，第三幕的特性是"解决问题"，这个特性使得故事必须回归到观众认同的道德规范，因此此幕的基调就不能过于狂野猛烈。电影《希德姐妹帮》（*Heathers*，1989）是这种限制的绝佳例证。《希德姐妹帮》是个标准的黑色喜剧。在第一幕结尾时，薇罗妮卡和她恶魔般的男友 J. D. 杀了老是折磨薇罗妮卡的希德（她是学校里最受欢迎的三位同名女生之一），并布局使这场谋杀看起来像是自杀。在这个耸人听闻的事件之后，我们等着看编导还有什么更惊人的把戏，让这个黑色的故事走得更远。但是，到了第二幕结尾又杀了两个人之后，薇罗妮卡再也受不了了，决定和 D. J. 分手。在第三幕，她开始报仇，并终于杀死了早先操控着她犯下三起谋杀案的主谋 D. J.。她干掉了全片中的恶魔，她得到了救赎，传统的道德观驾驭了影片的结尾。第一幕中荒谬的青少年竞争所表现出的狂乱躁动，到了结尾全都淡化了。电影开始时自由奔放的基调，因为结尾情节的需要，而变得收敛。

3.3 决策空间

每一幕刚开始时，结构总是比较松散，然后焦点渐渐地浮现水面，这时人物感受到压力，必须被迫作出决定。到了每幕的高潮时刻，如果人物拖拖拉拉不作决定，硬是把故事推向下一幕的话，观众就会感到动作线停滞不前，电影可能会无疾而终。

在电影中，下决定的那一刻往往是最明显的时刻，整个剧本结构的营造所依赖的就是那一刻。它的节奏常常是戏剧性的、缓慢下沉的、凝滞的。其中，除了下决定这个举动外，没有其他任何杂事令观众分心。我们姑且可以把这个明确凸显的连接点称为"决策空间"（decision-making space）。

但是在实际生活中，我们其实很少有机会作决定。生命中能排开杂事、单纯思考、从容决定的时刻真是少之又少。我们不是指买房子、换工作这种有意识的决定，而是指那些成千上万真正塑造我们性格的决定。例如，我们究竟应该喜欢什么样的人，我们到底应该去做什么样的事情。这些决定对我们的个性具有深远且根本的影响，以至于我们从不把它们当决定来看。如果你的剧本是关于这类无意识但影响生活态度的决定，你应当重新考虑你的"决策空间"了。因为这种无意识的决定不会明显地被观众感受到，但"决策空间"却是必须被观众明显看到的。

3.4 了解动机

复原型三幕剧的故事都由人物来推动，这意味着两件事：人物的动作会反映出他的决定；观众对于一切决定背后的动机一定都了如指掌。其实，复原型三幕剧结构的精髓所在，就是利用动作来表现动机及人物所面对的冲突。

如果我们要写一个叙述人物动作的故事，显然必须先设法表现人物的动机，至于所采用的表达方式，那可就变化多端了。通常复原型三幕剧中主角所作的任何决定，其原委都会向观众仔细交代。前面我们讨论过的几部电影——《华尔街》《大审判》《百万金臂》以及《毕业生》——每一部中第一幕的结尾都是小心算计的产物，所以我们才会理解下一幕中冲突的动力。编剧仔细铺陈冲突的正反力量，让观众得到足够的信息，可以一边自行思考解决冲突之道，一边等待剧中人做出他的决定。这种编剧方法，基本上是让观众一起参与"决策空间"。

相反的例子是《稳操胜券》，在片中诺拉放弃杰米的决定最初看起来毫无道理。唯有大家在看完全片，自行把分散的讯息组合起来之后，才恍然大悟这决定中蕴含的道理。这些分散的讯息不只来自故事情节中的动作线，也来自细节和肌理，甚至更多地来自剧本的弦外之音。这份"大悟"来得比一般电影慢，但是却多了一些反省。

3.5 角色心理二元论

三幕剧式结构擅用"极端的选择"，巴德和杰寇不是朋友，就是敌人；克拉什和安妮不是爱侣，就是陌生人。这中间没有灰色地带。由于复原型三幕剧式结构的写法是让角色的个性随着剧情渐进式地发展，因此，他们的个性可能也会愈来愈"极端"。巴德选择和杰寇在一起，他就必须否定他的家人的那种价值取向；克拉什为了拒绝安妮，他就必须变得越来越孤傲。

有些三幕剧故事会在最后一幕出现返璞归真的结局，就像巴德终于还是回头认同了家人的主张。但是这种角色个性上的转变，可能会让人觉得交代得不清楚。影片中的巴德一直是个深具勃勃野心的角色，后来却像完全变了个人似的接受了家人的建议，原有的雄心壮志全然不见，这种剧烈的转变令人不禁质疑它是否合乎情理。

另一种复原型三幕剧故事的结局则是前两幕剧中极端状况的一种整合，因此我们会发现人物的经历更容易被接受。例如《大审判》里的高尔文起初是一名充满正义感的律师。到了第二幕戏时，他才发现自己的想法过于天真。为了找到有力的证人并打赢官司，他不得不做出一些和他个性不符的事：撒谎、偷看别人的信件等。但是这两种相互矛盾的个性在第三幕时又获得整合，因为高尔文依旧追求正义，只不过手段有所不同罢了。

复原型三幕剧式结构的张力来自于角色"自愿的盲点"（willful blindness）。在第二幕中，观众对于角色的了解，比角色对自己的了解更加清楚。因此，我们一面看着第二幕剧情的发展，一面等着角色因盲点而自食其果的下场。借着观众和角色所知的差异，第二幕产生了戏剧张力，但是这却牺牲了角色的自觉。而恰恰因为角色开始时有盲点且不自觉，所以等他的盲点消失且开始自觉之后，观众会觉得角色的层次分明，在性格上有所发展。而由盲点转变到自觉，不仅使角色性格上的细微之处得到调整，使整个人物得到完整立体的塑造，同时也使得故事急转直下地进入第三幕——解决之道。

复原型三幕剧式结构的诡异之处在于，表面上看起来它拉近了角色与观众的距离，但实际上由于我们清楚角色在第一幕中犯了什么错，清楚角色的盲点，所以我们作为故事的旁观者其实一直很安全地置身于故事之外。我们在下一章将会谈到那些"超越套路"的结构，由于它们没有第一幕中显而易见的高潮时刻，所以观众对于剧本中角色的处境和道德选择，比较缺乏三幕剧式结构中先知先觉的全能视角，因而比较缺乏安全感。这时我们必须不断地去解释角色行动的意义，不断地重新了解角色在道德上的选择。事实上，这类结构多半用来处理人世间没有定论的暧昧问题，而不像三幕剧式结构多半依附社会集体认可且有标准答案的道德规范。

3.6 历史只是背景

三幕剧式结构的一个潜在的假设就是——人物同时受到外在冲突、个性缺陷和心理活动的牵制。就算冲突是外在的（有个戏剧化的动作要完成），它也只是内心冲突的延伸而已。角色一旦停止了内心挣扎（通常在第三幕的开头），他总能在情节中扭转乾坤并得到最后的胜利。

这有什么问题吗？或许没有。只是这种剧本形式忽略了历史、社会、政治、经济和家庭等也会影响人物命运的外在因素。历史只是人物心理发展的背景而已，而把历史事件用为推动剧情的内驱力的例子则并不多见。电影学者大卫·波德维尔（David Bordwell）举了一个例子来说明这种历史只是一种工具的情形："在《巴拉莱卡》（*Balalaika*，1939）结尾处，苏俄老移民说了这么一句话：'我们应该这样想：这场革命只是使我们能聚在一起'。"①

当然，不是所有的电影都像当今流行的三幕剧式结构一般，明显地把历史只当作人物心理的背景而已。但是在这些电影中，历史、阶级、性别、种族等外因因素，还是无法取代人物意志的首要地位。如果你怀疑这种世界观，如果历史的教训告诉你所谓的自由意志其实软弱无力，那么你也许应该放弃这种复原型三幕剧式结构了。如果不放弃，你可能会发现自己陷入这样一种尴尬状态：你的故事所挑战的保守习气，正是你的结构所鼓吹的。

3.7 动机比事件重要

在复原型三幕剧故事中，动作只是用来展示人物内心的冲突，而历史只是附属于主角个人救赎故事的大背景。不论是动作还是历史，外在世界都服务于人物的内心动机，都不如人物的内心动机更具有决定性。于是在复原型三幕剧式结构中，当人物在第二幕结尾承认错误时，这不只是人物精神（内心）上的救赎，而更代表人物将有能力改变外在的世界，修正以前所犯的错误。在复原型三幕剧式结构中，人物绝不会陷入不可

---

① 大卫·波德维尔（David Bordwell），珍妮·史泰格（Janet Staiger），克莉斯汀·汤普森（Kristin Thompson）：《经典好莱坞电影：60年代电影制作的风格与模式》（*The Classical Hollywood Cinema: Film Style and Mode of Production to 1960*），纽约：哥伦比亚大学出版社（New York: Columbia University Press），1985年，第13页。

自拔的处境。

我们来看看古典悲剧的例子，就知道人物的内心动机在别的剧作形式中，可没有如此扭转乾坤的力量。在《李尔王》（*King Lear*）第一幕中，李尔谴责他唯一忠心的女儿科迪莉亚。接着，剧本花了大量的篇幅描写这个错误带来的苦难。最后这些苦难终于使李尔醒悟，当他再见到科迪莉亚时，他忏悔地跪了下来。但是，这种醒悟（认知）来得太迟，他无法扭转乾坤地改变过去的错误和外在的世界，以顺其心意。比人物内心中的动机和欲望更强有力的因素，主宰着他的命运。他虽然最终醒悟，但是却只能回天乏术地看着悲剧降临在自己身上。

在现代文学中，作家们采取另外的手段来表现人物内心动机的力量其实很有限。例如，在雷蒙德·卡佛（Raymond Carver）、鲍比·安·梅森（Bobbie Anne Mason）和安妮·贝蒂（Annie Beattie）等现代美国作家的短篇故事中，人物所面对的是物质社会的冷漠，他们就是想扭转乾坤也无从下手。因为他们所处的是一个对人物内心毫不理睬，没有清楚的道德规范，抗拒宇宙宏观意义的无情世界。

复原型三幕剧式结构可就不一样了。它基本上是"好心有好报"的道德剧。这里的世界，是一个可理解、可掌握、有一致性、并追求真善美的世界。因此，其中的事件绝对有迹可寻，它们不是武断地任意发生，它们是人物争取来的。在复原型三幕剧式结构中，人物不仅可以操控自己的命运，而且只要他承认错误，便可以适时地修正事件的结果。

3.8 隐没的叙述者

主流电影的另一项特色是隐没叙述者，也就是说观众看不见也感受不到说故事的人。如果没有说故事的人，这似乎就暗示着银幕上的事件，不论摄影机记录下来与否，都一样存在，一样会发生。编剧应该知道，展现（showing）和讲述（telling），戏剧化（dramatizing）和叙述化（narrating）有极大的分野。柏拉图就曾区分过"诗人借由角色的口说话"和"诗人由自己的口说话"两者间的差别。前者是指，诗人是隐没的，他只是再现已经发生的事件；后者是指，诗人站在事件和观众之间，有意识地替我们解释事件的意义。前者的故事是清晰的，主题是由事件展现出来；后者的故事是靠诗人的解释与事件的发生联合产生，有时候事件几乎不存在，故事充斥着诗人的解释与观点。

显然，任何故事的背后一定有说故事的人。任凭说故事的人如何躲藏，故事的观点和事件组织的结构就已经透露了他的存在（没有他，何来观点？何来结构？）。然而，复原型三幕剧式结构说故事的方法是假想的"写实"。这种方法想要观众忘了叙述者和叙述的存在，企图让故事自己把自己说出来。

在小说中，我们很习惯叙述者的存在，他们甚至直接对我们说话。相异于19世纪作家诸如乔治·艾略特（George Eliot）常用的全知视角，20世纪的小说都不避讳显示出说故事的人。于是，我们在故事中看到了观点不一定周全的使用第一人称或第三人称的叙述者。关于这些，第十四章会详加讨论。事实上，叙述者的公然存在使得小说比电影更方便描绘那些看起来似乎没有明显意义的小事件。

在大部分的戏剧或电影中，都不可能有个叙述者对着摄影机和观众公然讲话或解释剧情。但是，这并非表示叙述者不存在。戏剧结构其实就已经暗示了他的存在。这也就是我们一再说复原型三幕剧是靠着结构来说故事，结构就起到叙述者作用的原因。结构暗中操纵着观众的兴趣，结构暗中让事件产生意义。由于它处在暗处，所以故事看起来是自然发生的，人物仿佛真的能掌控自己的命运。

了解复原型三幕剧式结构的叙述功能（叙述者）极为重要。所有的故事都有叙述者，如果不用复原型三幕剧式结构，你就必须找到一个相应的替代者。我们在下一章中将会看到，当我们超越复原型三幕剧式结构时，那位隐没的叙述者就会变得越来越明显，越来越张扬。

3.9 结　论

"犯错—认知—救赎"这三个步骤，使得复原型三幕剧式结构令观众感到慰藉。它让我们认同走上歧路的剧中人物，也让我们早早知道他终将回心转意。复原型三幕剧式结构重视个人的自由意志，而轻视社会、历史、经济、家庭带给人物的局限性。虽然这有时并不明显，但是大部分复原型三幕剧的确有如此的倾向。如果你要写的就是以"犯错—认知—救赎"三个步骤为主导的故事，那复原型三幕剧式结构将是你最好的选择。但是如果你的题材要反映现今世界的冷漠或无常，也许你就该考虑其他的可能性了。

Chapter 4
反传统结构

COUNTER-STRUCTURE

众所周知,被框在复原型三幕剧式结构下的故事往往比较保守,这类故事皆呈现出一个有秩序、有条理的世界。这个世界中的人物,皆充分掌握自己的命运,依循因果逻辑行事。这类故事从不处理无常世事。要处理人世的无常,要面对意义的暧昧,要描摹事件的混沌,剧本的结构就需要适度地调整。有时候,编剧需要把结构调整得很明显,使得电影形式的人工感十足,以反照内容的混沌。又有时候,编剧需要把结构调整得很隐约,使电影形式似有若无,以营造内容的随机。

复原型三幕剧式结构比较容易定义,因为这种既定的结构提供给故事一个清楚的骨架,好比悉德·菲尔德所说的,"如果你熟悉三幕剧式结构,就可以轻易地把故事倾注其中。"[1]然而,反传统的结构却不是以既定的结构去整合故事,它反倒是依内容而调整,使其如故事般充满千变万化的可能性。

因此,我们所举的例子,并非要告诉你反传统结构只有以下几种样式,而只是提供给编剧一些可资参考的模板。

---

[1] 悉德·菲尔德(Syd Field):《电影剧本写作基础》,纽约:德拉科特出版社(New York: Delacorte Press),1982年,第11页。

4.1 明显的结构

我们首先检视结构明显的例子。结构的明显会使得电影形式的人工感十足。而这种形式上的人工感反而不会降低故事蕴含的无常、暧昧与混沌。

反讽型三幕剧式结构

以《唐人街》（*Chinatown*，1974）为例，悉德·菲尔德清楚地指出此三幕剧结构是如何运作的。第一幕结束于真正的毛瑞太太出现在吉茨的办公室。正如悉德·菲尔德指出，她的出现使剧情出现了180度的转变。"如果她是真的毛瑞太太，那雇佣杰克·尼科尔森（Jack Nicholson）的是谁？又是谁雇佣了假的毛瑞太太？为什么？"[①]吉茨必须找出是谁陷害他的。第二幕结束于吉茨在毛瑞太太的游泳池中发现眼镜，这分明暗示出毛瑞死于其太太之手。至此，吉茨才恍然大悟他一路保护和爱慕的女人竟是杀人凶手。三幕剧的结构清楚地描绘出吉茨由旁观者转变为参与者的过程。当他和毛瑞太太做爱时，我们知道吉茨把个人情感和工作混为一谈的老毛病又犯了。这个老毛病曾使他在唐人街遭到放逐，现在又让他惹火上身。这时第一幕中冷峻的侦探变成了第二幕中不可自拔的痴情男子。

我们相信吉茨终能克服儿女私情并把罪犯绳之以法，因为《唐人街》所属的侦探故事类型一向如此结尾。此类型的主角一向是个边缘人，一向是先败后胜。所以依照公式，他在剧终前肯定会不顾一切地反击并摧毁难缠的敌人，也就是说吉茨肯定会舍爱取义。

然而，《唐人街》在唤起观众对侦探类型记忆的同时，也扭曲了它。古典侦探类型中的主角虽是社会边缘人，但是这种与外界格格不入的个性却被当做英雄一般看待。而在《唐人街》中，吉茨的边缘人性格却是一种残缺。他在能言善道的外表下，不时流露出忧郁和失落。古典侦探类型中的主角总是不带感情地拼命发掘案情真相，而吉茨却一面在发掘真相，一面被牵扯进感情的漩涡。在毛瑞太太被射杀之后，我们知道他绝对不会像

[①] 悉德·菲尔德：《电影剧本写作基础》，纽约：德拉科特出版社，1982年，第9页。

《马耳他之鹰》（*The Maltese Falcon*，1941）中的山姆·斯佩德一般冷静地等待真相浮出水面。在《唐人街》的结尾，我们清楚地知道吉茨的感情世界已经被彻底摧毁了。

《唐人街》不仅扭曲了观众对古典侦探类型的记忆，它也对复原型三幕剧式结构中主角个性的发展（弱点的揭示、弱点的展开、弱点的克服）进行了反讽。传统类型和三幕剧式结构，使得观众期待的电影结尾是侦探克服个人弱点并击垮恶势力。但是，当剧中的大反派诺厄·克罗斯逃之夭夭，而侦探的爱人毛瑞太太被枪杀时，观众对类型和结构的期待完全被颠覆了。《唐人街》的力量正来自这种颠覆，它诱使观众根据传统的类型和结构去期待圆满的结局，但是它最终呈现出来的却是黑暗的真相。当大家的期待落空，当黑暗的真相突破类型和结构的安全框时，世事显得更加无常，人生显得更加荒谬。

反讽型三幕剧式结构基本上利用条理清楚的分幕方法，使观众有所期待。但是，它却在结尾处回马一枪，颠覆期待。这回马一枪虽然打破了三幕剧式结构的逻辑性，但是它必须要合乎故事的深层逻辑，才能使我们产生满足感。

再比如由巴克·亨利（Buck Henry）编剧、迈克·尼克尔斯（Mike Nichols）导演的《毕业生》一路谨守着复原型三幕剧式结构（本杰明成功地夺走伊莱恩），却在最后来了回马一枪。在电影的结尾处，导演把镜头长时间地停留在公交车后座上的男女主角身上，让他们有机会流露出内心的感情。起初他们高兴地看着对方，接着他们转而凝视着前方，无话可说。这长时间的沉默，让观众都替他们感到难堪。他们真的胜利了吗？还是他们的未来会和罗宾逊夫妇一样，过着漫长无聊的日子？

这个成功的结尾，一方面使剧本的主体谨守复原型三幕剧式结构，以致我们的期望没有落空；另一方面又用电影语言挑逗我们。虽然，我们早料到本杰明和伊莱恩会成功，但是电影中的蛛丝马迹又使我们推算出两人成功之后终将失败的下场（其实，本杰明在追求伊莱恩的时候，两人就无话可说）。这种电影故事并非打破复原型三幕剧式结构的逻辑，而只是多了回马一枪，转了个弯，使得电影充满了深层的反讽味道。

夸张的反讽型三幕剧式结构

相对于上述的例子,《蓝丝绒》反讽的程度更深一层。《蓝丝绒》结束于桑迪和杰弗里把机器知更鸟当成真的,他们天真地融入小镇风情中,完全无视电影中一再暗示的存在于杰弗里和桃乐丝之间的偷窥变态行为。影片开始时,他们天真无知;影片结束时,他们仍然天真无知。影片绕了一大圈,主人公们仍然相信小镇表面的甜美无邪。但是由于电影一开始就用夸张的小镇形象告诉观众,这部电影的主题将和"虚假表象"有关,所以当男女主角以假鸟当真鸟,似乎完全不了解自己内在的黑暗时,观众仍然可以得到观影的满足。《蓝丝绒》和《唐人街》的不同之处在于,《唐人街》始终让我们相信这故事的结尾应该会出现救赎的力量,而《蓝丝绒》却始终提醒观众要与影像保持一种反讽的距离。

从《蓝丝绒》的片头开始,我们就一再看到含有多重意义的影像——雪白的栅栏、鲜黄的郁金香、慢动作的消防车,以及杰弗里父亲突如其来的中风。前三者是天真无邪的符号,而后者则带有疾病和邪恶的暗喻。它们既构筑出也反讽了小镇的和谐。电影一再强调无所不在的邪恶,从伴有凝重配乐的林肯街路标的横摇镜头(当别人警告杰弗里离那地区远一点时),到法兰克无休无止的脏话,都不是要让我们接受,而是要让我们怀疑简单的善恶二分法。

除了影像的多重意义外,《蓝丝绒》依然靠着三幕剧式结构来说故事。而在三幕剧式结构讲求的秩序整齐和电影呈现的夸张的小镇生活之间,产生了一种张力。正是这种张力使《蓝丝绒》充满了反讽。

影片第一幕结束于杰弗里潜入桃乐丝的公寓,企图解开她和断耳之谜。第二幕描述杰弗里和桃乐丝的牵扯。他越陷越深,连桑迪的父亲都警告他别再插手管闲事。而此幕的高潮在于他无能为力地看着凶手造访桑迪的父亲。第三幕始于桃乐丝一丝不挂且伤痕累累地出现在杰弗里家门口,而结束于真相大白,坏人被铲除,小镇回归平静。但是,这份平静就和机器小鸟一样人工化,一样虚假。

《蓝丝绒》真的是靠三幕剧的方式结构的吗?的确是的。但是片中过分夸张的善与恶,使得此三幕剧式结构看来非常人工化。片中杰弗里探访桃乐丝的不明动机，马桶冲水声刚好遮盖住车子喇叭声的巧合，邪恶的充斥……这些内容一方面谨守另一方面又反讽了三幕剧式结构及其圆满的结局。《唐人街》和《蓝丝绒》都利用了三幕剧式结构，其中《唐人街》一再利用观众对圆满结局的期待，而《蓝丝绒》却故意使三幕剧式结构和电影内容夸张到了陈腔滥调的程度。但正由于这种夸张的陈腔滥调，电影对于三幕剧的整齐秩序和圆满结局的追求就多了一分嘲讽。

创作者就是反面角色

从影片《下班后》（After Hours，1985）一开始，观众就已经觉得这部电影有些怪。它的怪和《蓝丝绒》不同。在《蓝丝绒》中，人物不知道知更鸟是假的；在《下班后》中，主角保罗却逐渐知道了和他作对的反面角色不在故事中，而在故事之外。全剧的高潮之一是保罗跪在地上，对着逐渐拉高拉远的镜头大叫："你为什么要整我？"此举打破了现实主义赖以建立的基础——剧中人不知道有人在观察自己。此举也使从不知有结构存在的剧中人，第一次感觉到有人在以结构来操纵自己的生活以供观众欣赏。既然有人在操纵他的生活，他就毫无自由可言，这样他就必须抗争。可是，他抗争的对象却又是牢牢掌握着他的生死存亡和思想行为的创作者。剧中人该如何抗争控制着他的"抗争行为"的创作者呢？这种人物角色与创作者间的张力，也存在于现实生活中。在现实生活中，我们都梦想着拥有绝对的自由，但是我们的任何梦想其实都受到自身所处的社会、阶级、性别、历史等因素的支配，这样还谈什么绝对的自由？而这种角色和创作者之间的张力，我们将在第十四章中进一步讨论。

4.2 纪录片式的随机

相较于上述凸显结构的例子，有些剧本则刻意把结构处理得相当隐约，以制造类似纪录片的随机感。请注意，随机感并不等于没有结构，例如泰伦斯·马力克（Terrence Malick）的《穷山恶水》（Badlands，1973）中随兴的旁白。这部电影的结构虽不像注重人物动机和因果逻辑的复原型三幕剧式结构般严谨，但是它绝对是一种自觉的结构设计。

抽离型三幕剧式结构

《穷山恶水》中有两处转折很像三幕剧式结构中的分幕点。第一处是14岁的霍莉决定和刚杀了她父亲的男朋友基特一起逃亡的片段。第二处是霍莉终于又决定离开基特的那场戏。这两次决定很像复原型三幕剧式结构中的两个分幕点，也使得整个故事很像常见的"救赎剧"模式：一个青少年由无知而犯罪但终于悔悟的故事。但本片和救赎剧之间的差别在于，《穷山恶水》中的人物（尤其是霍莉），自始至终没有得到任何教训，他们没有传统三幕剧中的"转变"。在电影中，霍莉平板呆滞的旁白对应着零碎的画面，构成了似是而非的"分幕点"。

现在，我们来仔细看看霍莉决定和基特一起逃亡的片段是如何被呈现的。在剧本第19页，基特由背后枪杀了霍莉的父亲，霍莉跪在父亲的尸体旁，之后她领着基特走进厨房。不久基特又领着霍莉走回客厅。基特探了探死者的心跳，说道："不用找医生了。"

剧本第20页，基特把尸体拖到地下室。一段时间过后，基特由地下室拿了个烤面包机出来，回到厨房，此时霍莉突然打了他一巴掌。之后她走回客厅。他跟着，然后他决定出去一下。她跌坐在沙发中。

第21页，夜间屋子的外景。又有一段时间流逝，镜头跳到屋内。霍莉上楼，站在窗边看着屋外玩耍的两个小男孩。

同样是第21页，火车站。路边的留声机。时间同上景。基特留下一段录音，说他和霍莉决定自杀。基特离开留声机。

第22页，汽油被浇到钢琴上，唱机不断地播放着基特刚刚制作的唱片。霍莉和基特在室内纵火后，奔向汽车。霍莉生活了14年的家逐渐化为灰烬。

第23页，霍莉跑回学校拿她的课本。她的旁白说道，她本可自己一走了之，但是她决定和基特同生共死。

霍莉为什么要和基特同生共死？我们不知道，因为我们没有看到霍莉做决定的戏。取而代之的是一连串看来不太相干、类似静物特写的场面。由于我们无法把这些场面看做是霍莉的心理转折，因此面对这些中性的画面，我们只好将自己的想象与情感投射其中。然而，当我们看到霍莉随基特逃跑的时候，我们仍不禁要发出疑问。霍莉看到父亲被杀，难道不悲伤吗？为什么纵火的戏拍得如此美丽？为什么她对这一切都如此冷漠？电影中的影像与声音没有提供给我们任何答案。但是，我们可以仔细想想，如此抽离、冷静、诡异的风格和基特动辄滥杀无辜的偏执心态是不是极其搭调呢？

我们把《邦妮和克莱德》（*Bonnie and Clyde*，1967）和《穷山恶水》对照一下，就可以明了上述抽离式的结构其实相当厉害。虽然我们会误认为这两部电影的主题是一样的，但是《邦妮和克莱德》中的暴力带有抽象的意味，大家可以把它当做电影来看，却没人会把它当真。而《穷山恶水》中的杀戮，却带给观众无情的压力，直到电影结束后仍挥之不去。

反讽型两幕剧式结构

《稳操胜券》不但懒得理我们对三幕剧的期待，而且根本是在嘲笑这种期待。我们期待片中的女主角诺拉在失去她所爱的男人之后，会放弃她自由不羁的生活方式。然而她仍一如故我，没有丝毫改变。但最终的结果却是，诺拉对男友的这种态度，让我们觉得非常信服。可如果《唐人街》中的吉茨突然宣布他不再爱毛瑞太太的话，我们一定会丈二和尚摸不着头脑。

在《唐人街》中，第一幕的转折在于吉茨决定接手毛瑞太太的案子。这个清楚的转折带领我们进入第二幕。而我们的期待始终紧跟着剧情的发展。但在《稳操胜券》中，没有第一幕的转折，而其中的倒叙手法更清楚地告诉我们这不是一部直线型的三幕剧式电影。在整部电影中，诺拉都走在我们的前面。起初，我们以为诺拉的男友只有杰米一人，后来我们才知道她还有其他的爱人，我们知道的都是已经发生的事情。这种状况与《唐人街》明显不同：在《唐人街》中，我们走在吉茨之前，伴随他一起作生命中的抉择；而在《稳操胜券》中，我们走在诺拉之后，每次都是她作了抉择之后再知会我们一声而已。

然而《稳操胜券》确实也有类似幕与幕之间的分界——当杰米离开诺

拉之后，她决定放弃另外两个男友，重回杰米身边。但由于剧本始终没有解释诺拉交三个男朋友的原因，也不把四角恋爱当成错误看待，所以诺拉重回杰米身边的抉择，并不像是一个纠正错误的举动。这不是在传统三幕剧中，主角在第一幕中犯了一个错误，并导致他在第二幕中必须纠正此错误的公式。因此，我们从未真正进入诺拉的内心（她总是作了决定之后再知会我们），我们只能静观其变，而无法事先评判。当她后来又决定离开杰米时，电影似乎也没有提供任何原因，只留下一堆线索和片段让观众自己去拼凑其中原委。

一幕剧式结构

相较于《稳操胜券》的两幕剧结构，马丁·斯科塞斯（Martin Scorsese）的《穷街陋巷》（*Mean Streets*，1973）只有一幕。《穷街陋巷》的剧情用一句话即可概括——查理为约翰尼两肋插刀，以求救赎。在影片前10分钟，我们看到迈克尔借钱给约翰尼，而由查理出面作保。当约翰尼没办法还钱时，查理只得出面解决事情。虽然查理装作看不出来，但是大家都知道约翰尼是个毫无信用的无赖。由于查理在这之前就已决定要为约翰尼两肋插刀，所以这场戏的作用不过是为了加强这个决定的效果而已。

在电影开场时查理就被警告不要做约翰尼的担保（这其实相当于传统三幕剧中的第二幕——用来印证之前所做的决定是错误的，也用来发展以后的剧情）。在电影剩下的部分中，查理依然一再被告诫要远离约翰尼，但也一再由约翰尼身上得到救赎——帮助约翰尼就像是他必须完成的使命。这种压力的不断累积直到约翰尼被杀，留下无法得到救赎的查理才宣告停止。

一幕剧式结构的剧本，既没有剧情的转折，也没有暂时的胜利和错误，所以很难维持2小时。但是一旦成功，一幕剧式结构可以累积出分幕故事所不及的力道与强度。这类故事始于一个建构完整的冲突，然后缓慢绵延地铺陈这个冲突以至片尾。由于冲突的张力足、基础厚，因此剧本往往不需要"解决问题"的第三幕。例如，在《穷街陋巷》片尾，查理介于救赎与家庭之间的挣扎和传统的"解决问题"相去甚远。

《天堂陌影》（*Stranger Than Paradise*，1984）也是个一幕剧式结构的电影。虽然全片分为三段，但是这三段的方向单一且相同。不论艾迪是去克利夫兰、佛罗里达，甚至布达佩斯，我们知道他都将会无所适从。因此一幕剧式结构的主要任务不在于展现人物，而在于加强和深化观众早已知悉的事。这种结构怀疑人物转变和成长的可能性。我们并不知道艾迪在布达佩斯会发生什么事，但是，想必和他在克利夫兰差不多吧！在莉齐·博登（Lizzie Borden）的剧本《打工女郎》（*Working Girls*，1986）中，做妓女的主角突然心生倦意，决定不再出卖皮肉。由于电影开始时她就已经是妓女了，我们完全不知道她原先为何当妓女，所以她突然洗手不干的转变，对观众而言欠缺说服力。

4.3 混合形式

以上，我们刻意地把结构形式分为凸显和隐藏两种。但是大部分超越套路的剧本多是两者合用。本书中绝大部分的例子都是美国电影，因为从大家熟悉的电影中寻找范例，应当是事半功倍。唯有此次例外，因为戈达尔（Jean-Luc Godard）的《男性/女性》（*Masculine/Feminine*，1966）是融合明显和隐约两种结构形式，且充分利用两者互动张力的绝佳范例。

《男性/女性》的故事描写了保罗和女歌手玛德琳的瓜葛，这部影片的副标题是《刚好15幕》（*15 Precise Acts*）。影片被数字分割成不同的段落，但是这些数字却不是按照严格的规则出现的。例如，在影片开始许久数字都未出现，直到我们看到了"4"和"4/A"的标注，接着又有一段时间没有数字出现，直到我们看到"7"和"8"的标注。这些数字虽然古怪，却提供了非常自觉且明显的结构，因为我们知道当"15"出现时，电影就该结束了。

但是全片的风格却像极了纪录片——平淡而无戏剧性的内容、灯光不足的摄影、充满瑕疵的访谈，强烈地暗示着重要的讯息不在于人物说了什么话，而在于一些不可言说的东西。语言不能充分表达意义，这里的世界看起来沉重、不透明、不可言喻、没有感情。摄影机抽离地观察着人物。情节少有转折，镜头观点暧昧不明。

于是"明显"与"暧昧"间的张力充斥于整部电影中。一方面，《男性/女性》的剧本利用显而易见的数字表现强制性的结构；另一方面，它又完全不避讳毫无因果逻辑、散漫无章的叙述法则。电影一方面用强制性结构控制着剧中人物；另一方面又好像完全掌握不住人物似的随着他们东游西荡（尽管作了一堆访谈，似乎仍然没有人搞得懂他们）。

在主流电影中，叙事法则和故事情节是互为一体的两面。电影的结束代表着叙事法则达到完满，故事情节变得完整。但是在《男性/女性》中，戈达尔故意让电影武断地结束，它既没有叙事法则的完满，也没有故事情节的完整。我们看见数字小标"15"在银幕上闪个不停，而玛德琳坐在警局内描述保罗的死因——保罗弄到些钱，买了栋公寓，当他带玛德琳参观房子时，因退后得太远而摔死了——电影戛然而止。《男性/女性》的结构自觉到了明显被操控的地步，它似乎反映着人的生命受大环境（广告、文化、阶级、历史）控制的事实，同时也反映出人在被控制的生命中寻找意义的挣扎。

4.4 结 论

反传统三幕剧式结构的做法基本上有两种：第一种，凸显三幕剧式结构使电影形式的人工感十足；第二种，隐藏三幕剧式结构使电影形式如纪录片般随机。

在第一种凸显式做法中，又分为反讽型三幕剧式结构和夸张的反讽型三幕剧式结构两种。前者扭曲传统的结构形式，使电影故事的发展方向出乎观众意料之外，如《唐人街》；后者借着夸张的手段，使观众看到传统结构的造作，以讽刺嘲笑传统结构，如《蓝丝绒》。而在第二种隐藏式做法中，我们特别介绍了抽离的三幕剧式结构，这种做法刻意泯灭因果逻辑、人物心理等传统戏剧要素，以制造宿命的感觉，如《穷山恶水》。除上述之外，还有两幕剧式结构和一幕剧式结构两种反传统做法，它们的特色在于把剧本的焦点缩小至单一的冲突,并一再强化观众早已熟知的事。还有许多反传统的剧本既凸显也隐藏结构,而在收放之间,产生张力。

　　总而言之,反传统结构的做法不是以既定的叙事法则去压制故事,它反倒是使结构依故事内容而生,充满了千变万化的可能性。

Chapter 5
跟着类型走

WORKING WITH GENRE

类型片长久以来一直是美国电影的伟大传统，西部片、强盗片、歌舞片等电影类型几乎就是好莱坞的代名词，源于欧洲的黑色电影和恐怖片也在移植美国后存活下来。由于类型电影一直广受观众喜爱，大多数的编剧在他们的创作生涯里难免要写些类型片剧本。然而唯有熟悉类型电影的种类和特性，才能针对某种类型进行创作。了解类型，其实是掌握故事结构的快捷方式。

类型不只是公式，它是对观众具有天生吸引力的一些故事。如果编剧忽视这种天生的吸引力，那就得不偿失了。

5.1 类型与观众

社会学学者长期关注电影与观众之间的关系，然而对类型以及它和观众之间的关系，研究得最透彻的却不是他们，而是像苏珊·桑塔格（Susan Sontag）、保罗·施拉德、罗伯特·沃肖（Robert Warshow）这些不假科学式统计分析的观察者。他们的方式是先仔细研究某一电影类型，继而找出这种类型所表达的特殊情感和观众相对的情绪反应这两者之间的复杂关系。例如沃肖便曾研究过强盗片和西部片里的英雄角色，发现他们和普通百姓一样，都想在新移民的环境中出人头地，只是他们选择了非一般的犯罪手段而已。[1]沃肖认为想要出人头地是人之常情，只是在竞争激烈的现代大都会中，很多人注定要落败。强盗片中英雄的失败直接导致其生命毁灭，这就是悲剧。

反观西部英雄的命运就乐观许多。在美好的西部世界里，冲突的化解、道德的醒悟比强盗片中的现代都会中要来得单纯。由于这种单纯，西部片提供给观众"美梦比较容易实现"的企望，把他们带回简单的田园生活里。沃肖特别强调任何的类型电影都和历史真相无关，对类型电影而言，梦想比真相更加珍贵，强盗片和西部片对美国人民的意义便在于它筑造一个逃离现实的梦境。

类型电影常以营造"美梦"或"噩梦"的方式来说故事。恐怖片和黑色电影总是充满噩梦。西部片、惊险片、歌舞片却可以让你美梦成真。至于一些比较写实的类型，像纪录片、情节剧、情境喜剧等，它们取材的内容自然就会是大家比较熟悉的人物、情境和行为。

然而编剧必须明白观众的口味会随着时代改变，即使对于类型电影也一样。我们不能完全忽视现代观众对西部英雄、歹徒、印第安人、家园的感觉，任意地拍一部古典西部片。事实上像原子弹、太空探险这些东西的出现已经改变了西部片置景的风貌。过去西部片的场景总设置在边塞蛮荒之地，可是现代的西部片置景已经扩展到太空。因此，在过去25年里，至少有《九霄云外》（*Outland*，1981）、《星球大战》和《异形2》（*Aliens*,1986）《人猿星球》（*Planet of the Apes*，2001）等多部以太空为场景的电影采用了西部片设置。这些电影仍具备许多西部片的类型元素，只是过去所谓的"西部"指的是边塞蛮荒之地，现在它也可以是外太空，类型电影里的旧故事穿上了新外衣。

---

[1] 罗伯特·沃肖:《强盗作为悲剧英雄》(*The Gangster as Tragic Hero*);《电影编年史: 西部人》(*Movie Chronicle: The Wester*) 纽约: 双日出版公司 (New York: Doubleday & Co), 1962年, 第83—88页; 第89—106页。

5.2 类型电影

本章并不打算整理出类型电影的演变历史,但是多加了解某一类型今昔不同的风貌,可以增进我们对它的基本概念的认识。

下面我们将分别讨论这些电影类型:

- 西部片(Western)
- 强盗片(gangster film)
- 黑色电影(film noir)
- 神经喜剧(screwball comedy)
- 情节剧(melodrama)
- 情境喜剧(situation comedy)
- 恐怖片(horror film)
- 科幻片(science fiction film)
- 战争片(war film)
- 惊险片(adventure film)
- 史诗片(epic film)
- 体育片(sports film)
- 传记片(biographical film)
- 讽刺剧(satire film)

西部片

西部片拥有深厚的历史背景,它以西部拓荒精神作为中心议题,在20世纪50年代以前是最杰出的好莱坞类型片。总括古典西部片的类型母题,大致如下:

- 一位独来独往的西部英雄,他是西部世界道德和高贵的象征。
- 西部英雄天生就是神枪手,骑马技术一流。
- 反面角色喜欢作生意,累积金钱、土地、牛群,而且为达目的不择手段,甚至六亲不认。

- ▶ "土地"代表自由，也代表大自然的原始性。在西部片中，"土地"的角色相当重要。
- ▶ 小镇、军队、婚姻、孩子等社会构成元素代表文明的力量。
- ▶ 西部英雄被迫在两股对立的势力中作抉择，通常情感上他会倾向原始的力量（例如土地、印第安人），理智上却又受到文明力量（例如军队、小镇）的牵引，这是西部英雄一贯的内在冲突。
- ▶ 西部片少不了像枪战、赶牛等仪式性的场面。私人恩怨的解决通常诉诸决斗而不是言语沟通。

以上简单介绍的是西部片的类型母题，接着要谈的是西部片自20世纪50年代起所发生的转变。对古典西部片的改革者而言，他们的当务之急便是想办法让电影不至于显得太肤浅无知。像格里高利·派克（Gregory Peck）在《枪手》（The Gunfighter, 1950）里的英雄形象便已不再是过去的神话人物，"神枪手"既是他的美名，也是他的包袱；《无敌连环枪》（Winchester' 73, 1950）里的詹姆斯·史都华（James Stewart）则显得神经兮兮；《日落黄沙》里的威廉·霍顿（William Holden）根本就是一名恶棍杀手，古典西部英雄的侠义之情已不复见。西部片另一项改革的重点是对文明力量的看法，像《草莽雄风》（Apache, 1954）、《西部执法者》（The Outlaw Josey Wales, 1976）里的联邦军队作风甚至比印第安人还野蛮。原本应该祥和安乐的小镇，在《荒野浪子》（High Plains Drifter, 1973）里却被描述成人间地狱。总之相较于古典西部片，20世纪50年代以后的西部片已经变质，不再抱守原有的理想。像《牛仔路漫漫》（The Culpepper Cattle Company, 1972）和《天堂之门》（Heaven's Gate, 1980）便是以西部神话的破灭作为主题。

现代的西部片虽然和过去大不相同，但是充当原始与文明交战所在的"边塞"依然存在，只不过是位置不同而已。

强盗片

古典强盗片的故事不外乎是想要一步登天的男主角在社会上起起伏伏

的过程，和西部片具有同样明显的类型化特征。亡命之徒式的男主角，总觉得生命即将终结，所以做事相当拼命。强盗片的特征总括如下：

- 男主角常是移民出身的卑微人物，希望晋身上流社会。
- 现代都市是黑帮分子温暖的家，同时也是他们出生入死以求出人头地的背景。
- 想当老大就得不择手段。也就是说做英雄就得有勇气、够狡猾，而且二话不说地干掉企图与他分享权力的人。这就是所谓的江湖规矩。
- 主角必须忠于他的移民背景。
- 黑帮的江湖规矩不见容于正常的社会规范，因此维持社会秩序的警察和联邦探员便成为黑帮分子的头号敌人。
- 枪支、汽车、女人等物质上的满足是成功的象征。
- 黑帮分子的处世哲学是胜者为王、败者为寇。

强盗片一直是美国最主要的电影类型之一，像《教父》（*The Godfather*，1972）、《铁面无私》就是典型的例子。它的重要性在于反映现代城市的生活风貌，其中又包涵了黑帮分子的性格描述。主要角色除黑帮分子外，还包括例如《肮脏的哈里》（*Dirty Harry*，1971）里的警察，《夜长梦多》（*The Big Sleep*，1946）里的侦探，甚至于《柏林谍影》（*The Spy Who Came In From the Cold*，1965）里的间谍。不管角色为何，他们各自为政，都想闯出自己的字号。拿黑帮分子来说，虽然他们和间谍、杀手一样是向既定社会规范挑战的道上人物，却也会对同道下毒手。然而这一切斗争的下场便是死亡，黑帮帝国终将被摧毁。

强盗片里的人物与他们所处的场景通常有一定的搭配，例如旧金山的哈利·卡拉汉、洛杉矶的菲利普·马洛、芝加哥的埃利奥特·内斯，以及纽约的柯里昂家族等，他们各有各的地盘，或者说战场。这些电影把场景设定在著名的城市，不禁令人误以为它们就是依照真人真事改编的电影。然而，强盗片毕竟不是城市生活的纪录，和西部片一样，它呈现的是一个梦境，一个魅影重重的城市景象。强盗片就像是现代版的基督徒或角斗士的故事，人物之间必须争个你死我活。

强盗片的故事总是充满阳刚之气，几乎不谈两性关系。电影中也甚少出现令人印象深刻的女性角色，不过还是有例外，像《邦妮与克莱德》里的邦妮、《歼匪喋血战》（*White Heat*，1949）里詹姆斯·卡格尼（James Cagney）的母亲，或是《大内幕》（*The Big Heat*，1953）里的葛洛莉亚·格拉汉姆（Gloria Grahame）等。她们或许会激发男主角的勇气，在角色个性上很有吸引力，可是女性在强盗片里从来不曾独当一面。不管她们是黑帮老大的姐妹或母亲，也不管她们是纯情少女或风尘妓女，她们永远只是辅助性的配角。

最后值得一提的是，通俗侦探小说里的著名人物往往会被移植到强盗片里。而像东尼·席勒曼（Tony Hillerman）笔下的印第安人，斯科特·杨（Scott Young）笔下的爱斯基摩人，泰德·伍德（Ted Wood）笔下的乡下警察，以及大卫·汤普森（David Thompson）笔下充满国际色彩的人物都将会在未来的强盗片中扮演重要角色。这些侦探小说家巧妙地利用富有异国风情的侦探故事来吸引读者，同时也提供给好莱坞制片人新的拍片点子。

强盗片已从勾勒经典的城市风貌，演变成今日的富于国际色彩。世界看起来就像个超大的丛林，角色的生命愈加危险，强盗片的素材也就愈加丰富。

黑色电影

黑色电影源起于20世纪20年代的德国，在那个悲观的年代里，逐渐壮大的都市人内心深层的恐惧是黑色电影捕捉的焦点。黑色电影又可称为"背叛类型"（the genre of betrayal）的电影，因为它的主题总围绕于个人、国家、国际等各方面的背叛。黑色电影的特征大致归纳如下：

▶ 黑色电影的男主角是个苟延残喘的边缘人物，他们形色各异，但却绝对不是西部片或强盗片里的英雄人物。

▶ 男主角将他所有的希望寄托在女人身上。他总是迫不及待地抓住唯一的机会。

▶ 男主角和他的救赎（女主角）之间往往只维持激情的性关系。

▶ 在这层性关系里，女主角将会背叛男主角。

- 这种性关系的副产品即是暴力。
- 城市是所有罪恶的渊薮，现代生活的象征。男女主角之间已无宽容，城市生活只教会他们背叛和欺骗。
- 孩子代表希望，但黑色电影从不曾出现过孩子，即使是已婚夫妇，他们身边也不会出现小孩子。一切都是令人绝望的。
- 性与暴力同时并存，互为因果。
- 孤独是男主角的标记，代表他的生活状态。

黑色电影就像现代人的梦魇一般，经典的例子如比利·怀尔德（Billy Wilder）的《双重赔偿》（*Double Indemnity*，1944），一则为爱情而杀人的故事，后来爱情没有兑现，兑现的却是一具具尸体。较为现代的作品有《体热》（*Body Heat*，1982）、《唐人街》、《愤怒的公牛》（*Raging Bull*，1980）等。充满悲观绝望之情的黑色电影曾出现不少珠玉之作。挖掘人性最丑陋一面的人却是那些才气纵横的导演和编剧，这也算是一种讽刺吧！

神经喜剧

神经喜剧就好像是喜剧形态的黑色电影，除了最后圆满的结局之外，它和黑色电影的类型特征颇相近。

- 主角是一名孤立无援的男性。
- 男主角不怀任何希望地追逐女人以克服心中的寂寞和焦虑。
- 一场男人与女人的战争。
- 在这场男人与女人的情欲战争中，男性雄风遭受挑战，女性掌握优势。传统两性地位的逆转是神经喜剧的主题。
- 相对于黑色电影的悲剧性，神经喜剧则显得轻松许多。
- 大都会场景和黑色电影一样，并且同样充满危机。
- 神经喜剧也不会有孩子的角色，夫妻之间总是问题重重。
- 角色之间的互相挑衅攻击是幽默的笑料，而不是像黑色电影那样诉诸暴力。

神经喜剧比起情境喜剧来需要更多冒险和刺激的情节，因此较少有人尝试此类型。例如《洗发水》（*Shampoo*，1975）和《散弹露露》是较为现代的作品。至于像《育婴奇谭》（*Bringing Up Baby*，1938）和《妙药春情》（*Monkey Business*，1952）这种早期风格的神经喜剧则已不多见。男性编剧在处理神经喜剧的题材时，往往先得克服心理障碍，因为依此类型的做法，男性的地位和自尊在电影中将备受打压。尽管如此，神经喜剧仍是一个充满创意的电影类型。

情节剧

一提起情节剧，人们很容易会联想到肥皂剧，但是这种联想有失偏颇，因为情节剧是最贴近现代社会中人事的电影类型。不过，这并不意味着情节剧只是如实地反映现代生活而已。比较恰当的说法可能是：情节剧就是用戏剧手法去处理我们的日常生活细节。它的主要特征如下：

- 情节剧的主角通常是女性，但也会有例外。
- 某些特定的社会规范说明了该地区的权力结构，也造成主角的困扰。
- 借助于权力结构中的另外一位成员，主角得以克服权力结构造成的困扰。
- 漂亮和聪明的人往往无法同时拥有金钱和权势。
- 主角为超越社会规范所采取的行动，往往会同时打击到自己原本的家庭和某些有权有势的家庭（如果她同这个家庭中的儿子建立恋爱关系的话）。在她的奋斗过程中，一切只能靠自己。
- 主角总是坚信明天会更好，现状（原本的家庭、破碎的婚姻）对她自身而言，简直就是奇耻大辱。
- 现代感对情节剧而言是重要的。电影故事的年代一久远就比较不能打动观众。因此，卖座的情节剧往往取材自当下。
- 剧中角色各自代表着理想主义、犬儒主义、性欲、攻击性……多种角色间的互斗，说明了强者与弱者之间的战争，也彰显了权力结构的顽强。

20世纪80年代最重要的一场权力斗争,莫过于两性之间的冲突。随着女性经济能力的提高、性别革命的加速演进、女性意识的抬头,男女关系事实上已经被重新定位。职业、养育子女、婚姻等方面的问题,都和过去大不相同。长久以来,两性关系一直是人类生活中的大课题,这或许也说明了为什么《三十而立》(*Thirtysomething*)会是近十年来最叫座的电视剧集。回顾过去许多令人怀念的电影,它们都是情节剧,像《克莱默夫妇》(*Kramer vs. Kramer*,1979)、《追梦人生》(*Independence Day*,1983)、《我美丽的洗衣店》(*My Beautiful Laundrette*,1986)、《突破》等。社会变迁刺激了大量的电影分别在不同的时空环境中探讨其特殊的权力关系,像《开放的美国学府》(*Fast Times at Ridgemount High*,1982)、《挡不住的来电》(*Crossing Delancey*,1988)和《莫负当年情》(*Beaches*,1988)都是时代的产物。它们也都属于情节剧的类型,主角也都是女性,只不过年纪不同罢了。

情境喜剧

情境喜剧和情节剧很类似,只不过结局不一样,情节剧一向以悲剧收尾(至少也要富有悲剧意味),《普通人》(*Ordinary People*,1980)里的妈妈最后离家出走便是最典型的例子。反观情境喜剧,较圆满的结局冲淡不少悲剧意味,典型的例子如在《家有恶夫》(*Ruthless People*,1986)里,贝蒂·米德勒(Bette Midler)饰演的女主角最后将她的老公踢下海。这种角色间冲突的用意在于制造幽默感。以下是情境喜剧的类型特色:

▶ 男性当主角的比例较女性来得高,例如《十全十美》(*Ten*,1979)和《阿瑟》(*Arthur*,1981)里的达德利·摩尔(Dudley Moore)、《不文大丈夫》(*Skin Deep*,1989)里的约翰·瑞特(John Ritter)、《半熟米饭》(*Blame It On Rio*,1984)里的迈克尔·凯恩(Michael Caine),都是男性当主角的例子。

▶ 现代的场景。

- 主角所逾越的不是权力结构的范围，而是它的价值观。
- 主角既不富有，社会关系也不广泛。他总试着重新找回某些失落的东西（例如理想、生命力等）。
- 和情节剧一样，主角越轨的举动会吓走所有人，包括朋友和敌人。
- 情境喜剧常运用时下流行的议题。在这些流行议题中，主角总处在下风。经过痛苦的挣扎，他企图树立新的社会价值观。《不结婚的女人》（*An Unmarried Woman*，1978）和《莫斯科先生》（*Moscow on the Hudson*，1984）便是此种情境喜剧。

就像《桃色公寓》（*The Apartment*，1960）宣告20世纪50年代已经结束一样，伍迪·艾伦则借《罪与错》反省80年代的富裕生活，同时宣告它的结束。

恐怖片

恐怖片的创作源头可以溯及19世纪乔治·史蒂文森（George Stevenson）、玛丽·雪莱（Mary Shelley）、爱伦·坡（Edgar Ellen Poe）等人的文学作品。恐怖片和这些文学一样，基本上是批判物质文明发达后矫情的现代生活。年轻的观众特别喜欢看恐怖片，这或许是他们不像老一辈的观众那么讲求理性的缘故。因为出现在恐怖片里的怪物、疯狂的攻击行为以及性关系等，全都是梦境的产物，来自于非理性的潜意识世界。它的类型特征如下：

- 主角像个牺牲的受难者，不像英雄。
- 塑造反面角色的灵感往往来自科学上的奇想，例如《科学怪人》（*Frankenstein*，1931）里的怪人；或是社会性的奇想，例如《猛鬼街》（*Nightmare on Elm Street*，1984）里的弗莱迪·克鲁格。
- 极度的暴力与性是恐怖片的重要元素，恐怖片中的残酷行为绝不会适可而止，一定是非常极端的。
- 科学技术使得反面角色威力无比，令观众对未来的世界充满恐惧。
- 宗教往往被视为一项影响最后结局的变量。恐怖片里善恶力量决战的主角通常就是上帝与撒旦,例如:《驱魔人》(*The Exorcist*,1973)、《罗丝玛丽的婴儿》(*Rosemary's Baby*,1968),还有《恶灵第七兆》(*The Seventh Sign*,1988)等。

▶ 恐怖片里的小孩通常天赋异禀。不管是洞悉先机的能力,还是死里逃生的本领,往往都出现在小孩身上,大人反而一筹莫展。

▶ 亲朋好友对于主角的遭遇束手无策,家庭中的某一成员常是万恶之首。

▶ 场景的不同,例如:房子、村庄、考古场地等,将会影响主角最后的下场。

▶ 灵异是恐怖片的一大特色,许多怪现象都无法得到合理的解释,一切只能诉诸非理性的灵异说法。

科幻片

科幻片和恐怖片都是以梦魇般的灾难故事作题材,不同的是前者着重社会组织层面,后者则以人的心理为重心。就科幻片的题材而言,《蚂蚁雄兵》(*The Naked Jungle*,1954)描述一场生态灾难;《2001:太空漫游》(*2001: A Space Odyssey*,1968)讲的是发生在太空中的技术意外事件;《地球停转之日》(*The Day the Earth Stood Still*,1951)则以两个来自不同星球的族群无法和平生活在一起作为故事背景。这些故事的主旨在于提醒观众爱护环境、重视科学,并且互相尊重。假如这一切做得不够,并且情况持续恶化下去,地球终将毁灭。就此而言,科幻片的主题便如同《圣经》这类史诗一样宏大,两者都是借着颂扬过去的道德典范,来唤醒现代人的道德勇气,以挽救人类的未来。以下是科幻片的类型特征:

▶ 主角是个无辜的受害者,常因科学技术上的疏忽或神秘力量的破坏而备受折磨。

▶ 正邪双方的战斗,胜负并没有定论。科幻片中男主角的遭遇甚至会像在《天外魔花》(*The Invasion of the Body Snatchers*,1956)中一样,一路挨打。

▶ 亲朋好友的作用只是让主角有机会喘一口气，但有时也会让主角在生命饱受威胁之时，找到微弱的希望。

▶ 反面角色可能是科学家、科技产物，甚至是大自然的力量。他们在规模上都异常庞大（如《蚂蚁雄兵》里的蚂蚁），而主角却表现得非常脆弱，但也十分人性化。

▶ 科幻片的结局比起黑色电影或恐怖片，显然乐观许多。

▶ 主角和超自然力量搏斗的精神，为他平添几分英雄气息。

▶ 科幻片的场景变化很大，大都市、乡下、外太空、其他星球都有可能。这些地方有时平静无害，有时却是怪物的巢穴。但是无论如何，它们同我们居住的正常的社会社区有很大差异。

▶ 科幻片的故事不仅情节密集，同时充满威胁人类生存的危机，电影的动作线便是叙述主角如何应对这些危机。

战争片

战争片是"国家民族"层次的情节剧。它处理的是侵略与权力的议题，覆巢之下无完卵，提起战争人人色变，这也就是为什么电影史上许多伟大的电影都和战争有关：《西线无战事》（*All Quiet on the Western Front*，1930）、《战地之花》（*The Big Parade*，1925）、《大幻影》（*La Grande Illusion*，1937）、《下水道》（*Kanal*，1957）、《菲律宾浴血战》（*They Were Expendable*，1945）、《光荣之路》（*Paths of Glory*，1957）、《奇爱博士》（*Dr. Strangelove Or: How I Learned to Stop Worrying and Love the Bomb*，1964）等电影都是很好的例子。至于像《罗马，不设防的城市》（*Rome, Open City*，1945）、《黄金时代》（*The Best Years of Our Lives*，1946）、《禁忌的游戏》（*Forbidden Games*，1952）、《谁能让雨停住》（*Who'll Stop the Rain?* 1978）则以战时的后方为故事背景。

或许正因为战争是那么可怕，所以战争片才变得重要起来，以下是战争片的类型特征：

▶ 男主角心中只有一个念头——活下去。这股求生的意志可能是出于个人因素，也可能是为了国家和信仰。
▶ 个人的价值观在战斗中受到严格考验。
▶ 各种人类行为特点——利他主义和野蛮兽性——在战争中的人物身上并存。
▶ 人与人之间的关系，包括男人与男人、男人与女人的关系因战争显得益发重要。
▶ 每部战争片都有不同的政治观点，多数站在谴责战争的立场上，部分则借战争挖掘人性的善与恶。
▶ 人类的行为在战争中变得直接而原始。
▶ 在有的战争片中观众根本看不到敌人在哪里，像《光荣之路》、《全金属外壳》便是这类电影。

战争片的观点从浪漫（如《约克军曹》[*Sergeant York*, 1941]）到嘲讽（《敢死部队》[*Too Late the Hero*, 1970]）不一而足。然而不管电影的观点为何，富于个性的角色才是重心。这些电影不仅表现了战争对个人的考验，也对战争本身提出了批判。1937年，让·雷诺阿（Jean Renoir）拍摄了一部伟大的反战电影《大幻影》，2年后的第二次世界大战则比第一次世界大战更残忍。由此看来，战争片对观众的吸引力将持续不衰。

惊险片

情境喜剧近似情节剧，而惊险片则和战争片相似。詹姆斯·邦德和印第安纳·琼斯不仅打不死，甚至越战越勇。他们是漫画式的英雄，战斗对他们来说只是过瘾刺激的冒险，并不可怕。战争是男人的事，冒险可是男孩们的专长。惊险片的特征如下：

▶ 惊险片的主角通常是男性。他不必担心生死的问题，他的目标是扮演"救世主"来拯救国家甚至拯救全世界。
▶ 全能式的男主角不仅体格强健，智力也高人一等，这些都是他扮演

"救世主"的本钱。

▸ 玩世不恭的男主角显得有点孩子气。

▸ 反面角色在智力、体力、权力等各方面都有不寻常的表现。然而不管他是小虾米还是大鲸鱼,反面角色愈强,主角的成就感也就愈大。

▸ 惊险片通常是自嘲的、幽默的。

▸ 角色之间只有轻浮的表面关系,因为电影的节奏快得无法让角色发展出亲密的感情。

▸ 惊险片中的性与暴力同样因为节奏很快而变得不煽情、不逼真。

▸ 仪式和神话远比写实的情节重要,因此惊险片总是充满神秘的气氛。灵异传统和电影特效是此类型电影的特色。

▸ 惊险电影中充满了刻板老套的形象,像《007之诺博士》(*Dr. No*,1962)里面的古怪科学家、《夺宝奇兵2:魔宫传奇》(*Indiana Jones and the Temple of Doom*,1984)里的小喽啰。而《第一滴血》(*Rambo: First Blood*,1982)中暗藏的种族歧视也是刻板形象的必然结果。

惊险片在过去几十年大为流行,像《夺宝奇兵》、《第一滴血》、《超人》(*Superman*)、《蝙蝠侠》(*Batman*)等系列作品都是20世纪80年代最卖座的电影。这种大热的风潮使得原本是其他类型的电影,如《肮脏的哈里》和《致命武器》(*Lethal Weapon*)中的角色,在续集中也渐渐变为冒险英雄,远离了原先类型中的设定。

史诗片

史诗片常被视为严肃的惊险片。片中主角的抗争虽充满英雄色彩,但也相当写实。不论是传记体还是历史纪录,史诗片一定是道德剧——个人的道德感和集体的道德观相冲突,例如《巴顿将军》(*Patton*,1970)对战争的想法异于传统;又如《甘地传》(*Gandhi*,1982)中甘地对殖民主义的见解迥异于主流思潮。

擅长编写史诗片的编剧有:罗伯特·博尔特(Robert Bolt,代表作《阿拉伯的劳伦斯》[*Lawrence of Arabia*,1962]、《良相佐国》[*The Man* for All Seasons，1966］、《新叛舰喋血记》［The Bounty，1984］）；卡尔·福曼（Carl Foreman，代表作《桂河大桥》［Bridge on the River Kwai，1957］、《纳瓦隆大炮》［The Guns of Navarone，1961］）；罗伯特·汤（Robert Towne，代表作《泰山王子》［Greystoke: The Legend of Tarzan, Lord of the Apes，1984］）；保罗·施拉德，代表作《基督最后的诱惑》［The Last Temptation of Christ，1988］）；鲍勃·拉斐尔逊（Bob Rafaelson，代表作《尼罗河之旅》［Mountains of the Moon，1990］）。

史诗片的特征如下：

▶ 主角必定具有迷人的领袖气质。

▶ 反面人物极强悍，使得正面人物（主角）必须花上九牛二虎之力与之抗衡，也因此主角的行径更显英勇。

▶ 故事背景多为历史危机，如《阿拉伯的劳伦斯》中的第一次世界大战与阿拉伯人的抗暴；又如《良相佐国》中的亨利八世决定再娶和建立自己的教会。

▶ 正面人物的道德抗争宛如螳臂当车，成功遥不可及，例如《甘地传》中甘地领导的和平抗争。

▶ 由于史诗片描写的是真实而非幻想世界，因此片中的暴力呈现格外惊人。暴力在此类型中举足轻重，因为它足以衬托主角舍身取义的决心。

▶ 诗化的潜文本。在充满暴力的片段中，主角强烈的道德立场使得他看起来气派、浪漫与诗意。他也因此相当讨观众喜欢。

▶ 个性复杂的主角。《左拉传》（The Life of Emile Zola，1937）中的左拉（保罗·穆尼［Paul Muni］饰），《良相佐国》中的莫尔（保罗·斯科菲尔德［Paul Scofield］饰）都是复杂人物的绝佳例证。复杂性也是这类人物吸引人的特质之一。

▶ 史诗类型片中的主角都展现出其他类型片主角少有的坚毅使命感，像哈里森·福特（Harrison Ford）在《夺宝奇兵》中饰演的琼斯教授举棋不定，而《教会》（The Mission，1986）中的杰瑞米·艾恩斯（Jeremy

Irons）却始终坚毅如一。
- 此类型把个人故事和历史事件混合成一条复杂的故事线。
- 主角要经过一连串的磨难。
- 主角总是命运多舛。由此观之，史诗片不像惊险片，倒像情节剧。

体育片

体育片可视为惊险片中的一支。它可以处理现实题材，如《夺得锦标归》（*Champion*, 1949）；也可以带有愤世嫉俗的基调，如《愤怒的公牛》；更可以充满奇想，如《梦幻球场》（*Field of Dreams*, 1989）。惊险片的焦点往往在于主角化解天灾人祸的难题，可是体育片的焦点往往缩小到主角追寻个人的成就。这并不代表体育片不如惊险片来得刺激，例如《洛奇》（*Rocky*, 1976）在刺激的程度与感人的力量上，比大部分惊险片都充沛饱满。体育片的特征如下：

- 主角是个有天分的运动员。
- 主角在某一运动项目上自我挑战。
- 有广大群众基础的运动项目才较易拍成体育片。拳击、美式足球、棒球很受编剧偏爱。其中尤以拳击为上上之选，因为在拳击场上，主角受到心理与肉体双重挑战，冲突性高。到目前为止，尚未出现一部杰出的网球电影吧？当然，也有例外，例如《飞魂谷》（*Downhill Racer*, 1969）、《心如轮转》（*Heart Like a Wheel*, 1983）、《火的战车》（*Chariots of Fire*, 1981）、《江湖浪子》（*The Hustler*, 1961）。
- 表面上的反面人物——其他的参赛选手或队伍、经理、老板——的重要性远不如主角内心的挣扎。他是他自己最严厉的敌人，例如《江湖浪子》。
- 影片中，不论是男女关系还是男人间的情谊，对主角情感的安定都有决定性的影响。
- 良师（可能是父亲、教练，或另一位运动员）在影片中扮演重要的角色。

- 家庭在此类型中具有重要的地位。除了体育片之外，情节剧和强盗片也仰赖家庭元素。
- 仪式——结尾的大赛——在此类型中占有不可或缺的地位。

传记片

传记片是个重要的类型，就像传记文学是重要的文学类型一样。我们对那些领袖人物、伟大的艺术家和权威人士的真面目充满好奇。这份好奇背后暗藏着大家追求"不朽"的企盼。传记片中的人物都以不同的方式，在各自的领域中达到了"不朽"。传记片的特征如下：

- 主角拥有特殊的天分或是卓然不群的性格。
- 主角的天分和社会传统两相冲突。
- 主角拥有绝对的毅力以求最后的成功。
- 反面人物往往不是个"具体的人"，可能是时间，如《万世流芳》（*The Life of Louis Pasteur*，1936）；也可能是无知，如《左拉传》；还有可能是保守思想，如《巴顿将军》。
- 主角最后往往是以心灵上的胜利克服生活上的悲剧，如《梵高传》（*Lust For Life*，1956）中的梵高，他虽然最终自杀了，但是其遗世之作足以证明他的成功。
- 主角身上背负着如宗教狂热般的使命感。如巴顿将军或是甘地。
- 主角的人际关系往往极糟，但是这更显现出主角精神层面的不俗。
- 此类型中最重要的一刻，不在于众人对主角成就的认可，而在于主角的自我完成。这种自我完成，可能是一项发现，或是宗教信仰和政治意图上的完满。
- 主角生命中的悲剧成分对传记片相当重要。不论是巴顿将军的屈辱，还是甘地的被暗杀，或是左拉的死亡，这些悲剧中的道德寓意，是传记片中神话潜文本的基础。

讽刺剧

讽刺剧在类型片中极为特别。它们不常见，但是却具有很强的力量，因此大家不可不知。此类型的特征如下：

▶ 此类型的中心冲突都是当今重要的社会政治议题。例如，环保、公共卫生、电视的影响力、核战争等等皆是最近讽刺剧的主题。
▶ 讽刺剧对上述议题一定拥有独特的观点。
▶ 在此类型中，攻击性混杂着大量的幽默感。
▶ 主角是传达特殊观点的工具。
▶ 讽刺剧是种自由奔放的类型，可以接受幻想与非写实的笔触。
▶ 此类型的攻击性极强，节奏极快。在电影结束前，故事往往快速累积到荒谬的地步。
▶ 由于片中社会政治议题紧张刺激，相较之下，电影中的人际关系无足轻重且短暂无常。
▶ 在此类型中，挥之不去的危机感和随时爆发的非理性，和恐怖片相近。成功的讽刺剧会使观众把自己看成社会政治危机的受害者。
▶ 讽刺剧不像情节剧或黑色电影般仰赖现实主义。讽刺剧接受奇想，需要快速有力的节奏。旺盛的精力在此类型中随处可见。

5.3 结　论

今日的编剧可能无法全然避开类型的影响，不论你的故事为何，应该都会碰触到某类型的特质。于是，身为编剧，对于类型母题的熟稔相当重要。如果你利用观众期待的类型母题来编剧，你会很快地吸引观众进入到故事中。由于观众对于类型电影知之甚详，因此类型的特征（母题）是编剧和观众对话的一种快捷方式。

Chapter 6
反类型而行

WORKING AGAINST GENRE

由于观众熟悉类型片的特征,因此编剧可以借助于此让观众迅速了解该电影的内容。就像那些具有刻板印象的角色一样,类型对于编剧其实很实用。然而定型的东西无法持续吸引我们观看的兴趣,也不能给予创作者足够的想象空间,观众需要有对故事的好奇心才能看完电影。所以为了保持观众的注意力,编剧必须给予他们一些出乎意料的东西,甚至推翻他们先前的期望。

就像早先提到过的,类型经常被时事所影响。这些历史、政治和社会的变迁可以为旧类型提供些新的观点。比方说,科技的突飞猛进是战后一个很大的特色。多尔顿·特朗博(Dalton Trumbo)就在他1962年的现代西部片《自古英雄多寂寞》(Lonely Are the Brave)中,描述了原始与文明的冲突,并决定用科技来表现文明这一面。在这部电影里,科技也的确成为柯克·道格拉斯(Kirk Douglas)这个现代牛仔的敌对角色,直升机、吉普车、卡车以及先进的武器这些冷冰冰无生命的敌人,不断挑战着柯克·道格拉斯饰演的角色。甚至连一个社会安全号码也挑战着他代表的旧时代的价值观。

《自古英雄多寂寞》是20世纪60年代西部类型片的一个范例。60年代的其他类型片又是如何呢?我们可以看看《邦妮与克莱德》这部强盗片。

它可能是 60 年代最扣人心弦的强盗电影，片中的主角邦妮和克莱德非常不同于《疤面人》（*Scarface*，1932）中的汤尼·蒙塔纳、《小恺撒》（*Little Caesar*，1931）中的力哥，或《夜阑人未静》（*The Asphalt Jungle*，1951）中的迪格斯。首先他们的年龄不同，60 年代电影和戏剧的一个主要特点是主角的年纪很轻。在这个时期，社会是被年轻人及年轻的价值观所左右的。年轻人理想主义的活力和想法成为电影《毛发》（*Hair*，1968）的主要特色，而他们颠覆和破坏的精力以及随之而来的犬儒心态则是《满洲候选人》（*The Manchurian Candidate*，1962）这部电影的焦点。其次两者的角色塑造具有很大的差别。邦妮和克莱德是一个无法为年轻人提供选择机会的社会中的无辜牺牲者。这种"生命是一个陷阱"的观点很少在之前的强盗片中出现，但 20 世纪 30 年代威廉·惠勒（William Wyler）的电影《死角》（*Dead End*，1937）却是具有这种世界观的强盗片之一。

以上，我们讨论的这些类型电影中的改变都紧随着社会价值观的变迁。以下，我们将探讨在类型上更剧烈的颠覆，以深究反类型而行的观念。

6.1 改变母题

类型电影的特色在于其中一再出现的母题。通常母题和正面角色、反面角色、环境、冲突及解决冲突的方法有关，而对过去、现在和未来的基本态度也影响母题的呈现。

当编剧挑战类型片中的重要母题时，会发生什么事呢？在针对以下 4 种类型片的研究中，我们可以看到编剧如何使类型片变得焕然一新，而非仅仅赋予它对时代的敏感度而已。

西部片

没有几个重要的电影导演兼编剧像山姆·佩金法（Sam Peckinpah）那样和西部片关系密切。佩金法拍摄电影时正值西部片没落的时代，但他的作品如《午后枪声》（*Ride the High Country*，1962）和《日落黄沙》都是西部片中的重要作品。当我们检视佩金法的电影时，会看到他一直努力地挑战传统西部片呈现英雄角色的方式。在古典西部片中，外在的表演就显现了主角这个人。一般而言，他既不属于内省式的角色，也不是具有复杂心理层次的人物。只有在20世纪50年代由布登·杰斯（Borden Chase）和菲利浦·约登（Phillip Yordan）编剧，安东尼·曼（Anthony Mann）执导，詹姆斯·史都华饰演的一系列英雄角色，以及高尔·维多（Gore Vidal）与莱斯利·史蒂文斯（Leslie Stevens）合编的《左手神枪》（*The Left-Handed Gun*，1958）中痛苦的比利小子身上，我们才可以看到复杂的心理情结导致英雄角色外在的行动。佩金法运用了心理学的架构，试图让这些扁平的西部英雄变得更复杂、更写实和更难缠。于是佩金法的西部英雄，一方面具有古典西部片中人物的传统特性，另一方面又具有区别于原始特性的复杂性格，我们姑且称之为混合式英雄。

在电影《午后枪声》中，两个曾经是著名枪手的老人，都属于这种混合式英雄。有趣的是，这两个老人由伦道夫·斯科特（Randolph Scott）和乔·马克瑞（Joel McCrea）饰演，这之前他们各自扮演古典西部片中的扁平英雄长达25年。佩金法借用了我们对这两位演员过去电影角色的记忆，同时又呈现了他们对自己现状看法的分歧。一个人始终对旧时代保有信仰，另一个人则希望做小偷来改善境遇。两个人价值观上的冲突，其实是过去（西部神话）与现代（旧西部被时代淘汰）的冲突，也是不同自我的内心冲突。而选择这两位演员做主角，更是让这种冲突延伸到西部类型片本身，延伸到电影神话过去和现代的冲突上。

在他的电影《邓迪少校》（*Major Dundee*，1965）中，佩金法继续使用混合式英雄角色。由查尔顿·赫斯顿（Charlton Heston）和理查德·哈里斯（Richard Harris）饰演的邓迪和泰林，分别呈现了固执（邓迪）和崇高（泰林）这两种西部英雄生存于危险环境中必备的个性。这部电影的历史背景是美国南北战争，但事件却在远离军队和都市的原始墨西哥地区展开。

墨西哥也是电影《日落黄沙》的故事发生地。这个故事发生于1913年的墨西哥革命时期，佩金法再度为我们呈现出混合式英雄的角色塑造：帕克（威廉·霍顿饰），他是那一票人的首领；以及帕克的"另一个自我"达区（欧内斯特·博格宁［Ernest Borgnine］饰），他代表了西部群落的残酷本性和兄弟情谊。同以往一样，佩金法把西部英雄的特质一分为二，用两种英雄分别代表，使得人物更复杂、更真实。两者的并置构成了混合式英雄。两者的斗争则构成了西部片的核心主题：野蛮对抗文明。

这种角色分割的手法并不是佩金法及他的编剧的专利。威廉·戈德曼在电影《虎豹小霸王》中用了同样的方法，迈克尔·西米诺（Michael Cimino）在电影《天堂之门》中也使用过。这种复杂心理层面的呈现，使得上面这些西部片中的英雄和古典西部片中的英雄非常不一样，颇具新鲜感。

西部片编剧挑战的另一个母题是电影中城镇的象征。在古典西部片里，城镇被看成是文明的力量，代表了光明的远景。教堂、商店和警长办公室象征着秩序、商业和法律。在过去 30 年内，编剧都在尝试挑战城镇的呈现方式。在多尔顿·特朗博编剧的《自古英雄多寂寞》中，城镇看起来像是一个大型看守所，一个禁锢心灵的监牢。欧内斯特·泰迪曼（Ernest Tidyman）在《荒野浪子》里，则将城镇变得更糟——它是野蛮人的所在，像《圣经》中的索多玛城，是一个即将毁灭的地方。

较没有这么恶意但一样致命的例子是迈尔斯·胡德·斯沃梭（Miles Hood Swarthow）和斯科特·黑尔（Scott Hale）编剧的电影《神枪手》（The Shootist，1976），影片呈现出的 20 世纪的西部小镇是一个等死的好地方，片中的主角是个罹患癌症的枪手，由当时生病的约翰·韦恩（John Wayne）饰演。当小镇医生（詹姆斯·史都华饰）告诉他病情时，他选择死在小镇里，但是是以他自己的方式——死在和镇上三大恶棍的枪战中。

这些电影里的城镇和《正午》（High Noon，1952）或《决斗犹马镇》（3:10 to Yuma，1957）中的城镇不同。在上述影片里城镇的象征指向不一，但全都翻新了旧的类型。

强盗片

强盗片继续以古典的形式出现。马里奥·普佐（Mario Puzo）编剧的《教父》、奥立弗·斯通（Oliver Stone）编剧的《疤面煞星》（Scarface，1983），以及大卫·马梅编剧的《铁面无私》都证明了古典强盗片历久弥新的重要性。但是就像西部片一样,改变和挑战类型的母题,会诞生出令人觉得新鲜和兴奋的电影。

在古典强盗片里,歹徒主角一定会被杀,只因为他们违反了社会中的成功法则。但在日渐堕落的社会背景下,越来越多的歹徒没有死。他们活了下来,在周遭恶劣的环境中,他们甚至是好人,甚至是英雄。这类英雄首先在《急先锋夺命枪》(Point Blank,1967)中出现,由李·马文(Lee Marvin)饰演的沃克是个小偷,但是他偷来的钱又被黑吃黑,于是他展开复仇。他一路摧毁复仇的阻力。到最后,摧毁的意义远超过复仇的意义,也远超过被坑掉的那笔钱的意义。在亚历山大·雅各布斯(Alexander Jacobs)、大卫·纽豪斯(David Newhouse)和雷夫·纽豪斯(Rafe Newhouse)的剧本中,沃克成了存在主义式的英雄。他具有和古典强盗片中的歹徒主角一样的活力和直觉,尽管他和《疤面人》中的汤尼·蒙塔纳一样杀人不眨眼,但是他多了一分现代人特殊的自我怀疑,这使得他特别容易引起观众的共鸣。

在电影《小偷》(Thief,1981)中,詹姆斯·卡安(James Caan)饰演的角色拥有同样的特质——活力和直觉,外加庄重的品行。而他也是一个存在主义式的英雄,他同小偷一起生活,以远离那些真正的伪善者。

可能最有趣的英雄歹徒是电影《大西洋城》(Atlantic City,1981)中的角色卢,这个卑微的罪犯由伯特·兰卡斯特(Burt Lancaster)饰演。卢是一个上了年纪的黑帮保镖,他爱上了年轻貌美的莎莉(苏珊·萨兰登[Susan Sarandon]饰)。当莎莉遇到麻烦,卢救了她,也为她杀了人。片尾,卢不但没受到杀人偿命的报应,反而更加快乐幸福,和周遭的腐败犯罪比起来,卢是个令人同情的英雄,他活了下去。

身为英雄人物的警察和侦探也以不同的方式在电影中出现。《冲突》(Serpico,1973)中救世主式的主人公和《大内幕》中的丹·班尼恩是一样的角色,他们都是道德的狂热分子,有着打击任何恶势力的旺盛精力。但是这些角色也有变化。在《警网铁金刚》(Bullitt,1968)和《铁血双探》(Madigan,1968)里,由史蒂夫·麦奎因(Steve McQueen)和理查德·威德马克(Richard Widmark)饰演的角色具有上层阶级的品位。在《黑色手铐》

（*Tightrope*，1984）中，克林特·伊斯特伍德（Clint Eastwood）饰演的角色，对于自己家庭的不幸抱着深深的罪恶感。他是单亲爸爸，也是一个忙碌的侦探，正在调查一件性质严重的谋杀案。他到底是正面角色还是反面角色？这种暧昧不清的分野在巴瑞·基夫（Barry Keefe）编剧的电影《漫长美好的星期五》（*The Long Good Friday*，1980）中，又有了新的层次。片中歹徒是正面角色，而爱尔兰共和军却是反面角色。

不只是歹徒和警察的呈现方式不同，强盗片的传统环境——大都市——也有所改变。电影中的城市环境被当做权力的所在，特别是物质上的权力。新的权力中心锁定在城市中的一些定点。在两部值得一提的电影中，建筑物本身变成了"城市"。在《虎胆龙威》（*Die Hard*，1988）里，一栋后现代的大楼代表了权力的中心，由布鲁斯·威利斯（Bruce Willis）饰演的警察必须阻止一桩发生在大楼里的抢劫。在这种环境下，歹徒以国际恐怖分子的姿态出现。在《情人保镖》（*Someone to Watch Over Me*，1987）中，权力的中心是一位谋杀案目击者的家，被派去保护女证人的侦探爱上了她。这种横跨不同阶级的关系提供了通往物质成功、攀爬社会阶梯的另一条路径。这条路径不同于传统的歹徒利用偷抢谋杀取得成功的模式。

电影《证人》（*Witness*，1985）利用横跨不同文化的张力来检视权力的核心。这部电影的主角受到腐败同僚灭口的威胁，而带着受他保护的证人逃到宾夕法尼亚州艾米什族人聚居的地方。在那里，谋杀案的证人可以和自己的族人在一起，并且较不容易被找到。对强盗片来说，环境的改变是第二种对类型母题的挑战。

黑色电影

描述欺骗与背叛的黑色电影无法提供编剧太多重组的选择。黑色电影的主角和西部片及强盗片的主角不同，他们是牺牲者，无法被赋予太多的新意。但另一方面，反面角色则提供给编剧相当的空间。通常反面角色属于将伴侣毁掉的蛇蝎美人，如《黑寡妇》（*Black Widow*，1954）；或是酒精，如《失去的周末》（*Lost Weekend*，1945）；或是毒品，如《金臂人》（*Man With the Golden Arm*，1955）。不过编剧已开始逐渐尝试其他类别的反面角色，例如从政治和历史中寻找关于反面角色的灵感。

在过去几十年里，一些重要黑色电影的反面角色都是政府官员。接近权力核心的反面角色常常为了政治上的目的操纵主角。在乔治·阿克赛尔罗德（George Axelrod）编剧的电影《满洲候选人》中，安琪拉·兰斯贝瑞把自己的儿子训练成政治谋杀的刺客。这部讽刺性的悲剧将政治目标摆在个人亲子关系之上，电影里的母亲为了政治理由牺牲了儿子。

威廉·戈德曼的《总统班底》（*All the President's Men*，1976）并没有此类个人牺牲，但是民主政治中的"民治民用"观念在电影中受到挑战。这个根据伯恩斯坦和伍德沃德（Bernstein-Woodward）讨论水门事件的书所发展出来的故事有着骇人的寓意。这种把政府视为反面角色的写法也同样出现在阿尔文·萨金特（Alvin Sargent）编剧的《暗杀十三招》（*The Parallax View*，1974）、罗伯特·斯通（Robert Stone）编剧的《谁能让雨停住》以及罗伯特·加兰（Robert Garland）编剧的《军官与间谍》（*No Way Out*，1987）中。

异于传统的反面人物更可以是皮条客、性变态、虐待狂等社会适应性不良的骇人角色。在保罗·施拉德的《赤裸追凶》（*Hardcore*，1979）里，反面角色是色情商品的供货商；在艾尔莫·李奥纳多（Elmore Leonard）编剧的《52号密杀令》（*52 Pickup*，1986）里，反面角色变成了性虐待狂；而电影《柳巷芳草》（*Klute*，1971）中的反派则是变态的嫖客。性欲和侵略性是黑色电影的两大母题，让反面人物充满侵略性的性欲，会使得这些角色极具威胁性，会使得黑色电影中的工作场所甚至家庭当中都充满危险。

黑色电影也同时侵入了其他类型的领域。电影《蓝丝绒》的场景设置在田园小镇，但在这个描写偷窥和暴力的故事中，小镇不是一个天堂（像在一般情节剧中那样），反而是噩梦与性暴力侵袭的温床。《生活多美好》（*It's a Wonderful Life*，1946）中的甜美小镇不见了，《军官与间谍》中的五角大厦也不再安全。它们都像古典黑色电影中的大都市般，充斥着危险。

战争片

以往的战争片主角都是军人，而下面两部电影却选择受战争影响的平民百姓作为主角。在《太阳帝国》(*Empire of the Sun*, 1987)和《希望与荣耀》(*Hope and Glory*, 1987)中，主角都是12岁的男孩。他们一个必须面对异乡上海的沦陷，及后来在集中营中的监禁；另一个则必须应付伦敦空袭和遇袭后的结果。他们认同战争浪漫的一面，但同时也发现了现实残酷的一面。这两部电影对战争片主题的挑战在于主角的心思并未完全贯注在求生上，年轻的心态使他们对战争的意义有更宽广的体会，他们在战争中获得了成长。

孩子作为主角并非第一次在战争片中出现。《禁忌的游戏》和《铁皮鼓》(*The Tin Drum*, 1979)的主角也很年幼。这两部电影的场景都设置在主角的祖国和家乡，但由于主角不是直接参与作战的人，因此他们对战争及求生的看法非常与众不同。

用不同方式处理主角的另一部战争片是《全金属外壳》，由马修·莫迪恩(Matthew Modine)饰演的主角在故事中只是个旁观者。这个角色被动的本质将在后面的章节中讨论。但是旁观者可以和参与者一样有所作为，他见证并记录下了战争的残酷。查理·辛(Charlie Sheen)在《野战排》(*Platoon*, 1986)中的角色则较古典，较不具理想主义色彩，他只希望能活着回家。这两个角色真是有着天壤之别。

6.2 混合类型

挑战类型中的某个母题能让编剧有机会以较新鲜的手法呈现故事，而在故事中混合两种不同的类型，则提供给编剧不一样且更激进的方式来说故事。由于不同的类型会对观众产生不同的意义，混合两种类型能产生相互干扰的冲击力。而有时候，类型的混合也可得到互补的效果，使一部电影更有活力，更有新鲜感。不论是变换母题还是混合类型，两者都能产生惊人的效果。混合类型的方法应用于近几十年来最惊人和最重要的电影中。《愤怒的公牛》、《银翼杀手》(*Blade Runner*, 1982)、《歌剧红伶》、

《散弹露露》、《抚养亚利桑纳》（*Raising Arizona*，1987）和《蓝丝绒》都是混合类型电影的范例。

相反类型混合的个案研究：《月落大地》

在所有的类型片中，西部片和恐怖片这两种类型的差异最大。但是在阿尔文·萨金特的电影《月落大地》（*The Stalking Moon*，1968）中，我们看到了这两种类型的混合。这部电影像西部片一样，是关于一个陆军侦察兵（格里高利·派克饰）即将退休的故事。在最后一次任务中，他抓到一群从保留地逃出的印第安人，并发现其中有个白种女人（伊娃·玛丽·森特［Eva Marie Saint］饰）带着她的印第安儿子正要回东部的家。为了尽快离去，她和侦察兵一起走了，后来被侦察兵带回他山中的家。在那里他们等待女人那一心想夺回儿子的印第安酋长丈夫。到目前为止，这是一部由侦察兵、白种女人和印第安男孩组成的西部片。但是到了电影最后5分钟，当印第安酋长父亲一路杀上山抢儿子时，电影突然变成了恐怖片。酋长这个角色似乎不只是个来抢儿子的父亲，他具有一种原始的神秘力量，他非人的残暴给人们带来极大的恐惧。

西部片中充满了人们的美梦，而恐怖片则处理人们的噩梦。美梦与噩梦原是一体的两面，并存于潜意识中，这使得由一种类型转到另一种类型变得极为自然。而二者的混合，更能产生意想不到的惊人效果。

相似类型混合的个案研究：《银翼杀手》

科幻片和恐怖片很类似。通常影片的焦点在于对未来和科技的忧虑，人文价值方向的迷失是常出现的母题。正面角色可能是《星际迷航2》（*Star Trek: The Wrath of Khan*，1982）中的柯克船长这样的人物，而反面角色总是个希望导致世界毁灭的疯子。

科幻片里的主角永远都充满希望，而黑色电影的主角却表现出困兽犹斗般的绝望态度。黑色电影的正面角色常抱着背水一战的决心，而反面角色也比科幻片中的反面角色来得有人情味。黑色电影的正反面角色像是跳着死亡之舞的一对恋人，而非敌人。科幻片和黑色电影虽然同样拥抱噩梦的世界，但两者的混合并不自然。从正反面角色和场景的层次来看，它们确实相互抵触。在《银翼杀手》中，我们可以深入探究这两种类型混合成功的地方，以及因为母题相冲突而导致混合失败的地方。

这部科幻片是讲述退职警察、现在是"银翼杀手"的德卡德（哈里森·福特饰）负责追捕复制人再予以毁灭的故事。所谓复制人，是一批人类的复制成品，在外太空殖民地当奴工，是商业和科技最尖端的产品。它们的制造者蒂勒尔依据"比人类更像人类"的准则来制造它们。六个复制人逃走了，回到了饱受污染、多种语言混杂的洛杉矶。银翼杀手要追踪并毁灭他们。比人类更具人性的复制人是一个真正的危机。

集中于德卡德的故事极具黑色电影特色，这个绝望的退职警察，爱上了复制人蕾切尔（西恩·杨［Sean Young］饰）。他会毁灭掉蕾切尔吗？还是自己也变得像蕾切尔一样"比人类更像人类"？这个黑色电影的故事建构在未来主义的大都会洛杉矶中———一个不断下雨、人口泛滥的科技丛林。

《银翼杀手》的剧本极富创意但也令人沮丧。这则黑色电影故事为人性与科技抗争的传统科幻片添加了情感与希望等新的元素。黑色电影为科幻片提供了可信的内容。我们可以由《银翼杀手》中呈现的都市来想象2019年洛杉矶的样子。但是在正面和反面角色的部分，这两个类型相互矛盾，以至于影片无法求得一个真正吸引人的叙事结构。

在黑色电影中，正面角色是个牺牲者。而科幻片的正面角色则是个挣扎在科技深渊中的理想主义者。很难想象怀疑人生价值的牺牲者和浪漫的理想主义者是同一个人，而《银翼杀手》里的德卡德这个角色却企图二者兼备。

就科幻片的角度来看，发明复制人的蒂勒尔是反面角色。就黑色电影的角度来看，蒂勒尔也是反面角色，因为他要求警方杀掉和德卡德相恋的复制人蕾切尔。更重要的是，蒂勒尔的发明只带给蕾切尔短暂的生命，使得她和德卡德的爱情终将戛然而止。蕾切尔注定早夭，而德卡德注定孤独一生。

可是反面人物蒂勒尔在这两种类型中的呈现虽然重要却不吸引人，出场虽少却丢下许多疑点。我们搞不清楚他对商业文明、科学技术的态度。

这个反面角色是一个空壳人物，他仅仅是一个符号而已。这个故事结合了两种类型却很不幸地让反面角色变成了背景人物。

在呈现正面与反面角色上，科幻片和黑色电影这两个类型的混合反而破坏了两者各自的特色。电影剧本留下了颇值得玩味的失败之处。

有趣的是，在爱德华·诺伊迈耶（Edward Neumeier）和迈克尔·迈纳（Michael Miner）编剧的电影《机械战警》（*Robocop*，1987）中类似的混合就较为成功。主角墨菲（彼得·韦勒［Peter Weller］饰）作为一个牺牲者是可信的。他是一名警察，并于出勤时被杀，随后被改造为机械战警。他个人的挣扎在于他曾经身为人类，现在却变成科技的产物。在这部电影的结尾，他找回了些许人性。故事中的反面角色被分化成谋杀他的人和机械战警（科技）的管理公司。由正面角色的角度来看，这次类型的混合大为成功。

神经喜剧混合黑色电影的个案研究：《散弹露露》

神经喜剧是黑色电影的反面。两个类型的正面角色通常都是个男人，被看做牺牲者，反面角色则常是他选择或选择他的女人。这两个类型的主要差别是神经喜剧的结局是喜剧，而黑色电影的结局倾向于悲剧。两者的故事主线都环绕在男女主角的关系上。

马克斯·弗莱伊编剧的神经喜剧《散弹露露》描述一个略带反叛色彩的公司经理查尔斯·迪格斯，被一个叫露露的女人钓上，甚至被其绑架了一个周末。直到他们遇到露露的前夫，这一切变得完全脱轨。查尔斯和露露的关系建立于性角色的互调上面。露露是个无法预料、诱人而危险的女子，她的这种个性和查尔斯潜藏的叛逆性格一拍即合，终于他爱上了她。

这部黑色电影讲的是欺骗。她欺骗他，他也欺骗她。当他们遇到了由雷·里欧塔（Ray Liotta）饰演的露露前夫时，这个欺骗就变得致命了。露露的前夫要杀掉查尔斯。欺骗的本质遍布弥漫，流窜于城市和乡间，它发生在各种关系和各个家庭里。露露和她母亲的互动有着复杂的规则，但所有这些皆建立在一连串的谎言和欺瞒上。这种氛围可能会极自然地导致黑色电影的悲剧结局。

不过混合类型的结果却引领我们远离理所当然的悲剧结局，而朝向一个较为快乐的结局。在这部电影中，两个类型的融合产生了相当大的张力。两者的目标不同，对正面和反面角色的处理也不一样。在正面角色方面，片中神经喜剧的部分淡化了他是牺牲者的感觉。如果他不想只作个古典黑色电影的主角，他就要超越牺牲品的形象。在这个跃升空间里，查尔斯一角损失了若干可信度。反面角色有着类似的命运，露露从豹女郎变成乖乖猫，这个转变让她在故事的后半段并没有什么可发挥的。为了让故事继续下去，她的前夫就变成了反面角色。

两种类型的混合太过于戏剧化，但是就喜剧和悲剧交替的观点来说，这个实验却不可多得。两者碰撞出的活力，使观众在目眩神迷之外，更猜测不到故事的走向为何。但是正面和反面角色本质的转变，却导致观众的情绪涉入不如专注于一种类型时来得深刻。这个混合类型的特殊实验使观众成为故事的偷窥者而非参与者。

讽刺剧混合惊险片的个案研究：《抚养亚利桑纳》

科恩兄弟（Coen Brothers）的电影《抚养亚利桑纳》同时是惊险片和讽刺剧。因为这两个类型都远离自然主义和现实主义的范畴，所以两者的混合变得很刺激和新鲜。惊险片强调叙事性，并让浪漫化的正面角色和神话式的反面角色相斗。两者间的冲突随着故事的进展逐步加强。由于冲突的幻想色彩浓厚，所以惊险片脱离了现实主义。惊险片总试图证明邪不胜正，而且证明的过程刺激有趣，所以此类型非常贴合处于青春期的人们对于美梦成真的憧憬。

而讽刺剧的目标就严肃得多。讽刺剧以泼辣的攻击式喜感来处理严肃的社会问题。这个类型是批判的、率直的、滑稽的和快速的，活力极其重要。反面角色常常是来自像电视、核战争、医疗问题和政府官僚等当今流行的议题中的人物。至于正面角色，在某种程度上讲就是观众自己，因为我们每个人都会遭受这些反面角色的侵害。

《抚养亚利桑纳》讲的是一对夫妇（尼古拉斯·凯奇［Nicholas Cage］和霍莉·亨特［Holly Hunter］饰）想要一个小孩，但是他们不能生育，于是决定绑架富商五胞胎中的一个婴儿。绑架以及后来不让小孩被其他人抢走的努力是这个故事的核心。最后，这对亡命夫妇决定把婴儿还给他的家人。这个惊险故事把绑架和两个罪犯的努力，以及一个为悬赏奖金追捕他们的人串联起来。

这个剧本讽刺了美国把任何东西都看成商品的观念。就连小孩也和公债或黄金一样，只算是个人的财产。利用小偷没有小孩而渴望获得小孩来填补空虚生活的情节，科恩兄弟着实对这种把孩子也当成商品的观念讽刺了一番。他们以活力四射的动作场面——追车、抢劫、爆破——迫使观众面对今日社会里孩子价值的问题。

这两种类型在《抚养亚利桑纳》中的混合，完全是拜两者天性自由所赐，可供编剧任意发挥。除了在正面角色与反面角色的互动上有少许限制外，两种类型都有紧凑、动感和快速的倾向。只要故事步调紧凑，我们就不致意兴阑珊。节奏、活力和趣味就是结合这两种类型的不二法门。科恩兄弟实现了这些需求，得到的结果是一部新鲜、有趣且感人的电影，并点出了20世纪80年代的家庭价值观。

我们建议编剧不妨反类型而行，去挑战特定类型的母题，或结合两种类型来说故事。这两种方式都可产生出乎意料的结果，并可将一个老掉牙的故事以更有力的观点呈现。这两种叙事策略已被大量运用且成效显著。

改变母题与混合类型的个案研究：《罪与错》

伍迪·艾伦的《罪与错》是一个大胆的尝试。基本上，本片有两个故事。尝试将两个故事合而为一，本来就是一项艰巨的挑战。而分别为情节剧和情境喜剧的这两个故事，由于其叙事形式并不搭调，使得合而为一的工作更加复杂。但是，编剧却以一个剧中人（犹太牧师）和一个笼统的意念（道德是相对的）把这两个故事结合起来。此外，编剧更挑战了这两个类型中最重要的母题——正面角色（主角）的命运。

在情节剧的故事中，主角朱达·罗森塔尔（马丁·兰多［Martin Landau］饰）是名眼科医生，他的情妇以揭露其个人及财务隐私为手段，要挟他离开老婆。朱达因这个一触即发的灾难向他最信赖的两个人求救。

其中一个是他的病人——犹太牧师，尽管已经快瞎了，他仍是乐观积极的，他极力劝说朱达向老婆坦白一切，事情终究会有办法解决的。他求救的第二个对象是他的流氓弟弟，此人主张一劳永逸的方法，那就是将情妇杀掉。朱达如何应付个人危机成了这个情节剧的主线。而朱达对道德的感知与焦虑是促成他作出最后决定的关键。

情境喜剧里讲的是克里夫（伍迪·艾伦饰）殷实地经营着事业，有些小小的成就，但也经历了一段婚姻灾难。克里夫以拍摄纪录片维生，当时他正在拍摄一位集中营生还者列维教授（影射普里莫·列维 [Primo Levi]）的纪录片。列维本人坚信现代社会中爱与道德的意义。后来，克里夫巧遇身为著名电视制作人的姐夫（亚伦·亚达 [Alan Alda] 饰），他为了敷衍妻子而请克里夫为自己拍摄自传纪录片。克里夫为了赚钱接下了这个工作，但是却对自己为五斗米折腰而耿耿于怀。他对姐夫的一切都极为不屑，在克里夫的想法中，财富与诚实是无法并存的。故事的主线自然在于他个人的这种心理矛盾。

拍摄他姐夫的纪录片时，克里夫认识了制片助理海莉（米亚·法罗 [Mia Farrow] 饰）。克里夫无可救药地陷入爱河，并将影片拍得乱七八糟。最后他不但没完成影片也搞砸了与海莉的关系。连列维教授也无法将克里夫救离这个物质主义的染缸。教授后来自杀，拍片计划只好停下，克里夫想替列维教授立传以表清高的机会也失去了。

克里夫的道德观念在任何层面上都非常脆弱，他对最终不圆满的结果感到十分不解和悲伤。重读这个情境喜剧并不觉得有趣，就像所有的情境喜剧一样，换个角度来看，故事的主线就会变成悲剧。正如亚伦·亚达所演的角色说的："喜剧的定义就是悲剧加上时间。"所以，克里夫的情境喜剧其实是悲剧。而《罪与错》的情节剧部分讲的是芸芸众生在权力中的挣扎。朱达的故事，正是关于20世纪80年代最重要的权力斗争——两性的战争。在《罪与错》中，两种类型并用而产生互补作用。两者的差异增添了某种程度的张力和变奏，使我们在观影时感到惊奇并跳脱对类型的期待。

谈到角色，两个故事中的主角都是一眼就可辨识出来的——充满野心的朱达·罗森塔尔和理想主义的克里夫。每个角色在其认定的价值观中都有一番内在的冲突与矛盾。两人都希望被视为是成功的，而同时各背负着一段家庭历史。朱达有一个宗教背景，他父亲的话不断地回响于他的耳际："举头三尺有神明。"为了在父亲的警语中找到出路，他成了眼科医生，但却仍找不到出路，父亲认为他总是迷路。克里夫则有婚姻失败的历史，他姐姐也好不到哪儿去，两人都是生活中的失败者。

这两个故事中的冲突形态很相似，都是生活中的危机。他们冲突矛盾的来源是女人——朱达的情妇，或者是克里夫"希望拥有"的情妇。两个角色都拼命地与各自的女人周旋，并说服第三者伸出援手。朱达利用他的弟弟，克里夫找的是列维教授。在两个案例中，主角都是背水一战。但是，两个故事的解决方式不同。伍迪·艾伦扭转了既有的类型法则。情节剧通常以主角野心遭挫的悲剧收尾，像在《郎心如铁》（*A Place in the Sun*，1952）中，蒙哥马利·克里夫特（Montgomery Clift）所饰的角色最后被处决；或在《慈母心》（*Stella Dallas*，1937）的结局中，母亲并未出席女儿的婚礼。这与朱达·罗森塔尔的境遇不同，虽然他伙同谋杀，但是未遭逮捕，而且主持了他女儿的婚礼。朱达不但逍遥法外，还从个人的焦虑和罪恶中解脱了出来。

在一般情境喜剧中，主角通常都会获得最后的成功。像在《桃色公寓》中，杰克·莱蒙（Jack Lemmon）虽然失去工作，但却获得了女主角的芳心；或者像在《雌雄莫辨》（*Victor / Victoria*，1982）中，詹姆斯·加纳（James Garner）与情人终成眷属。克里夫却没有这种运气。他的结局反而与情节剧该有的结局相近。克里夫失去了一切——妻子、梦中情人、不想拍的电影（拍摄他姐夫）、最想拍的电影（拍摄列维教授）。执著于理想的克里夫，最后一无所有。而一心钻营权力的朱达，最终获得了更多的权力。

在这个例子里，两种类型可以结合也在于两者的相近，情境喜剧与情节剧是一体两面。值得注意的是，相近性对结合类型而言是一个优势。黑色电影和神经喜剧亦是性质相近的类型。《散弹露露》就比类型元素差异性较大的恐怖喜剧《美国狼人在伦敦》（*An American Werewolf in London*，1981）更容易获得成功。因此，结合性质相近的类型比较容易奏效。

在《罪与错》里，伍迪·艾伦使用多种叙述方式来挑战自己和观众。

他以两种类型讲述两个故事，并在不同的故事中扭曲类型原本的特色，因而创造了一个现代寓言。在生活中，爱和道德扮演的角色是什么？伍迪·艾伦的思考严谨有序，而非旁敲侧击。他没使用传统上超人般的主角或怪兽般的反面角色，而是自信地以两种类型来推演两个故事，让我们去思考生活中的问题。

6.3 结　论

对编剧而言，彻底了解各类型的特征，才能编写混合类型的剧本。显然，反类型而行很困难但也很容易上瘾。一旦了解了各类型的特征你就可以摆脱公式，进入一个反类型而行的既有趣味又有活力的世界。

混合类型为作者提供了更多叙事的可能性，而且故事至少会显得新鲜、惊奇。就像挑战一种类型的母题会改变我们的观影经验一样，混合类型则可以瓦解我们的期待，并赋予老故事以新意，以吸引浮躁的电影观众。

再举一个近例来说明我所提的重点：《歌剧红伶》是个阴郁的故事，但它混合了愿望实现（歌舞片中的）和都市男女关系中危险的一面（黑色电影中的），使得故事看起来更真实、更圆满。在这个案例中，两种类型的混合避开了单纯的歌舞片中乐观的幻想或黑色电影中消极悲观的一面，产生更有意味的结局，也提供了比单一类型更真实、更有深意的观影经验。

这一章所举的例子只触及了混合类型的皮毛。许多 20 世纪 90 年代上映的大片都是混合类型的成果——《至尊神探》（*Dick Tracy*，1990）、《虎胆龙威 2》（*Die Hard 2*，1990）及《全面回忆》（*Total Recall*，1990）。目前，混合类型已成为标准，而单一类型的故事反而成了特例。

Chapter 7
重新设定主动和被动角色的差异
REFRAMING THE ACTIVE & PASSIVE CHARACTER DISTINCTION

显而易见地,电影建立于"相信幻影"的基础上。于是,制片人及编剧都力求剧本引人入胜,以免失去观众。不论我们称这种引人入胜的特质是"参与感"还是"娱乐性",是"振奋人心"还是"扣人心弦",反正这些模糊的魅力正是电影工作者急切想得到的。他们追求这些特质的热忱,不亚于皮萨罗寻找黄金,更甚于狄加玛寻找香料。

角色的意涵是什么?是否每一个主角都必须主动、精力十足、充满魅力,而且时时身处冲突矛盾之中?虽然这种安排提供了迷人的角色,容易令观众产生认同,但也制造了一些我们在生活中几乎碰不到的人物。

在这一章里,我们就要挑战这个概念:主角必须主动并精力十足以保证有足够的冲突和情节来填满90多分钟的电影。在此,我们将提供各位更多的选择。

我们承认在某些特殊的类型中,一个主动又有活力的主角是必要的,在《虎胆龙威》中,若约翰·麦克兰(布鲁斯·威利斯饰)是个内省或被动消极的角色,故事就不知道该如何进行下去了,反观罗伯特·阿尔特曼(Robert Altman)的电影《漫长的告别》(*The Long Goodbye*, 1973),由埃利奥特·古尔德(Elliot Gould)所饰的菲利浦·马洛一角的矛盾和忏悔,则十足地反映了20世纪70年代堕落的洛杉矶风貌。也就是说,只要你脱离主角必主动的想法，就会有其他更多的选择。为了标明这个方向，我们从老式主角的既定惯例开始谈起。

7.1 约定俗成的角色观念

烦恼的青少年、野心勃勃的律师、穷困的职业拳击手和好战的警察等，都是我们耳熟能详的角色。虽然他们偶尔也会为故事增添些新意，但我们却在一部接一部的电影中看到他们被定型。依据前面所讨论的，这些人物正符合我们对角色概念的理解。不管是职业需求还是天性使然，他们总会排除万难以达到目标。就某方面而言，这些角色不愿等待、思考、与人讨论或麻木不仁。他们是有所行动的人物。

主动的角色

传统观念对角色的定义就是此人要有行动力。这种形态的角色能串联事件，使故事的主线成形。他可以帮助编剧将故事讲得更有效力。

主动的角色天生就会处在关系和事件的中心。而我们较难预测他对人物和事件的反应。以上特质对编剧而言非常有用。因此，主动的角色成为编剧的最爱就不足为奇了。

活力充沛的角色

仅次于主动角色的选择是活力充沛的角色。显然，一个活力充沛的人物对冲突和障碍会迅速作出反应。这个反应可能是忧心忡忡或更具攻击性，但不论是哪一种情况，迅速的反应在剧情中都非常实用，因为它凸显了冲突。一般而言，障碍愈难克服，人物的反应就愈激烈。此时浮现于观众心中的问题一定是：他能克服这股敌对的力量吗？

观众极容易认同有活力的人物。活力十分迷人。不论是建设性还是毁灭性的活力，活力都会让人物充满希望。希望暗示着开放性的结局。反之，绝望极为封闭。这就是活力十足的角色受观众欢迎的原因。

有企图的角色

虽然主动和活力充沛是传统主角必备的特性，但若不赋予他目标去奋斗，角色就不完整。有企图的角色就是以追求目标为动机的角色。通常，配角在电影中的功能清楚且单一，所以更像个有企图的角色。而主角则在不同目标的冲突中摆荡，这使得整部电影可能就是主角作出抉择选定目标的过程。观众应该对角色的冲突和目标都十分清楚，唯有如此，我们才能认同主角在挣扎时所付出的努力。

主动的、活力充沛的和具有目标导向的角色就是传统的银幕英雄。他们迷人、智慧、性感，这些特质更加深了我们对主角的认同。

7.2 现实生活与戏剧生活

在现实生活中我们周围环绕着各式各样的人物——从主动的到被动的、从活力充沛的到颓丧忧郁的、从快乐幸福的到愤怒暴躁的、从挫败失落的到发达亨通的。这些人物不论以何种状态存在，他们和我们一样，都有生活上的基本需求，也有些特殊的遭遇。全人类都生活在人物和事件的纠葛中，但戏剧中的生活大多经过修整。电影故事是由冲突、重要的事件和有目标企图的人物等等互相作用，共同组合而成的。

本章的目标之一，就是要帮助各位将现实生活中的人物编写进剧本中。然而，在进行这件事之前，大家必须充分了解现实生活和戏剧生活两者的差别所在。

现实生活中的人物

编剧对现实生活中的人物最感棘手的问题在于，他们不够主动，没有特别的活力，缺乏集中的目标，因此不易将他们置于故事中。像这样的人物其命运并不具吸引力。因此，他们很难带领观众进入故事。

其实在我们的生活中经常有主动、活力十足且具有目标导向的人。他们不只易辨认而且十分迷人。但对于那些处于中间状态、甚至与传统主角特征相反的人，我们就该摒弃他们成为主角的可能性吗？答案是否定的。

电影化的人物

跟现实生活中的人物相对的是电影化的人物。由于对电影电视的大量观看，我们对于一些电影人物相当熟悉，而编剧甚至会把一些耳熟能详的电影人物当成原型，由此去衍生新的人物。

电影化的人物是戏剧化的人物的夸张化，完工后的角色在现实生活中几乎不存在。电影化的人物除了主动、活力十足并且目标明确外，他们更拥有常人不具备的领袖魅力。唯一的遗憾之处在于，他们很可能会流于刻板的印象。电影化的人物会以极夸张的方式解决冲突，他们会以磅礴的气势处理问题，他们缺乏日常生活中的复杂暧昧。生活中的复杂暧昧需要在戏剧化的人物身上寻找。

戏剧化的人物

戏剧化的人物介于电影化的人物与现实中的人物之间。他们不像电影化的人物般拼命追求圆满的结局，但是他们总是身处冲突的暴风眼中，总要要想办法化解冲突。戏剧化的人物有些暧昧不明，他们亦正亦邪，可主动可被动，他们可能选择躲避冲突，也可能选择直面冲突，但是他们不会有电影化的人物般超凡脱俗的气力来完全排解冲突。戏剧化的人物可能是旁观者，可能是催化剂，可能是故事中最无力或最退缩的角色。戏剧化的人物可能完全搞不清楚状况，就算搞清楚了，他们也可能无能为力。

我们认同这样的人物原因在于他们遇到危机而使生活失控。所以，不论他们是主动的还是被动的，电影中戏剧化的情节会使观众站在戏剧化的人物那一边。

越远离电影化的人物角色，编剧越能接近我们在日常生活中见到的人。而我们对他们的反应要比对电影化的人物复杂得多。戏剧化的人物提供给编剧更多的选择。

7.3 人生如戏

20世纪70年代最具力量的电影之一，是由肯·洛奇（Ken Loach）执导的《家庭生活》（*Family Life*，1971）。电影主角是一名身患精神分裂症的年轻女子。毫无疑问，她不是个很主动的人物。其实在2小时的影片中她几乎没有说话，然而她的故事却令人心碎。她的冲突是多方面的。身为一对姐妹中的妹妹，她一直被父母掌控，个性坚强的姐姐却突破了家庭的控制，找到了自由的生活。帮她治疗的医生们对她的精神状态各持己见，一位正在实验新治疗方法的心理医生改善了她的病况，然而当这位医生的职务被另一位较保守的医生取代时，她也从集体治疗转到电击治疗，直至撒手人寰。就家庭和机构（医院）的层面而言，这个故事极有戏剧价值。片中角色有个目标——想复原，但她不够坚强去战胜家庭的目标（控制她）和机构的目标（控制她这类人）。

在真实生活中，这种女人并不难找。但就银幕上的故事而言，这个角色却是个不多见的特例。这个故事之所以成立，在于它的戏剧情境。这个故事有叙事推力（narrative drive）。

叙事推力

像《家庭生活》这样的故事有非常尖锐的危机，而且假如危机没有迅速的解决方式，这个人物就会永远迷失。这种紧迫感强而有力，给故事很好的叙事推力。

除了人物之外，这种命运的紧迫感也可能是区域性的，如《怒火阵线》（*Matewan*，1989）；也可能是社会性的，如《大特写》（*China Syndrome*，1979）；甚至是世界性的，如《战争游戏》（*War Games*，1983）。在以上的例子中，紧迫感构成了电影故事的核心。观众不停地在问："世界有救吗？主角会死吗？"然而，仅有紧迫感仍不足以抓住观众，必须再加上有趣的故事。例如，训练杀手和命令杀手去刺杀高级政府官员的组合，既有紧迫感又有观众感兴趣的情节，这些才构成了《满洲候选人》的叙事推力。

角色越是内省和被动，编剧越须依赖紧迫感和强而有力的故事。《惊魂记》一片由不同精神状态的角色构成。主角由珍妮特·莉（Janet Leigh）所饰，她偷了钱并开始逃亡。在前40分钟的放映时间里，我们参与她的策划、沉思、决定以及她最终的改变心意。"罪恶"是最凸显的个性。可40分钟之后，希区柯克把她杀了，我们的主角不存在了。然而这部影片依然刻骨铭心。为什么？除了希区柯克那精湛的技巧，其原因就是紧迫感和强大的叙事推力抓住了观众的注意力。故事并没因女主角的死而结束。

叙事动力

通常，一个角色的动力与故事的动力相同。就像在《淑女伊芙》（*The Lady Eve*，1941）中，芭芭拉·史坦威克（Barbara Stanwyck）所饰的"夏娃"料到她必能将亨利·方达（Henry Fonda）所饰的"亚当"弄到手。她的行为就是故事的叙事动力（narrative energy）。还有许多故事与《淑女伊芙》一样，如《巴比龙》（*Papillon*，1973）、《大逃亡》（*The Great Escape*，1963）、《夺得锦标归》和《慈母心》。

动力（energy）和推力（drive）对银幕故事而言是很重要的，但它们不一定需要在主角身上出现，也可以呈现在配角身上。许多时候，我们看到电影故事充满叙事推力，但主角却是举棋不定、内心矛盾、不断自省的温吞角色。例如，《日落大道》（*Sunset Boulevard*，1950）中的编剧、《桃色公寓》中善良的职员，或《挡不住的来电》中裹足不前的书商。这些故事的动力或推力均来自故事本身。而在这些故事中，都有个和剧情发展息息相关、行动力异常强大的配角。这三个故事中最令人难忘的就是《日落大道》。葛洛莉亚·斯旺森（Gloria Swanson）所饰演的那位上了年纪的默片明星，是影史上最璀璨的角色之一。

7.4 被动人物的问题

我们常常告诉编剧要避免用被动人物做主角。这对必须面对结构、语言和角色等各式问题的编剧新手而言，是个好建议。但这对熟知结构与叙事的剧作家而言，则太具有限制性了。很明显，一个完全被动的角色不太可能和外界互动和沟通。然而，仍然有电影是以这类角色为主角的，比如《奥勃洛莫夫一生中的几天》（*Oblomov*，1980）及波兰电影《爱情短片》

(*A Short Film About Loving*，1988）。但是如前所述，这类主角需要靠故事和配角来弥补他的被动。

除非你是安迪·沃霍尔（Andy Warhol），不然你最好别让剧本中的角色、动作线和叙述都呈现出静止沉寂的状态。否则，你会遇到真正的大麻烦。因为这类被动、自省、犹豫、口拙的角色，几乎没有行动能力。所以编剧在替他们设计行为举止、职业身份、故事情节时，会觉得束手束脚，无从发挥。在本章后面的篇幅中，我们将检视一些具有"被动倾向"的人物角色。

被动主角的个案研究：《性·谎言·录像带》

在史蒂文·索德伯格（Steven Soderberg）执导的《性·谎言·录像带》（*Sex, Lies, and Videotape*，1989）中，女主角总是感到空虚，但却完全不知道原因。她是个被动的主角。这个少妇面临着一些性方面的问题。她有个关心她的治疗师、一个性生活混乱的妹妹和一个漫不经心的老公。她对自己的许多行为都感到不解与害怕，尤其是性冷淡。

一位老朋友搬来投靠这对夫妇，他率直的个性与她丈夫完全不同。他和少妇分享自己的性观念（他录了一些女人谈私人性生活的带子），并带给妹妹空前的性高潮。他的出现动摇瓦解了少妇原本就薄弱的婚姻，他俩终于发生了性关系。而少妇也和妹妹前嫌尽释，成为了知心朋友。

这个简单的故事与"睡美人"的故事是平行的，唯一的差别在于，这里的"睡美人"是醒着的。但事实上，她却对自己的生活、挫败和潜力一无所知。醒着却无知的个性和传统的主动人物相去甚远，这种个性甚至不是一般的自省、内敛的被动式人物个性，这种个性只会招致排斥与鄙视。只有丈夫以及妹妹的可耻行为，才置她于稍微令人同情的地位。这种人物如何让观众产生认同呢？片中的少妇与我们日常生活中见到的真实少妇相似——混沌、错乱和隐讳——但她绝非我们常在银幕上看到的电影人物。

那位老朋友也并非白马王子，他只是个无法谋生的窥视狂。然而，他的神秘使我们对他个人及他的命运感到好奇。不过，他并没重现乔治娅在《四个朋友》中的有利地位，也没有像雷在《谁能让雨停住》中的强悍。他只是个暧昧不清的角色。

主角作为催化剂的个案研究：《谁能让雨停住》

在《谁能让雨停住》中，迈克尔·莫里亚蒂（Michael Moriarty）饰演的约翰一角，是个在独立报系工作的左翼记者。他在越南写的越洋专栏阻止不了战争，这使他自视为无能的理想主义者。故事一开始，约翰决定走私海洛因至美国。反正每个人都想在这场战争中揩点油水，为什么他要自命清高？他靠以前的海军朋友帮忙利用商船走私，但约翰却被陷害了。他是个十足的傻瓜，天真地采取冒险行动，而使自己、朋友和家人的性命受到威胁。

《谁能让雨停住》描写一个理想主义者变成谋求生存者的成长仪式。约翰的理想主义挡不住腐败的联邦调查局干员和同僚的迫害。他不是传统的主角。他偷运毒品的行为展开了电影之后的叙事。电影中的一系列情节——约翰受到生命威胁，他的家人跟着倒霉，他理想主义的完全幻灭——都起源于约翰最初运送毒品的举动。在每一场戏中，他都是这最初举动的终极受害者。他被迫害，他被设计，他几乎是一个被动人物。约翰甚至在电影中消失了好一阵子，直到在第二幕中段再次出现。而他这时也只不过是个工具，歹徒只不过是想经由他将海洛因由雷（尼克·诺特 [Nick Nolte] 饰）手中夺回而已。

在第二幕中，雷才是主动的角色。他为了保护毒品和约翰的妻子必须带着两者一起逃亡。直到第三幕约翰才面临抉择。他试图以死换取妻子的性命。在他心中，自己其实早已死了。即使他人没死，他的理想也早就死了。影片最后，他虽然存活下来，但已是行尸走肉，他已经看不到未来了。在这部电影里，主角和叙事的互动并不重要，约翰在故事中只起到了催化剂的作用。因此，配角就必须强而有力。雷对朋友落落大方，处事态度明智，而约翰似乎一无是处。这部电影不但故事有力，语言亦融合文学与口语风格，给人相当深刻的印象。

主角作为旁观者的个案研究：《真正朋友》

罗里（约翰·萨维奇 [John Savage] 饰）从 10 楼跳下来，但自杀未遂，成了残障人士。这个沉重的片段是励志电影《真正朋友》（*Inside Moves*, 1980）的开场。

罗里整日流连奥克兰的酒吧，结识了一群残障朋友。其中一个叫杰里的邀他去看篮球赛。杰里是个大嘴巴，吹嘘他能比职业选手打得更好。他指导明星球员阿尔文如何赢球，并向他单挑。阿尔文接受了，而且差点输给杰里。罗里看后心想：假如残缺如杰里的人都差点打败职业球员，那么自己的生活一定还有希望。

罗里开始渐渐参与到生活中，他接过了酒吧的经营。当杰里的事业起飞时，罗里也开始成长。他开始对女人产生好感，他的未来充满了可能性。然而，他的成长与杰里息息相关。唯有在他看到杰里的成就并受到鼓舞时，他才试着拓展自己的生活。

罗里总是被动地观察。正是杰里等残障朋友的激励，才成就了他最终的抉择——要活得丰富饱满，舍弃轻生、自囚的念头。片中的配角不管是跛足、眼盲或残臂，都主动且活力充沛。而全片的叙事繁复，充满了人物与事件，以供罗里进行多方面的观察。在观察中，罗里终于深受感动，重拾拥抱生命的念头。

我们对罗里的认识并不深，但我们清楚地看到他终于小心翼翼地破茧而出。他是个十足的旁观者，他的残障不允许他像杰里一样打篮球，也使他无法在他所爱的女侍者面前扮演浪漫的行动者。罗里所有的努力都是小心翼翼、紧张戒备的。一直到了电影最后，罗里才收服了观众的心，他的努力与崇高人格才赢得我们的敬重，他对自己和杰里的观察和洞悉才令大家感到佩服。

由此看来，罗里与传统主角相去甚远，但却与我们生活中所见的人物十分相似。

主角作为局外人的个案研究：《四个朋友》

史蒂夫·特西奇所写的《四个朋友》是个跨越20世纪50年代至70年代的自传故事。故事从丹尼罗和母亲到印第安纳州的芝加哥东部与南斯拉夫裔的父亲会合开始，带领我们经历了60年代的性革命，一直到丹尼罗送父母上船返回南斯拉夫、而他自己则留在美国发展结束。

丹尼罗的故事就是一则移民的故事。丹尼罗总是静静站在一旁，让朋友替他表现叛逆和发表关于性的言论。他和双亲并不亲近,他违背了父亲的心意进了大学并认识了一个富有的美国人,然后与朋友的妹妹拍拖又再次令父亲失望。《四个朋友》以丹尼罗和昔日女友乔治娅的和解,以及他终于明了父亲永远不会了解他作为结束。

故事中的大部分情节都发生在丹尼罗周围,而且片中涵盖了许多故事。从肯尼迪遇刺到越南战争,美国20世纪60年代的风云变幻和丹尼罗的遭遇交织一起。许多其他的角色都比丹尼罗一角来得鲜明。乔治娅则是故事中的催化剂,她善于表达、富有冒险精神、自发性强,具备了所有丹尼罗欠缺的特质。

丹尼罗在故事中一直处在边缘的地位,以局外人的理想主义观点察看社会。对他而言,美国曾是他梦中的乐土。然而,他所见到的一切与他的梦想并不一致,而这恰因为他只愿意保持一个局外人的姿态。丹尼罗其实非常热情而且活力充沛,不过他就是无法表达这些情感。局外人的姿态使他受到限制。由此可见,他是边缘人,一个处处遭难的男主角,很难取得认同。

然而主角以局外人姿态出现的好处是,他除了参与到故事中,更有机会客观地反映故事的情节。虽然局外人的性格让丹尼罗缺乏活力,但丹尼罗的不表态也留给我们时间去思考他的感觉。因此,不表态就产生了即时的张力(观众不知角色会如何反应),也使得观众的参与感能够持续下去。然而,这不是观众对丹尼罗命运的关心,而是对他和整个故事所产生的好奇心。这似乎是主角身为局外人时不可避免的结果。

主角作为媒介的个案研究:《梦幻球场》

《梦幻球场》(*Field of Dream*,1989)的主角比尔·金塞拉(凯文·科斯特纳[Kevin Costner]饰)有一个梦想——他必须在他位于洛瓦的玉米田中央建座棒球场。金塞拉的个性就只有这么多:他是一个好人、一个梦想家、一个非物质主义者。金塞拉总是幻想那些1919年的白袜队球员在他的玉米田中打棒球。金塞拉找来一个黑人作家和一个老医生,一起与这些"鬼魂球员"在理想的天国球场会面。金塞拉终于见到亡故的父亲的灵魂,并且终于和曾是棒球员的父亲的灵魂和解。

或许每个人都渴望要与逝去的父母说些话。金塞拉一直到片尾才达成这个愿望。这时，他已别无所求。金塞拉与我们上述的那些被动、沉默或矛盾的主角不同。他角色的平板单调并非以大量的情节或给其他角色添戏就可获得补足。由詹姆斯·厄尔·琼斯（James Earl Jones）所演的作家一角，虽然很有趣，但因个性上的矛盾，不足以弥补主角的缺点。《梦幻球场》的第三幕着实感人，虽然全片的角色都有夸大的嫌疑。而且主角金塞拉不过是个呈现20世纪80年代梦幻色彩的媒介式人物，他只是那个年代的人中的一分子而已。

瓜分主角的个案研究：《现代灰姑娘》

另一个挑战我们对传统单一主角认同的做法是把一个主角的个性分配在多个主角身上，使我们认同一群人而非一个人。在《现代灰姑娘》（*Mystic Pizza*，1988）中有三个主要人物——两姐妹和她们的一个朋友。三人都正处于即将迈向成人的青春期阶段，但她们的个性却相异。姐姐爱表现、性感；妹妹文静、有智慧；朋友的个性则充满矛盾。角色的分配使我们在认同和参与时有所选择。她们的个性始终不变，在对于性、事业、未来的丈夫和前途等方面，主动的角色始终主动，被动的角色始终被动。将这三个人联系在一起的契机是：她们同在一家叫"神秘比萨"的餐馆里工作。

这个故事没有任何叙事推力，也没有强而有力的配角。驱使我们进入故事的要素则是：她们各自平行的故事，她们诚实的生活态度，以及观众各选主角加以认同的机会。三个人的故事都是由一段关系展开。虽然这三个年轻女人的背景、个性、所受的束缚各自不同，但却都会引起我们对其命运的关心。这种主角创作的要点在于，这些人物对我们而言是熟悉的。她们就在我们之中。某些时候，我们可能就是她们。

反面角色弥补主角的个案研究：《小狐狸》

莉莉安·赫尔曼（Lillian Hellman）编剧的电影《小狐狸》（*The Little Foxes*，1941）中的正面角色亚历桑德拉是个天真无邪的人，她的母亲雷吉娜（贝蒂·戴维斯［Bette Davis］饰）是却个反面角色，她不但世故、善于操纵而且非常邪恶，很难相信像她这样的母亲能生出天使般的女儿。两者的相异非常极端，因而补足了正面角色的薄弱。

《小狐狸》的背景是1900年的美国南方，它描述了一个富豪之家的成员互相争权夺利的故事。管理全家财务的是亚历桑德拉在巴尔的摩养病的父亲（赫伯特·马歇尔［Herbert Marshall］饰），他为了保护家产不被太太与小舅子吞噬，不得不带病赶回南方的家。而他终于败在太太的手下，生意失败，失去了财富，也赔上了性命。亚历桑德拉目睹了这一切。她必须决定如何自处，是保持原来的天真？还是面对母亲为达目的不择手段的事实？

这种策略常被用来重建正面角色的主动或被动的个性。这种例子还有《星球大战》中天行者卢克与维达之间的关系。

7.5 结　论

在本章所讨论的案例中，主角都不主动，也没有非常旺盛的活力。丹尼罗（《四个朋友》）只有反应而不主动，罗里（《真正朋友》）和约翰（《谁能让雨停住》）都是被逼急了才不得不采取行动的人物。他们压抑、被动、举棋不定、保守小心、充满缺点，但是他们极富于人性。正因为这点，他们和我们一样平凡，能够同我们亲近。他们不像电影人物，而像我们身边的朋友一般。

然而，为了使这些平凡的角色能在戏剧化的故事中奏效，编剧必须修正叙事方向。这些角色需要戏剧化的情境和有活力的情节。编剧需要在他们所处的故事中安插令人难忘的配角，像《谁能让雨停住》中的雷，或《真正朋友》中的杰里。这些配角的确比主角更令人难忘。或者，这些故事需要特别的反面角色。这个反面角色强劲的本性可弥补主角的不足，像《小狐狸》中的雷吉娜，就是一个令人难以忘怀的反面角色。

选择超越角色的"主动/被动"套路的好处是，编剧可以避开主角一定得是"电影化的人物"的窠臼，编剧只要懂得方法，一样可以用"现实中的人物"作为主角。如此，编剧在塑造人物时便有更大的转换和选择的空间。下一章，我们将讨论有关角色选择的另一个相关问题——主角的认同。

Chapter 8
延伸角色认同的限制
STRETCHING THE LIMITS OF
CHARACTER IDENTIFICATION

观众容易认同遭遇挫折的角色,也容易认同讨人喜欢的角色,更容易认同众人羡慕的对象。这种认同有许多好处,它加速促进了观众和故事间的关系,观众会经由自己认同的角色进入故事情节。

认同也使观众比较宽容。观众一旦认同某个角色,他们就会忽略故事不通畅的地方,并且接受和原谅刻意安排的巧合事件。作者总不愿大家感受到他们剧本中操纵观众的技巧,而一旦观众对主角缺乏认同感,这样的感受就很危险了。

但是,假如银幕上的主角不够迷人呢?角色深度和观众认同之间的平衡点是什么?观众的认同是否有另外一个层面?认同感什么时候会变成偷窥主义?这一章将探讨这些与角色相关的问题。

8.1 同情、感同身受和反感

观众会因为不同的因素与角色结缘。在《苏菲的抉择》(*Sophie's Choice*,1982)里,观众出于同情而与苏菲(梅丽尔·斯特里普[Meryl Streep]饰)产生关联。她是集中营的生还者,处境令人同情。但我们会因此感同身受吗?我们会真正认同她吗?答案是否定的。同样的情形亦可在《典当商》(*The Pawnbroker*，1965)中的索尔·纳泽曼(罗德·斯泰格尔饰)身上得到印证。《我们之间》(*Entre Nous*，1983)中的莉娜(伊莎贝尔·于佩尔[Isabelle Huppert]饰)也不例外。然而，导致我们不致太过于投入这些角色的原因却不尽相同。我们不会如苏菲般感同身受，是因为她不够主动。你也可以说她太压抑或虚伪。就索尔·纳泽曼的例子而言，则因为他对全世界都满怀愤怒，以致我们对他的理解仅止于愤怒和痛苦。而莉娜则是选择婚姻来自救的女人，后来却想从丈夫身边逃离，我们替她抱憾的同时也替她丈夫难过，但却不会和她感同身受。同情和感同身受的差别在于，同情基本上仍是"我同情你"，而感同身受则是"我就是你"。

在以上的每个例子里，人物皆忘不了过去的创伤，并在现时的日子中备受煎熬。他们只是从一个地狱(比如大屠杀)逃到另一个地狱。他们生活的悲剧程度，无法引起我们感同身受，观众只能停留在同情的阶段。

感同身受则是观众对角色更深层次的认同。我们不只感觉到同样的压力，也很可能会做出同样的反应。《黑色手铐》里麻烦缠身的侦探韦斯·布洛克(克林特·伊斯特伍德饰)是个慈爱的单亲父亲，也是个相当自省的警察。他身上的毛病使他显得非常人性化，因此我们对他会产生感同身受的感觉。同样的情况也发生在《挡不住的来电》里的伊莎贝尔(艾米·欧文[Amy Irving]饰)身上。她忙于事业，几乎没有私生活，等到她遇到一个关心她的男人时，却不知该如何应付。在这种境况下她所显示出来的弱点，不但使她更加迷人，也使我们感同身受。我们关心她，如同关心韦斯·布洛克的命运一般。

在多数情况下，编剧都会采用一个令人感同身受或至少令人同情的人物作为主角。但编剧偶尔也会创造出令人嫌恶的主角，这样的情形似乎并不罕见。我们可能对《52号密杀令》里的哈利·米歇尔(罗伊·施拉德[Roy Scheider]饰)既爱又恨，对《萨尔瓦多》(*Salvador*，1986)里的理查德·鲍尔(詹姆斯·伍兹[James Woods]饰)充满敌意，或者非常讨厌《同流者》(*The Conformist*，1970)里那个懦弱的同流者(让-路易斯·特兰蒂尼昂[Jean-Louis Trintignant]饰)。不过，这些角色都有触动人心的地方。演员演出了我们憎恨的人物——好色之徒、权力操纵者以及卑怯的懦夫。然而，我们总是或多或少地卷入这些角色的内心漩涡。《52号密杀令》里哈利·米歇尔因桃色丑闻而遭勒索，他的女友也是勒索人之一；他的婚姻岌岌可危；他从政的妻子政治生涯受到威胁。尽管他的作为并不值得尊敬，但是我们却能了解他一心想挽救妻子声誉的迫切愿望。这种类型的角色，一定会有某些救赎的特质使他不致沦为绝对的衣冠禽兽，而就是这样的特质深深吸引着观众。

在《萨尔瓦多》里的理查德·鲍尔的身上，我们也能看到同样的特质。他为抢新闻可以不择手段，但他对那位萨尔瓦多女人的爱（他在美国已有妻室）却浓烈诚挚，大异于他其他的行为。我们由此受他牵引，并看到他光明的一面。

《同流者》中的主角和一个女人之间（并非他的妻子）的强烈关系，是牵引我们的因素。她是主角在巴黎的一个政敌的妻子，也是主角必须暗杀的对象。他想拯救这女人的欲望十分强烈，而这种义气的情怀在电影中是绝无仅有的。最后他不顾女人的哀求，仍眼睁睁地看着她被杀，着实反映出他懦弱的本性。这也是全片中最令人不安的一刻。然而，在那一刻之前，这对男女的关系一直牵引着我们。

8.2 认同与偷窥主义

我们和主角的关系并非总是坦诚相见的。最了解这一点的人，大概就是希区柯克了。他要我们参与剧情、认同人物角色，却又要我们像个偷窥者般地抽离地观察这些人物的行动与情感。假如我们同情他们的处境，认同他们的奋斗目标，看清他们的冥顽不化，我们就已和这些人物结下不解之缘，我们分享了他们的罪恶。

《惊魂记》里的玛丽昂·克兰（珍妮特·莉饰）和《迷魂记》（*Vertigo*，1958）中的约翰·弗格森（詹姆斯·史都华饰），一个是小偷，一个是操纵者，我们投入这些角色时的心情错综复杂，而且经常感到很不舒服。这两个角色与希区柯克的偷窥主义的代表人物——《后窗》（*Rear Window*，1954）里的L.B.杰夫瑞斯（詹姆斯·史都华饰）有着许多共通点。这三个角色都是勇往直前的人，但又都是陷入深渊不可自拔的平凡人。就玛丽昂·克兰的例子而言，她陷入了唯有金钱才能排解的婚外情深渊之中。所以她偷了钱，但为此罪恶感深重，当她决定归还赃款、罪恶感将升华成救赎之际，她却被诺曼·贝茨所杀。当她平静地躺在血泊中时，我们与杀她的凶手都成为了偷窥者。

《迷魂记》里的约翰·弗格森受雇于朋友跟踪其妻，却因此而爱上了她。他原本是一名警探，辞职后担任私家侦探，但他的恐高症使他眼见朋友之妻玛德琳（金·诺瓦克［Kim Novak］饰）坠楼自杀而无法制止。正当他满腹狐疑并充满罪恶感时，却认识了一个与玛德琳酷似的女人，他要她扮成玛德琳的模样，而事实上，这个女人就是真正的玛德琳。当他发现自己受到欺骗时，便带她返回首次"坠楼"的地点，但这次她却真的不小心坠楼身亡了。他心中的罪恶感再度燃起，而我们也跟他一样陷入到爱和罪恶的谜团当中。

在这两个例子里，剧中人物都有正反两面的性格。当他们进行一些违反道德规范的行动时，我们便抽离角色，成为了偷窥者。但是，当我们抽离时，我们会感受到罪恶，因为这就像是抛弃了原先与我们有关联的人。当他们的情况恶化时（克兰的死、弗格森爱人的死），我们的罪恶感更显强烈。希区柯克成功地将我们牵扯进他们的罪恶中。

这种观众与角色忽近忽远的设置并非希区柯克的专属，我们经常能在恐怖片中看到这样的情形，如《血窗迷魂》（*Bedroom Window*，1987）、《蓝丝绒》和《孽扣》（*Dead Ringers*，1988）。

8.3 自我表白

另一个可以克服角色负面性格的方法，就是提供给角色一个自我表白的机会。就像在社会上一样，我们看到的多是人物的外在表现。假如角色是个歹徒，作者通常会赋予他超凡的魅力，让观众当他是个亡命之徒，而非绝对的恶魔。假如角色仍不够迷人，他的表白就成了非常有用的设计，此举可赢得我们对角色的容忍和理解。假如这样的时刻特别出乎意料，编剧甚至可以借此衍生出观众对角色感同身受的情感。

《夺得锦标归》里的米基·凯利（柯克·道格拉斯饰）这个角色就是个很好的例子。这部电影是由卡尔·福曼编剧，讲述一位冠军拳击手一生的起落。在影片的前半部分，我们可以感觉到凯利的焦躁和野心，他一心想摆脱童年时期的贫困。他是个不折不扣的投机主义者。影片进行到一半时，有一场戏表现米基讲述自己童年时期的穷困遭遇，而他受过的屈辱成了一辈子挥之不去的伤痕。这时我们开始原谅他的作为，也宽容他对待亲信的残酷。

在《半熟米饭》中，马修·霍利斯（迈克尔·凯恩饰）与一位同样离了婚的朋友去度假，同行者还有他们各自处于青春期的女儿。马修婚姻的挫败却意外在朋友的女儿身上找到慰藉。在这部由查理·彼得斯（Charlie Peters）和拉里·格尔巴特（Larry Gelbart）合编的剧本中，马修并不是个讨好的角色。但是编剧给予马修很多剖白的机会。影片一开始，马修就对我们自白，一直到影片结束，他不断地拥有自白的机会。结果，我们对这个角色采取了宽容的态度。

另一个自我表白的例子发生在《法网终结者》（*True Believer*，1989）一片中，爱德华·杜德（詹姆斯·伍兹饰）是20世纪60年代出名的民法律师，现在则专门为毒枭辩护。杜德的自我表白发生在新助理罗杰·巴伦斥责他道德沦丧之时，因为他拒绝了一桩备受争议的谋杀案。他再也不是巴伦心目中的英雄了。对杜德而言，这是受辱的一刻，他唯利是图，而不顾委托者是何许人也。在此之前，杜德的形象一直是法院中滔辩成章的催眠演说者，是个只有才华却没有理想的卑贱律师。而现在我们从杜德的表白中知道了他的过去，了解了他的为人，但他能恢复过去的良知和理想吗？他能再度成为有崇高道德感的人吗？尽管他一直活力充沛，但我们之前却不可能同情他或移情至他身上。只有当我们认知到他过去是一个什么样的人时，才会对他重新拾回理想抱有期望。

对一个不太能引人同情的主角而言，自我表白的时刻非常重要。这也是编剧要我们深入角色内心时经常使用的手段。编剧如若更呕心沥血地经营剧本，有自我表白机会的就不只是主角一人了。在约翰·帕特里克·尚利的《月色撩人》中，几乎每个人物都有表露心声的时刻。在大卫·马梅的《凡事必变》（*Things Change*，1988）中，三个主要角色也都有这样的表白机会。自我表白通常都与角色受辱的经历相连，当他们受到责难时，就会表露出私密的一面。于是，不管他是圣贤或罪人，我们都会被其吸引。

8.4 英雄主义

自我表白是需要勇气的，尤其是角色感到受辱之时。而勇气就是英雄主义的种子。我们指的不是像阿诺德·施瓦辛格（Arnold Schwarzenegger）那种突击队员型的英雄主义，而是人性中展现出的真正的勇气。不管我们对主角的认同程度是高是低，他们都需要有相当程度的英雄主义来克服障碍。因此，我们可将英雄主义定义为：主角对于超越障碍以达到目标的态度与行动。英雄主义的使用，使我们在观照主角时会以较同情的态度对待他，如此便弥补了无法感同身受的缺憾。

迎接挑战，是展现英雄主义的一个方法。挑战的对象可以是个反面角色，像《蝙蝠侠》里的小丑；也可以是自然环境，像《大移民》（*The Emigants*，1971）中的土地或《阿拉伯的劳伦斯》中的沙漠；还可以是某种观念，像《征服者佩尔》（*Pelle the Conquerer*，1987）中的阶级对立。在以上的每个例子中，所有挑战的水平与性质，都使主角的形象更英雄化。

然而，并非每个角色都像劳伦斯一般不屈不挠，或像蝙蝠侠一样富有且才华横溢。《桂河大桥》的剧情进行到后半部分时，那位刚直的上校（亚历克·吉尼斯［Alec Guiness］饰）和自私的上尉（威廉·霍顿饰）的行为同样表现出一种英雄主义。《赤裸追凶》里愤怒的父亲（乔治·C·斯科特［George C. Scott］饰）为找寻离家的女儿，必须采取英雄式的搜索。正值青春期的女儿，不惜离开信仰虔诚的家庭，只为在一部离经叛道的色情片中出任女主角。身为父亲的英雄式的主角，必须克服出身和背景，才能找到女儿。

我们对某些角色既不同情也无法感同身受，像《无敌连环枪》里的林·麦克亚当（詹姆斯·史都华饰），我们除了知道他是个愤怒的射击好手之外，别无所知。在故事进行过程中，他会有一些自我表白的时刻。但每次他都只告诉我们一点点。直到第三幕，我们才知道他为何而苦——他的亲生父亲死在了他的亲生哥哥手上。为了杀死他哥哥，他必须克服许多挑战。在他通往成功的过程中,他由一个愤怒的主角转变成一名复仇英雄。他的挑战——法外之徒、印第安人、更多的法外之徒——加剧了他失败的可能。但是,挑战越大越证明了他英雄般的勇气和决心。

8.5 魅　力

主角是引人同情还是招人反感,其决定性因素除了英雄主义外,还有超凡脱俗的魅力。魅力可使角色变得十分迷人。虽然一讲起魅力,人们通常会联想到政治人物和电影明星,但是它也可以使用在一般性的角色身上。魅力对于第一眼看起来并不讨人喜欢的人物尤其重要,例如《阿拉伯的劳伦斯》里怪异的劳伦斯和《出租车司机》里的特拉维斯·比克尔。这两个人背负的任务似乎都凌驾于他们的能力之上。而一般的电影则多倾向于表现那些有权力的人(《巴顿将军》)以及渴望权力的人(《候选人》[*The Candidate*, 1972]),声名远播的人(《总统班底》)以及臭名昭著的人(《希特勒的最后十日》[*The Last Ten Days of Hitler*, 1973])。

什么是魅力?如何让角色有魅力?欧文·希弗(Irvine Schiffer)在他所著的《魅力》(*Charisma*)①一书中提出了创造魅力的元素,分别是:

▶ 异国风情
▶ 小小的不完美
▶ 任重道远的精神
▶ 带有侵略性的或激烈的个性
▶ 性感
▶ 说服力

充满魅力的角色与其他角色会有一些不同。他会引发我们的好奇心,并以其激烈的个性及所承担的任务来吸引观众。这些人物个性十足,但并非十全十美。他们可能佝偻着背、戴着眼镜,或身材短小。然而重要的是,

---

① 欧文·希弗:《魅力》,多伦多: 多伦多大学出版社(Toronto: University of Toronto Press), 1973年。

我们很快就能注意到他们的与众不同，并对他们产生极大的好奇。就平衡某个人物的正面与负面特质而言，魅力是相当重要的，它可引导我们投入到那个角色的性格深处。

8.6 悲剧性的缺点

当主角是个反面人物时，我们经常会因其个性上的悲剧性而接受他。这种人物都有一种极端的特质，这种特质既是他力量的来源，也是他自我矛盾的源头，例如麦克白的狂妄（或许有人称之为过度敏感的妄想），或《恺撒大帝》（*Julius Caesar*，1953）中卡修斯的嫉妒与对权力的饥渴。在巴德·舒伯格（Bud Schulberg）的《登龙一梦》（*A Face in the Crowd*，1957）里，孑然一身的罗兹（安迪·格里菲斯［Andy Griffith］饰）急切的表现欲，就是由吸引小众扩散到征服大众（在电视上）的魅力基础，但这也成了他矛盾的根源。大卫·塞尔策（David Seltzer）编剧的《头条笑料》（*Punchline*，1988）中的史蒂芬·戈尔德（汤姆·汉克斯［Tom Hanks］饰）的不成熟，就既是他愤世嫉俗的根源，同时也是他滑稽的原动力。观众既受到这股力量的吸引，但也因人物的悲剧性缺点而感到不悦。

我们必须了解悲剧性缺点的文学属性，才能进一步了解它在电影中呈现的方式。悲剧性缺点使角色和社会（小我和大我）发生联系，也使得作品的潜文本更丰富。举例而言，在欧内斯特·莱曼（Ernest Lehman）与克里佛德·奥德兹（Clifford Odets）合编的《成功的滋味》（*Sweet Smell of Success*，1957）一片中，希德尼·法尔柯（托尼·柯蒂斯［Tony Curtis］饰）是一位纽约的媒体经纪人。为了能在冷酷的都市中谋生，他必须依赖一位写花边新闻的专栏作家的慈悲。但不幸的是，这位花边新闻专栏作家根本毫无慈悲可言。希德尼·法尔柯的悲剧性缺点在于他的野心，为达目的他可以不择手段地牺牲他人。而比利·怀尔德的《日落大道》中的乔·吉利斯（威廉·霍顿饰）一心想拥有好莱坞的奢华生活，不惜利用年老女星诺玛·德斯蒙德的自欺与怀旧。同样地，乔的野心最终也导致了自己的死亡。

法尔柯和吉利斯两人都从事娱乐业，一个在纽约，一个在洛杉矶，他们利用名人谋求私利的做法并不会引人同情。但在这两个案例中，观众却被角色的病态及其对成功的欲望所吸引。同时，两部电影里所出现的语言和对白，均是无情、锐利且充满神采。单单这些对白就暗示了身处娱乐工业中的刺激和动力。

法尔柯和吉利斯是那个时代和环境中的代表人物。而在其他时代和环境中也有令人记忆深刻的角色。像在布莱恩·福布斯（Bryan Forbes）的《黑狱枭雄》（King Rat，1965）一片中，主角金（乔治·席格尔［George Segal］饰）身处日本战俘营，当别人一个个丧生时，他却靠投机而出人头地。另外，在由比利·怀尔德、莱塞·塞缪尔（Lesser Samuel）和沃尔特·纽曼（Walter Newman）共同编剧的《倒扣的王牌》（Ace in the Hole，1951）一片中，柯克·道格拉斯所饰的查理·塔特姆一角受野心蒙蔽的程度更胜希德尼·法尔柯。他原是纽约的一名记者，因酗酒而调职新墨西哥州。到了那里，他碰到一个有机会使他重返纽约的事件——有个人受困在一个洞穴之中，原可轻易获救，但塔特姆却说服警长及其他人，拖延救援以增加小镇的知名度。当那个人慢慢在洞穴中等死时，他却以悲悯的语气将这则新闻通过全国的电台播放。于是人们开车赶来观看，大型的挖土设备准备齐全，甚至要有许可证方能进入当地。查理终于因这则报道，圆了他回纽约的梦。直到那人真的在洞穴中死去，真相才被揭穿，精明的记者成了凶手，这完全可以归咎于其毫无道德感的野心。

还有许多其他关于悲剧性缺点的例子，保罗·马祖斯基（Paul Mazursky）的《恋爱中的布鲁姆》（Blume in Love，1973）里只顾自己无视他人的布鲁姆就是一例。保罗·吉摩曼（Paul Zimmerman）的《喜剧之王》里那位疯狂的鲁伯特·波普金（罗伯特·德尼罗［Robert De Niro］饰）也是一例。悲剧性缺点的使用，会吸引观众也会令观众反感，然而整体上它能使得一个负面主角更容易得到观众的宽容。

魅力和悲剧性缺点的个案研究：《愤怒的公牛》

在由保罗·施拉德和马迪克·马丁（Mardik Martin）合编的《愤怒的公牛》中，主角杰克·拉摩塔（罗伯特·德尼罗饰）是个同时充满魅力和缺点的角色。

他是个意大利裔美国人，从事拳击比赛，个性激烈，更具有原始动物的侵略性，不管是在肢体上还是在情感上，他总是随时在攻击。这样的侵略性，既是拳击手的力量，也是人际关系的毒药。

当拉摩塔向冠军冲击时，他失去了他最亲近的人——两任妻子和哥哥。他那冲动的侵略性，不但造成了物质上的损失，也形成了自我禁锢。影片以拉摩塔排练夜总会的脱口秀作为结尾。他已成为替脱衣舞娘作热场表演的人，冠军拳击手的岁月已是过眼云烟。

这个角色既迷人又令人反感。我们为他那源源不断的活力深深着迷，但当他用那过剩的精力毒打妻子时，我们又会对他产生排斥。当他力战敌手时，我们会因他不管被打得多惨仍站在拳击台上而深受感动，但却无法忍受拳击台上的两个选手像野人般地扭打。拉摩塔有魅力，但个性上的瑕疵也非常明显。他的缺点毁了他的一生，他最终只能靠残余的名声作个可怜的二流脱口秀演员。

自我表白与英雄主义的个案研究：《满洲候选人》

雷蒙德·肖（劳伦斯·哈维［Lawrence Harvey］饰）在乔治·阿克赛尔罗德编剧的《满洲候选人》中，是个不讨好的主角。他自大、鲁莽、易怒。他曾在朝鲜被洗脑成为一名共产党的杀手。他非常危险，因为他是个神乎其神的狙击手，因为他不知道自己扮演的杀手角色，也因为没有人怀疑他。他是美国参议员的义子，党内提名的副总统候选人，并且是美国国会授勋的战争英雄。

然而，雷蒙德这个角色却极具吸引力。他是个反面角色，尽管他杀了五个无辜的人，包括他的妻子在内，但是直到故事结束时，我们仍对他寄予悲悯之情。关键的一幕就是，酒醉的雷蒙德向朋友及指挥官本·马科（弗兰克·辛纳特拉［Frank Sinatra］饰）透露了他真实的个性。在那一幕中，他不断地告诉本他知道自己是一个可憎的人。然后他讲起，曾有一段时间他并不这般可憎，他叙述着与爱人乔西·乔丹见面的情形。由于乔西的参议员父亲曾被雷蒙德的母亲毁谤为共产党员，两家几乎是水火不容。但雷蒙德与乔西相处时，两人都很快乐，他变得非常可爱。然而，他的母亲终究还是斩断了这段关系，使雷蒙德又恢复到原来可憎的个性。在这幕戏当中，雷蒙德也表达了他对母亲的恨，以及他无能力去反抗的矛盾。

他与乔西的分手，以及他和母亲的关系，在影片的下半部更加重要。乔西再度走进他的生命，两人结婚时，雷蒙德拥有了短暂的幸福时光。然后，雷蒙德的母亲再度控制了他。此时我们才知道她原来是共产党间谍，负责在美国控制雷蒙德的谋杀行动。

雷蒙德对我们透露了他内在的自我，以及另一个个性全然不同的雷蒙德存在的事实，这震撼并感动了我们。当他由杀手变成受人利用的卒子时，我们立刻对这个反面角色产生了悲悯之情。在第三幕中，我们看到困兽犹斗的雷蒙德试图抗拒他的母亲，这是脆弱的儿子对抗顽固的母亲的英雄行径。最后，雷蒙德的抗争使他成为了真正的战斗英雄。

认同与偷窥主义的个案研究：《蓝丝绒》

大卫·林奇执导的《蓝丝绒》中主角杰弗里·博蒙特（凯尔·麦克拉克伦［Kyle MacLachlan］饰），表面上是小镇中一个中产阶级的好青年，生性聪明且具有好奇心。他无意中在伦巴顿镇的草皮上发现一只断耳，便急欲找出耳朵的主人是谁。他的寻找把他引向了一位美丽的夜总会女歌手。借当地警官的女儿之助，他潜入了女歌手的住处，并监视着她。但他不是以有任务在身的身份监视她，而是以男人的好色眼光窥视她。他受到她的撩拨，当她发现他侵入自己的住宅，并偷看她更衣时，她反过来将他强暴了。

这样来叙述《蓝丝绒》的第一幕戏，将引来不少疑问。观众至少会问：故事要往哪里发展？我们最大的兴趣在于，杰弗里是个我们可以认同的人物，他拥有一切值得我们称赞的特质，但他却开始变得像个偷窥狂。杰弗里看到的一切都是暴力和非比寻常的。这样的电影引人反感，却又让人不由自主地被它吸引。

当故事继续进行时，我们又回到了那个神秘之源（失踪的耳朵），人物的行为模式又回归常态且较可预测。尽管我们无法理解他为何如此拼命解谜（只有好奇心不足以解释），但杰弗里又成了我们称赞的主角。在这部影片中，反面角色弗兰克（丹尼斯·霍珀［Dennis Hopper］饰）的地位很重要。

他痛恨女人，既残酷又邪恶，他捉摸不定且复仇心重。当弗兰克像个醋坛子般痛揍杰弗里时，我们不禁对杰弗里孩子般的行为给予同情。在我们心中，杰弗里又是个诚恳的人了，他恰好与弗兰克完全相反。这时反面角色接管了偷窥者的层面（他吸引我们，也使我们反感），而我们认同了杰弗里。

大卫·林奇在整部影片中耍玩了认同感与偷窥主义。由于他剥夺了我们对小镇美好生活的遐想，这部电影带给观众的慰藉相当稀少。尽管杰弗里的动机不明也并不纯正，但我们也只好认同他（因为我们别无选择）。

8.7 结　论

为了建立观众对主角的认同，编剧可以将主角建立在引人同情的地位上，或暴露出主角脆弱的一面以让观众感同身受。编剧也可挑战观众与主角之间的积极关系，并延伸角色认同的限制。为达到此目的，某些特定的状况必须存在，以便使观众能与这样的一个主角产生关联。

首先，主角必须是有魅力的，拉摩塔和乔治·巴顿都是好例子。其次，角色得表现出任重道远、引人入胜的英雄主义。这些角色大致都有悲剧性的缺点，使他们的为人并不成功。一般来讲，这些角色都有一种孤寂感，暗示着生命的悲剧性。最后，这些角色都经由自我表白来展现他们的弱点，这样的时刻会使令人厌恶的主角也有尊贵的一面，并成为有血有肉的人。虽然他们在表白之后又恢复到原来的自我，但是我们对他们的感觉却不一样了。

编剧可以延伸观众对主角认同的限制。既然要延伸，编剧一定要让观众有参与感。如果编剧无法让观众参与其中，也得让他们感到自己像个偷窥者。当观众是个偷窥者时，故事就能得以继续下去，而且可能趣味十足。特殊的导演——希区柯克、大卫·林奇和戈达尔——偏爱使观众拥有两种身份：偷窥者和参与者。这两者的平衡，要依靠故事的叙事结构，也要依靠主角的本质。假如编剧要观众占据偷窥者的位置，戏剧动作就必须由一位抽离且不讨喜的主角来完成。相反，若编剧将观众置于参与者地位的话，观众对主角的认同感就会受到挑战。其结果是，观众会和电影中的主角产生各式各样不同的关系。

和查理（罗德·斯泰格尔饰）。查理是特里的哥哥，约翰尼则是他的衣食父母，这两人对特里都极有影响力，特里的生计完全依赖于他和查理及约翰尼的关系。故事一开始，特里引诱自己的朋友乔伊爬上他俩养鸽的屋顶，然后约翰尼的爪牙把乔伊推了下去，因为乔伊打算出庭作证，掀出工会腐化的内幕，特里遂帮助约翰尼除掉这个心头大患。虽然特里感到良心不安（"乔伊不是个坏孩子。"他说），却从此成为共犯，还接下码头上一份轻松的好差事。

在"圣人"那边，也有两个重要的次要角色——乔伊的姐姐伊迪（伊娃·玛丽·森特饰）和巴里神父（卡尔·莫尔登饰）。因为与伊迪的交往，又听到神父屡屡在码头上为重整道义大声疾呼，特里常感良心不安。直到约翰尼逼迫查理去阻止特里，不让他和打击罪犯的委员会接触，两兄弟才首次正视他们之间的关系，那段著名的"我本来可以出人头地"的台词，就是在这场戏中出现的。现在轮到查理受到良心的谴责，他释放了特里，也因此招来杀身之祸，他的死使得特里后来的行为不仅是一种道德上的抉择，也是个人感情上的复仇。他决定要毁灭约翰尼这个罪人，虽然他差点因此丧命，却英雄式地实践了自己的决定。

以上四个次要角色的性格都非常鲜明，他们和特里不同，非善即恶。只有查理在最后改变了态度，也正因为如此，特里的决定才更为英雄化，因为他克服了自己的犹豫。在这里，每一个次要角色都像是促使特里采取行动的催化剂，他们昭显特里性格中不同的倾向及冲突，帮助他解决问题。

《码头风云》表现出主要角色与次要角色的古典观念，但这绝不代表次要角色必须了无生趣，以免抢了主角的风头。在约瑟夫·L·曼凯维奇（Joseph L. Mankiewicz）的《彗星美人》及比利·怀尔德和查理·布拉克特（Charlie Brackett）合写的《日落大道》这两部古典电影中，玛戈·查宁（贝蒂·戴维斯饰）和乔·吉利斯（威廉·霍顿饰）才是故事中克服障碍的主角，而伊芙（安·巴克斯特［Anne Baxter］饰）和诺玛·德斯蒙德（葛洛莉亚·斯旺森饰）虽然都只是次要角色，却双双成为电影史上最令人怀念的角色。

由此可见，次要角色也可以充满趣味，他们有自己的目标（比如《彗星美人》中的伊芙）。通常因为他们的目标也相当重要，同时又和主角的

Chapter 9
主要角色与次要角色
MAIN AND SECONDARY CHARACTERS

依照传统，主要角色与次要角色之间会形成对立，以显示唯有主要角色才能克服故事中的障碍，这也就是在强调只有一个特定的英雄可以只手擎天的观念。如果编剧想不落窠臼，可以在剧本中暗示没有任何角色享有特权，主要角色必须和次要角色一样面对诸多的限制。

9.1 经典案例

我们先举一个古典主义的例子，来看看上述主要角色与次要角色对立的关系。在巴德·舒伯格编剧的《码头风云》中，主要角色特里（马龙·白兰度饰）面临着一个困境：他可以步哥哥的后尘，加入工会，变成一个罪犯；或是听从自己的良知，过有责任感、道德感及不同于暴民的生活。特里和所有成功的主要角色一样，具有两极化——善或恶——的可能，同时他也拥有自省（所以才会为自己的处境苦恼）及引起观众共鸣的能力，同时他又富有足够的魅力。简而言之，他是典型的主导叙事方向、位居故事中心的主角。

其他的次要角色分别处在特里道德困境的两端，他们不是罪人，就是圣人。其中最大的罪人是工会会长约翰尼·弗兰德利（李·J·科布饰）

目标相反，于是他们就成了主角的对手。《码头风云》中的约翰尼和《彗星美人》中的伊芙，就分别担任与主角为敌的角色，他们和主角一样，有复杂的性格及丰沛的情感。事实上，对手的力量愈强，愈能衬托出主角挣扎时体现的英雄感，我们也愈能确定主角在电影中的首席地位。

戏剧民主化的个案研究：《陌生人之恋》

在阿诺德·舒曼（Arnold Shulman）的《陌生人之恋》（Love with A Proper Stranger，1963）中，有两个角色以平等的地位各自尝试解决自我困境——是要效法父母，过传统式的生活（结婚）；还是过独立的生活，得到更多性满足（维持单身）。

安杰拉（娜塔丽·伍德［Natalie Wood］饰）和洛奇（史蒂夫·麦奎因饰）都是意大利裔移民，他俩从小都被父母灌输传统的价值观，可是却又都有很强的叛逆性。问题是：他们的叛逆到底认不认真？他们真的可以获得自由吗？他们真的想过自由的日子吗？

这个故事的开始非常有创意：洛奇到一间十分热闹的音乐室去求职，他想装出很积极的样子，希望有人能雇佣他。这时有人过来找他——是安杰拉，但是他并没认出她，她说自己怀了他的孩子，但他还是不记得她。原来她是想让他介绍一位医生，帮她堕胎。对于一个故事的主要关系而言，这可不是一个好的开始，一段关系走到这一步通常可以作为电影的结尾了。但令人惊奇的是，这部电影却以这一点作为这段关系的开始。

随着电影的进展，我们走进了安杰拉的家庭，认识了她深受罪恶感纠缠的母亲，以及过分保护她的哥哥。但我们并不确定安杰拉就是主角。我们也看到了洛奇的父母及他最近的女友（伊迪·亚当斯［Edie Adams］饰），这些次要角色各自表现出的安分守己是多么乏味啊。安杰拉和洛奇都在抗拒作一个安分守己的人，并且认为这和婚姻有分不开的关系。

讽刺的是，安杰拉和洛奇却顺着故事情节的发展不断地朝婚姻的方向迈进。洛奇向安杰拉求婚，因为他觉得自己应该负责，安杰拉拒绝了，因为她不喜欢他求婚的理由。这两个在故事开始之前就已有亲密关系（一夜情）的角色，逐渐学会喜欢对方，最后也爱上了对方，电影最后开放式的浪漫结局——他俩在梅西百货公司前的人潮中拥吻——并没有交代他们是否超越了两人一直都在逃避的家庭生活。

重要的是这部电影并没有特别强调任何一个角色的挣扎，安杰拉和洛奇的地位是平等的，他们共同找到一个解决问题的方法，但我们却无法确定从此他们的关系不会再出问题（如果电影的结局更具英雄感，或许观众就会笃定许多）。虽然这个结局是快乐的，我们希望他们能得到幸福，但同时我们也替他们感到不安，觉得他们的挣扎还会继续下去。当观众对两个主角的关怀不分轩轾时，电影的结局必然会是一个悬念。这部电影成功地将戏剧形式民主化，却也破坏了观众可以在古典的主要角色与次要角色的平衡关系中，看到一个完整的结局及享受情感洗涤作用的感受。

多个主要角色的个案研究：《现代灰姑娘》

有些电影更进一步，描述三个主角，最早的例子是罗伯特·舍伍德（Robert Sherwood）编剧的《黄金时代》。它的主题在于讨论战后人们的调适问题，对于那个年代非常地切题。而《现代灰姑娘》则富含20世纪80年代的时代意义，它讲的是女性主义、对社会地位及物质享受的种种追逐，以及教育问题。

凯特（安娜贝茨·吉许[Annabeth Gish]饰）、戴西（茱莉亚·罗伯茨[Julia Roberts]饰）和乔（莉莉·泰勒[Lili Taylor]饰）这三个年轻女人在康涅狄格州一个小镇里的一家叫做"神秘比萨"的比萨店里工作。戴西和凯特是姐妹，乔是她俩共同的朋友。三个女人对未来都充满憧憬，但是从和男人的交往中，却都体会到未来其实是一个未知数。她们唯一能确定的是对彼此的关爱，也希望借着这份关爱互相扶持，度过一生。

创造三个主角不仅分割了观众对于角色的认同，也分割了任何一位角色挣扎时的英雄感。正因为这三个女人面对问题的方式迥然不同——凯特是个天真的浪漫派，戴西是个具有侵略性的大姐头，而乔则是个拒绝长大的逃避主义者——我们不觉得任何一个角色是英雄，只深深体会到姐妹间互补的依赖。比方说，如果凯特有戴西的人世阅历，就绝对不会爱上一个有妇之夫。在这里，因为角色的性格及寻求解决问题的方式迥异，很可能会危及故事的一致性。所幸，这样的事情并没有发生。

因为电影的时间有限，每一个角色都交代了一段男女关系的始末，故事的确表现出某种统一性。借用电影中的隐喻：每个故事都是同一个比萨饼中的一小块。她们都是惹人喜爱的角色，动机和行为全都合情合理，不违反常规。三人之间的友谊就像一张网，网住三个独立的故事。而感情的一致性比起只有单一主角的故事毫不逊色。

在这个剧本里，主角的对手即是三人的男友，在电影结尾（也是开始）的婚礼上，三位主角彼此致意，我们钦佩她们，也怨恨那些把她们拆散的人（也就是她们的男人）。编剧艾米·琼斯（Amy Jones）、派瑞·豪兹（Perry Howze）、兰迪·豪兹（Randy Howze）和阿尔弗雷德·乌利（Alfred Uhry）创作出一个姐妹情深的故事，避免了使用多个主角可能会有的缺陷，同时也超越了主要角色与次要角色平衡关系的传统套路，为这个故事创造了新的平衡。

平衡关系的个案研究：《谁能让雨停住》

由朱迪丝·拉斯科（Judith Rascoe）及罗伯特·斯通合写的《谁能让雨停住》是颠覆古典平衡关系的代表作。主角约翰（迈克尔·莫里亚蒂饰）对于自己应该坚持理想还是随波逐流举棋不定，经过越战及整个20世纪60年代，他愈来愈倾向于愤世嫉俗的犬儒主义，并决定把在越南弄到的海洛因卖掉。他请以前在海军陆战队的同袍、现在在跑船的雷（尼克·诺特饰）帮他的忙。

雷很讲义气，帮他把海洛因运到美国。不幸的是，天真的约翰所加入的走私集团并不容忍初出茅庐的人，而约翰和他妻子正是这样的生手。多亏雷保住了海洛因和约翰的妻子，还把约翰从走私犯手中救了出来。这个走私集团的操控者（安东尼·泽布［Anthony Zerbe］饰）和他的两个手下（理查德·马舒［Richard Masur］和雷·沙奇［Ray Sharkey］饰）都是FBI的调查员，他们都是贪赃枉法的极致：残酷、无情、丑陋到滑稽的地步。所有次要角色都比约翰更充满活力和英雄气质，而约翰对自己的命运既无能为力又漠不关心，是个极消沉的主角。雷则正好相反，他充满动力、魅力及创造力。他是个英雄，因为他克服了危及约翰、约翰妻子和他自己安全的障碍。同时，雷也是无私的，最后他为了友谊而牺牲了自己的生命。

《谁能让雨停住》将古典主义讲究的主要角色与次要角色的平衡关系完全倒置。作者采用这个策略的目的，是要颠覆"主角享有特权"的成见。约翰"反英雄"的形象或许会让渴望认同电影英雄的观众失望，但是他却反映出美国与越南关系更加写实和发人深省的一面。因为当约翰在对自己、对战争及对未来省思的同时，观众也在反省。这完全是因为次要角色在这部电影中占据了显著地位，才能产生的理想效果。

主角作为旁观者的个案研究：《全金属外壳》

在斯坦利·库布里克（Stanley Kubrick）、迈克尔·黑尔和古斯塔夫·哈斯福德（Gustav Hasford）合写的《全金属外壳》中，主要角色士兵乔克，其实只是一位旁观者。这个故事分为两段（另一个创新点）：第一段描述基地的训练生活；第二段则描述越南战争——特别是进攻期间一支巡逻队在某处所经历的遭遇战。

在第一段故事中，班长及士兵劳伦斯的戏份比乔克重要，后者只是这两个人之间心理战的旁观者。班长为了把部下训练成杀人机器，不惜用尽各种手段：羞辱、体罚……班长最后真的把劳伦斯培养成了杀人机器。劳伦斯杀了班长，然后自杀。劳伦斯和班长，到底谁是正面角色谁是反面角色，全视观众个人的观点而定。这两位次要角色是前段戏剧的重心，乔克只是幸存的旁观者，加入接下来的战争。

后半段乔克在战场上担任摄影师，目击一场敌人面目模糊的战争，观众也一直看不见敌人，只看得到许多杀戮。巡逻队里的士兵一个接一个地倒下，他们深感受挫、愤怒恐惧。等到他们终于逮到一个少女狙击手时，才发现她孑然一身，已奄奄一息。而那些巡逻队员，无论是理智还是冲动、勇敢还是懦弱、充满斗志还是吓破了胆，其情绪都比乔克更加复杂和吸引人。

乔克最后再度得以幸存，这对旁观者来说是合宜的命运。其他的次要角色虽然在面对生与死的挣扎中总逃不过一死，但是他们企图克服障碍的努力却给观众们留下了深刻的印象。显然在《全金属外壳》中没有任何一位角色享有特权，每位角色都在求生存，却也都被战争的环境限制所禁锢。虽然乔克最终活了下来，但这个结果既无任何英雄色彩，对观众来说也不具有升华作用。

内在主要角色与外在次要角色的个案研究：《德州巴黎》

由山姆·谢泼德和维姆·文德斯（Wim Wender）合作的《德州巴黎》（*Paris, Texas*, 1984）讲的是一个丧失记忆、试图重整生活的男人崔维斯（哈利·狄恩·史坦顿［Harry Dean Stanton］饰）的故事，他是奥逊·威尔斯（Orson Welles）的《公民凯恩》（*Citizen Kane*, 1941）的男主人公在20世纪80年代的程度削弱的复制品。只有找回他残留的过去，他才能解释自己的行为及性格，他的弟弟沃尔特（狄恩·史塔克威尔［Dean Stockwell］饰）和儿子亨特（亨特·卡森［Hunter Carson］饰）都在一旁协助他。一直等到他带着儿子找到他的母亲简（娜塔莎·金斯基［Natassia Kinski］饰），观众才真正了解到崔维斯是一个无法克服自己弱点的人。他因为自己的占有欲而失去了妻子，因为自我耽溺而丧失了儿子的养育权。类似于《公民凯恩》中的凯恩，崔维斯永远活在父母及早年生活的阴影之下，他没有办法应付现代大城市与乡野生活的种种冲突，心理的伤痕一直没有痊愈。

崔维斯是个迷失的角色，这使他无法凌驾于其他的角色之上，反而处于劣势。相较之下，次要角色的根基似乎更稳固（弟弟和弟媳），个性也更鲜明（妻子），他们都比崔维斯有活力。不过，虽然崔维斯的首要地位并不明确，但这种方式却更能表现出戏剧的民主化。次要角色都想助崔维斯一臂之力，但他的问题纯粹是心理问题，除了他自己，没有人能帮助他。虽然次要角色也都害怕面对自己内心世界的阴暗处，包括受伤害最深的简，但他们通过行动的外化表现出自己并没有因为心理上的恐惧而精神麻痹，这是崔维斯做不到的。到了故事的结尾，崔维斯让儿子留在母亲的身边，自己孤单一人，黯然离去。他了解到这是他应得的下场。他已经拥有过自己的儿子及妻子，或许他仍然需要一个传统式的家庭，但是他被动的性格使他永远不会真正地参与生活，成为家庭的一分子。

角色对调的个案研究：《散弹露露》

在马克斯·弗赖伊编剧的《散弹露露》中，主角查尔斯表面上是股票掮客，骨子里却是个叛逆小子。这位典型的中产阶级被露露勾搭，进而被绑架。接下来的戏充满性虐待和被虐待的暗示，露露把查尔斯绑了起来，强暴了他（他并没有抗拒），并逼迫赤身裸体还未被松绑的查尔斯打电话给老板请假。事后，查尔斯陪露露去参加她的高中同学会，遇见了她的前夫——一个喜怒无常、有暴力倾向的变态，为了把露露从她前夫手中抢过来，查尔斯差点把小命都赔掉。

查尔斯臣服于露露的魅力之下，因为她过人的精力及变幻莫测的性格令他觉得十分刺激。在第一幕里，两位主角在行为表现上阴阳颠倒：露露表现得像个大男人，查尔斯反而像个小女人。因为这种性别倒错的关系，我们很难把查尔斯视为古典的主要角色（英雄），直到露露的前夫出现，我们才找到次要角色，等着他来诱发主要角色表现出英雄般的行为。后来露露把查尔斯从前夫手中拯救出来，更加强了角色对调的程度，因为是露露在作决定，是她选择要和查尔斯在一起。我们根据查尔斯对露露隐瞒身份的情况来看，其实查尔斯和露露一样，都是具有反社会倾向的人。而他们的关系完全建筑在对彼此的欺瞒与角色的对调之上。

查尔斯、露露和她的前夫都是局外人，只是查尔斯在这方面更加克制和压抑而已。虽然这三个角色彼此对立，但性格却十分类似。这样一来，两位次要角色的地位便与古典式的次要角色（代表主角所面临困境的对立面）大异其趣，露露和她前夫在性格上有黑暗的一面，而查尔斯也有。查尔斯自始至终都没有做出任何明确选择——是做个守法的公民和股票掮客，还是要成为罪犯或罪人——使得露露前夫的死无法真正成为电影的高潮。这种解决问题的办法充其量只是暂缓了一下失控的局势而已，它还是不能真正解决查尔斯和露露之间的问题。

针对《散弹露露》中主要角色与次要角色的平衡关系，我们要问：是不是因为查尔斯最后达成英雄式的目标，他就可以和古典式主角一样，在故事中占据超然的地位，迥异于其他次要角色？答案是否定的。角色对调颠覆了查尔斯作为古典式主要角色的地位，而他和露露之间的互相欺瞒，则将他俩的戏剧成分完全民主化，我们大可以争论说其实露露才是真正的主要角色。虽然露露并不是主角，但因为她和查尔斯太相像，所以她也不像是传统的次要角色。只有露露前夫的出现，才保证了查尔斯的主角地位，但这显然是不够的。于是，这部电影便成功地颠覆了古典式主要角色与次要角色的平衡关系。

9.2 结　论

在古典的剧本结构中，主要角色与次要角色有一个特别的平衡关系。主要角色位居戏剧的中心，次要角色环绕在他周围，并分别代表他可以作的各种选择。次要角色可以是作出选择依据的范例，也可能是迫使主角采取行动的催化剂。无论处在何种状况中，主角的性格都十分强硬和复杂，足够下定决心采取行动。他的人格被扩张，大于任何次要角色，这使他的动作具有英雄感。

一旦次要角色变得和主要角色一样重要甚至更重要时，这个平衡关系会发生什么样的变化呢？上述两种情况都会造成戏剧的民主化。主要角色变得和次要角色一样，不享有任何特权，必须同样面对疑虑和限制。这种地位演化的结果是英雄的丧失，因为没有任何角色比其他人更加特别。因此，英雄式的动作就变为凡人的动作，主要角色的戏剧性挣扎也变得和其他角色的挣扎没有两样。

当主要角色的身份和影响力不比其他角色重要时，编剧便可以有很多新的选择。在处理主要角色与次要角色的平衡关系时，创作的自由度就宽广许多，编剧不需再拘泥于古典的固定形式。戏剧民主化之后，次要角色（主角的对手）和主角的关系被拉近，彼此之间的冲突减缓，主角和对手之间的相似处或许会比对立点更令观众回味。而且这时故事出现的缺口让编剧有机会可以更努力地去披露每一位角色的内心挣扎，而不必为了确定主角的首席地位去单独强调主角一个人的外在动作。新的处理方式变化繁多、饶有趣味。

戏剧民主化之后，观众仍可认同主要角色，但却丧失了可以在古典剧本中得到的满足感及升华感。更有甚者，观众还可能会在看完电影之后感到不安（《全金属外壳》或《散弹露露》），或是一种感情上的透支（《德州巴黎》或《谁能让雨停住》）。这样的心理经验可以替同类的剧本打开市场，所以一些重要的编剧兼导演，也相继为他们笔下的主要角色与次要角色选择这类超越套路的平衡关系（如伍迪·艾伦的《罪与错》及斯派克·李的《为所应为》［*Do the Right Thing*，1989］）。这种选择（超越套路的故事和结局、惊奇和意外）对于地位尚不稳固的编剧来说尤其具有吸引力。

Chapter 10
潜文本、动作及角色
SUBTEXT, ACTION, AND CHARACTER

　　潜文本的呈现通常和角色内心的挣扎有关联，这种表现方式与剧场的渊源比与电影深，但是潜文本却是增加电影故事深度的要件之一。潜文本永远都和角色有关，在我们讨论电影剧本潜文本的范例以前，必须先来看看电影故事的结构。

　　在被构建的电影故事中，角色都正处于自己生命中的一个转折点，或是正面对一个特定的问题。其他次要角色会让主角感到他可以有两种选择，因此他所面对的问题就有了张力。人物和他的难题要由一条故事线引出，这不仅让主角有机会可以和次要角色产生互动，也让他在动作线上遭遇一连串事件的冲击，最后终于作出决定。如果故事的结构严谨，它不但可以传达出主角下决心时不断升高的紧迫感，更会标示出数个情节上的转折点，为主角划定方向。到目前为止，我们都在讲动作线，那么潜文本到底如何发展？又如何与动作线产生互动？

10.1 前景与背景

　　在开始解释潜文本、动作及角色的关系之前，我们最好先介绍其他有关的专有名词。我们称动作线为前景故事，也就是牵涉到主角及其外部的人物与动作的情节。而引出潜文本的则是关系着主角内心问题及困境的背景故事，主角必须借着与次要角色的关系寻求此内在问题的解决。我们可以很清楚地在杰克·索沃德（Jack Soward）编剧的《星际迷航2》中看到这种前景与背景的关系。

故事的前景是可汗与柯克之间的斗争。可汗是一位误入歧途的天才，被放逐在一个星球上，意外地被"诚信号"太空船发现。当时"诚信号"正在为"创世纪科学站"执行侦察任务。可汗一心只想对宿敌柯克施行报复，在他夺下"诚信号"的指挥权之后，就命令"创世纪科学站"的领导人卡萝尔·马库士交出所有科学数据。因为这项程序非比寻常，卡萝尔向柯克上将发出求援的信号，正在"企业号"上做训练工作的柯克及史波克在收到信号之后，立刻带着一群毫无经验的组员航向"创世纪科学站"。

接下来就是一场"创世纪科学站"主控权的争夺战和柯克与可汗之间的太空决斗。再加上柯克和卡萝尔是旧情人，他们的儿子大卫已长大成人，也在为卡萝尔工作，这使故事更趋复杂。大卫并不喜欢他那从未谋面的父亲。然而史波克却对柯克及"诚信号"的命运表现得非常忠诚，结果他为了拯救"企业号"上的组员而牺牲了自己的生命。最后史波克的棺木被送到由"创世纪科学站"所创造出来的一个星球上安息。以上这条动作线就是所谓的前景故事。

而影片的背景故事则在讲柯克船长垂垂老矣的内心问题。他没有指挥权，只占了一个行政官的空缺。他需要戴老花眼镜，还喜欢像狄更斯、莎士比亚那样的"老古董"。故事进行当中，柯克不断重复说自己老了。能够重新掌握"企业号"的指挥权，面临宿敌可汗的挑战，以及找到自己的家人——大卫及卡萝尔——对他来说都是新的挑战。电影结尾，卡萝尔在史波克的纪念仪式之后问柯克有什么感觉，他答道："我觉得自己很年轻。"

显然，动作线上的事件可以辅助或是颠覆内心问题的发展。在《星际迷航2》中出现的许多年轻人，还有"创世纪科学站"创造新星球的论题，都给予年轻与年老的对立这个问题更大的戏剧张力。

前景和背景之间的平衡通常会体现为：在第一幕中，前景及背景故事会被同时提出；在第二幕中，背景故事会变得更加有血有肉；到了第三幕，前景故事会被凸显，而背景故事则顺势获得解决。前景故事以动作为主导；背景故事则以感情为主导，讲的是主角最深刻的感觉。

为了进一步强调潜文本或背景故事与角色之间的关系，我们接下来要详细地研究一下比利·怀尔德和I.A.L.戴蒙德（I.A.L. Diamond）合写的《桃色公寓》。它的前景故事讲的是一个小职员如何在纽约一家保险公司寻求晋升。巴克斯特（杰克·莱蒙饰）是一个地位低、野心大的小职员，他的同事给他找了一个升职的门路。巴克斯特先是让一个主管用自己的公寓作为幽会的地点，后来用他的公寓幽会的主管人数增加到四个人，每个主管都向他保证会在人事经理谢尔瑞克（弗莱德·麦克莫瑞[Fred MacMurray]饰）面前替他美言。等到谢尔瑞克也要借用他的公寓时，他的前途总算有了保障。第二幕开始时，巴克斯特被升职了，至于他在公司里能爬得多高，则全要仰仗谢尔瑞克。

后来巴克斯特帮谢尔瑞克解决了一件小事（谢尔瑞克的女友在巴克斯特的公寓里自杀未遂），获得了进一步的晋升机会。谢尔瑞克的旧相好向他老婆告密，使他的离婚弄假成真。当他再次要求借用巴克斯特的公寓时，巴克斯特却拒绝了他，因为巴克斯特和谢尔瑞克的女友也有了感情。巴克斯特因此丢了差事，再也不可能在公司里得到晋升。

而影片的背景故事则在讲巴克斯特内心的困境——他希望拥有自己的个人生活，但是这个需求总是被自己追逐晋升的野心所否决。这个困境的焦点后来集中在他喜欢的电梯操作员弗兰（雪莉·麦克莱恩[Shirley MacLaine]饰）身上。当巴克斯特第一次升职的时候，他就邀她出游，她答应了，却说要先和另一位男士道别之后，才会到戏院门口和他会合。弗兰一直没有出现，因为她抵抗不住谢尔瑞克的魅力，跟他去巴克斯特的公寓了，而巴克斯特却被放了鸽子。他虽然伤心，却并不气馁。第二幕就由巴克斯特对弗兰的兴趣以及弗兰和谢尔瑞克的关系开始讲起。

第二幕的前半段表现的是弗兰和谢尔瑞克的关系，巴克斯特只是个局外人。直到他在圣诞宴会上对弗兰展开第二次攻势时，不巧看到她所用的化妆盒是自己刚还给谢尔瑞克的那一个，他才知道她就是谢尔瑞克的女朋友。谢尔瑞克取笑说女人对这类艳事都太认真。明白真相的巴克斯特离开宴会，在圣诞夜里喝得烂醉。同时弗兰和谢尔瑞克在巴克斯特的公寓里发生争执，她为他准备了圣诞礼物，他却忘了。谢尔瑞克掏出100元，叫她自己去买份礼，然后就赶回家去和妻子团圆了。弗兰吃下巴克斯特的安眠药，企图自杀。等到巴克斯特带着漂亮女人回家时，被弗兰的情形吓了一跳，他急忙请隔壁的医生帮忙，合力把弗兰救醒。自杀未遂正好发生在第二幕的中间点，之后编剧就集中着墨于弗兰在巴克斯特的公寓中慢慢复原，以及他们俩之间感情的发展。虽然巴克斯特意识到了这一点，弗兰却没有感觉，因此他的快乐是短暂的。

到了第三幕，巴克斯特勤练自己要对谢尔瑞克说的话，他打算把弗兰从谢尔瑞克手中拯救过来，因为他爱她。可是等到他真的见到谢尔瑞克时，说话的却是谢尔瑞克，他说他太太把他赶出家门，他想离婚，合法地和弗兰在一起。就在这一刻，巴克斯特选择了真实的自己，他放弃了晋升的机会，离开了谢尔瑞克，他不愿意再作谢尔瑞克的共犯，因为他爱弗兰，他再也不愿意为升职牺牲自己的个人生活。

在这里，前景故事和背景故事之所以能够成功地交织在一起，主要归功于巴克斯特的性格。观众必须要相信他可以是个投机分子，也可以是个理想主义者，故事的结构必须把他的两种性格都呈现在我们眼前，然后让不同的次要角色成为这两种性格的不同反映。谢尔瑞克和保险公司里的其他高级经理都是纯粹的投机分子，对别人的感受反应迟钝。弗兰和巴克斯特的医生邻居则是理想主义者，友善而坦率，从来不企图利用别人。这两个角色的世界观是：弗兰把人分成"占便宜的"和"被占便宜的"两种；医生则认为有些人"像个人"，其他的则"不像个人"。

潜文本就是从充满感情的背景故事及充满动作的前景故事间的互动之中浮现出来，形成许多个层面。巴克斯特为了成功到底可以不择手段到什么程度？这个故事的潜文本除了点出那个极限之外，还暗示出了人们为了改善自己的物质环境可以在心灵上忍耐的程度。这样牺牲自己的精神生活真的值得吗？结尾时巴克斯特选择要做一个"人"，而弗兰也决定跟随他。虽然此刻他们为自己的物质能力担忧（"我没有工作，又不知道我们该去哪里"），但是对这两个角色来说，他们的精神生活的权利是不容置疑的。

他们的人格完整了，找到了快乐，这是背景故事的结局，也是让观众感到满足的原因。

从某种程度上来说，观众从背景故事中得到的满足感，远比看到情节圆满结束后得到的满足大得多。因为潜文本所叙述的是内心的问题，和主角的关系比较深；而情节所呈现出来的动作线则只是故事的表面，可能和主角的内心世界有一大段距离。背景和前景或有交界处，但是前景故事不见得能像潜文本一样使观众感到深刻的共鸣。

10.2 前景与背景之间的平衡

有些剧本只有前景故事，情节非常紧凑。在这类故事中，角色只是推展情节的工具，故事并不会提到他们的内心生活。《家有恶夫》及《致命吸引力》（Fatal Attraction，1987）即是两个典型的前景故事剧本。《家有恶夫》的主题是：金钱买不到爱情。这应该是针对贝蒂·米德勒饰演的妻子说的，但是她并没有经过深刻的内心挣扎。丹尼·狄维托（Danny DeVito）饰演的丈夫企图谋财害妻，同样也没有内心挣扎。这个故事有意思的地方在于它让观众猜不着到底谁是主角，而一旦确定主角后，我们又发现主角其实并不重要。和传统的剧本叙事方式相反，《家有恶夫》中主角的产生只是一个意外。

《致命吸引力》的主题是：一夜风流可能造成致命的伤害。这应该针对的是迈克尔·道格拉斯（Michael Douglas）饰演的角色。但是他也没有经过任何的内心挣扎。他的情妇（格伦·克罗丝［Glenn Close］饰）和太太（安·阿彻［Anne Archer］饰）对情节的发展都非常重要，但对他的内心世界却没有什么重要的影响力，他的挣扎完全是外在的。值得注意的是这两个剧本都非常成功，结构严谨，剧力万钧。但是它们却缺少了背景故事，那个可以令观众与主角之间滋生复杂关系的层面。以前景故事为主导的其他有名的例子还有《盲目约会》（Blind Date，1987）、《乖仔也疯狂》（Risky Business，1983）、《春天不是读书天》（Ferris Bueller's Day Off，1986），以及《回到未来》（Back to the Future，1985）。

还有些剧本企图提到主角的内心生活，可是处理方式还是更侧重前景故事，譬如：《黑雨》（*Black Rain*，1989）、《暴劫梨花》（*The Accused*，1988）、《无罪的罪人》（*Presumed Innocent*，1990）、《妙不可言》（*Some Kind of Wonderful*，1987）、《最毒妇人心》（*Valmont*，1989）以及《人鬼情未了》（*Ghost*，1990）。这些剧本都有为主角创造内心冲突的企图，但是差强人意的表达可能反而会令观众对主角感到困惑。在《黑雨》、《无罪的罪人》以及《最毒妇人心》中，观众对更为复杂的角色的期待落空，使前景故事的效果反而大打折扣。至于《暴劫梨花》、《妙不可言》以及《人鬼情未了》，因为主角本来就都是纯真而并不复杂的年轻人，我们并不期待他们有复杂的内心活动，所以对这些角色的简单塑造并不会影响前景故事。

以前景故事为主的个案研究：《父女情》

乔·埃斯特海兹（Joe Esterhaz）编剧的《父女情》（*The Music Box*，1989）描述的是一位匈牙利裔美国人被指控为第二次世界大战的战犯，如果他的罪名成立，就将丧失美国公民权。故事主要集中在芝加哥的法庭上，迈克尔·莱兹洛被指控当初欺骗美国移民局，并且在1944年担任匈牙利警察时，残酷地教唆及协助他人将犹太人驱逐出布达佩斯。在整部电影里，他从头到尾都否认自己有罪。

故事从他做律师的女儿安·塔尔伯特的视角出发，莱兹洛要她替自己辩护，她虽然不情愿，但还是答应了。结果，她在认真地搜集资料后，发现了许多有关父亲的她宁愿不知道的内幕。影片的背景故事就是她将如何面对父亲的过去。

整个故事的表现方法十分直接。在前景故事中，父亲及女儿相继出场。我们看到安·塔尔伯特是一位成功、有闯劲的律师，同时也是个好女儿。接着，她父亲被指控为战犯。他先请她陪他去见移民局的人，她同意了，并且已经开始为他辩解（背景故事从此刻开始），然后他要求她作自己的辩护律师。接着其他角色也陆续出场——她儿子、她前夫、前夫的父亲、原告律师和她的女助手，审查开始后我们还看到几位浩劫余生的受害人（大部分都是女人）出庭作证，听证会最后在布达佩斯结束。

在故事进行当中，安不断知道新的内情，自己对父亲的观点（背景故事）开始动摇，但是她仍然把辩护的工作做得很好。等到她的助手把她父亲的财务数据交给她之后，她开始明白过去跟她父亲来往的是什么样的人物。最后她把事实拼凑出来，虽然帮父亲赢得诉讼，使他被判无罪（前景故事的结果），但是她自己却必须面临私人的困境——是否应该揭发自己的父亲？这是面对真相的时刻，同时也是背景故事达到高潮的时刻：伦理抑或正义，她该选择哪一项？虽然作为女儿，她难以作出抉择，但是最后她还是选择了揭发自己的父亲。

《父女情》的前景故事复杂紧凑，加上背景故事的衬托，更强化了其结局的冲击力。剧中女儿的内心生活——她为人子女的身份，来自一个彼此依靠、互相支持的移民家庭——受到挑战，因为她必须作上述抉择。这个剧本虽然以前景故事为主，但因为有背景故事的存在，整个剧本变得更加有力，前景故事和背景故事之间也有了更深刻的感情回响。

加强背景故事的个案研究：《铁案风云》

观众在看某些类型的电影时，会预期这些电影以前景故事为主，背景故事为次。其中强盗片尤其是这样，像《疤面煞星》就是最佳的例子。《教父》企图平衡前景及背景故事，所以算是个特例。不过西德尼·吕美特（Sidney Lumet）编导的《铁案风云》（Q&A，1990）倒是非常出人意料。在这个剧本里，背景故事远比前景故事来得重要。

《铁案风云》的前景故事是讲在一个地方警察局里的一件杀人案的调查经过。由尼克·诺特所饰演的警官迈克·布伦南开枪打死了一个波多黎各毒犯，并宣称他系出于自卫。案子由局长奎因（帕特里克·欧尼尔［Patrick O'Neal］饰）承办，他指派刚加入警局、父亲也是警察的欧莱利（蒂莫西·赫顿［Timothy Hutton］饰）接手，这是他首次办案。

前景故事就在描述欧莱利办案的经过。局长派来两名警官作他的助手。案情表面上看起来很单纯，其实不然，死者的老板鲍比（阿曼德·阿森特［Armand Assante］饰）说布伦南是蓄意杀人，并不是自卫。加上鲍比的太太正是曾经拂袖离开欧莱利的旧情人，这使得故事更加复杂。电影同时又渐渐发展出错综的种族、肤色及文化问题。等到黑手党也掺上一脚时，故事就更加曲折了。最后，布伦南开始谋杀证人，《铁案风云》的着力点又转到大家企图阻止杀戮的一再发生，以及对杀戮背后的原因的调查。本来一个简单的过失杀人案件被搞得不可收拾，完全超出了理智可以解释的范畴。

故事越往下进行，由前景故事的动作线所衍生出的内在问题就越令观众始料未及。当背景故事渐渐明晰后，我们才知道它其实是在讲偏见，以及因为偏见而产生的仇恨。在《铁案风云》里出现了五个小圈子：波多黎各人、爱尔兰人、黑人、犹太人和意大利人，每个团体对自己的成员都非常忠诚。因此编剧一把欧莱利放在与自己同胞（布伦南）对立的立场上，马上就迫使他作选择——要不计一切忠于自己的同胞，还是要跟他们作对？这也是布伦南和奎因逼他作的选择。

不过，这个冲突还没有鲍比的太太南希当初离开欧莱利的理由更具冲击性。事情发生在她第一次介绍父亲给他认识的那一夜。她从来没告诉过别人自己的父亲是黑人，别人看她的外表也绝对猜不出她有黑人血统，可是那一刻她看清了他的偏见，她离开了他。与她重逢之后，欧莱利被迫正视自己的偏见。

主角面临的最主要的冲突是：他可以超越种族和肤色，公正地处理案件吗？还是他要继续被偏见所蒙蔽？背景故事中到处充斥着偏见，每一个小团体都对其他四个团体充满仇恨，这在他们的语言及行动中表露无遗。同时他们在自己的团体内也要面临压力，那就是必须无条件地支持自己的同胞，就算警察处理刑事案件也不能例外。这个故事还触及其他的次文化——警察的和罪犯的，还有变性人的。在每一个圈子里，团结和仇恨不只是一种感觉而已，还是其他成员对你的强制要求。

因为主角面临的这个困境，本故事中强盗片的成分（前景）反而不如探讨偏见与仇恨的钳制系统（背景）来得浓厚。在这样的系统之下，个人可能保持自己的国民性、人道精神和道德感吗？吕美特并没有提供一个简单的答案，故事的结局留下的问题反而比答案还多。不过影片的确令人情绪躁动，因为它的背景故事如此有力。相较之下，前景故事的结局——布伦南的死——既不能为观众带来满足感,也不具悲剧的情洗涤作用。在这里,前景故事的重要性已被背景故事取代了。

背景故事的个案研究:《月色撩人》

约翰·帕特里克·尚利编剧的《月色撩人》的背景故事是一个典型的范例。影片的前景故事讲的是一个30多岁的意大利裔美国女人洛丽塔(雪儿[Cher]饰)准备再婚,虽然她对准新郎缺乏热情,还是答应了对方的求婚。准新郎(丹尼·艾洛[Danny Aiello]饰)要她去邀请交恶的弟弟(尼古拉斯·凯奇饰)来参加婚礼,自己则飞回西西里去照顾垂危的老母。而洛丽塔与那位弟弟坠入爱河,热情重燃。当她周遭的所有人都在寻求激情的时候,洛丽塔找到了,同时也留住了激情。

电影的背景故事集中在洛丽塔对激情的追寻。她的父亲、母亲、其他亲戚、纽约市无名的教授,每个人都希望坠入情网。洛丽塔之所以能处在那令人艳羡的状态中,是因为她从一个没有激情的关系(与艾洛饰演的哥哥)跳入另一个激情至上的关系(与凯奇饰演的弟弟)中。弟弟是个歌剧迷(歌剧讲的都是关于激情的故事),所有感情都很极端(爱洛丽塔入骨,恨哥哥也入骨),所以他才能撩拨起洛丽塔的热情。

尚利对于探索坠入情网这个美妙境界(背景故事)的兴趣,远比他对架构情节的兴趣大得多。因此,观众只看到一个非常简单的前景故事,并不断和所有角色一起沉浸在对背景故事(坠入爱河)的遐思之中。令人感到惊异的是这个剧本居然能唤起观众如此强烈的感应,这完全是因为它的背景故事很吸引人的缘故。其实这倒像是个神话,尚利要每个人都能经历一下坠入爱河的感觉。更妙的是导演诺曼·杰威森(Norman Jewison)选取了狄恩·马丁(Dean Martin)演唱的《那就是爱》(That's Amore)作为主题曲,还有哪首歌会比这首更能直指这个背景故事呢?

这种剧本不但以背景故事为主,而且每一个角色的内心生活都比他们的行动更重要。除了《月色撩人》,此类的剧本还有山姆·谢泼德的《爱情傻瓜》(*Fool For Love*,1985)以及大卫·马梅的《凡事必变》。值得一提的是,这三个电影剧本都是由舞台剧作家写出来的。20世纪80年代可能就属尚利、谢泼德及马梅这三位横跨戏剧和电影两个领域的剧作家最耐人寻味。其他编剧比如帕迪·查耶夫斯基，代表作有《医生故事》(*The Hospital*, 1971)和《电视台风云》；彼得·谢弗(Peter Shaffer)，代表作有《莫扎特传》(*Amadeus*, 1984)；以及赫伯·葛纳(Herb Gardner)，代表作有《一千个小丑》(*A Thousand Clowns*, 1965)，他们剧本中的背景故事都占据了最重要的地位。

前景故事所占比重小的电影很容易被批评为缺乏戏剧动作，而全是前景故事的剧本又会被批评为人物缺乏深度。只有在前景故事与背景故事平衡的情况下，动作和角色才都能有最佳的发挥机会。而如何巧妙地将动作与角色交织在一起，则是所有编剧要面对的一个问题。

10.3 "特殊时刻"及潜文本

要架构动作及角色，尤其是有内心戏的角色，我们需要对剧中的某一个"特殊时刻"加以利用。这个时刻就是观众融入电影故事的那个刹那。当然每个剧本都有很多时刻可以让观众融入故事或故事中某个角色的生活。而这里所指的"特殊时刻"是一下子将观众吸引到故事中、全剧最扣人心弦的那一点。

比方说，我们融入《桃色公寓》的那个特殊时刻就巴克斯特答应许多人来使用他的公寓，结果自己有家归不得，只能露宿公园的时候。显然暂借公寓的情况已经失控了，他到底还要不要有自己的个人生活呢？在《月色撩人》里，我们在有人向洛丽塔求婚的那个时刻融入故事当中，因为订婚和接下来发生的事件让我们明白，虽然她订婚了，她的生活中却并没有爱情。《散弹露露》的那个特殊时刻应该是查尔斯初遇露露时，她指控他偷窃，这时他已经开始采取守势了。《现代灰姑娘》的那个特殊时刻是乔的婚礼，婚礼因为她昏倒而不得不取消，接下来的故事就开始讲述三个女人追求婚姻及独立的过程。这个特殊时刻因此也可以被称作是危机时刻。因为从以上的例子来看，这些时刻都给主角造成了危机。这些时刻点明了主角困境的本质，同时也使观众融入主角的困境里。

值得注意的是，在这个特殊时刻发生之前，我们并不需要知道整个故事的背景或人物的内心世界。或许当时我们还不懂主角为什么会有那样的反应，但是我们马上就会了解。重要的是，编剧应该把问题首先呈现出来，然后问题的解决方式才能引起我们的好奇心。巴克斯特最后会选择拥有自己的个人生活吗？洛丽塔嫁给未婚夫会快乐吗？乔还会再考虑结婚吗？对于这些问题的答案，观众应该在故事的后面寻找。而那个特殊时刻只是用来使主角处在一个必须作出抉择的关卡，从而使他有机会展现出他的内心世界。随着故事的推演，观众对角色们的了解会逐渐深入，而正是那个特殊时刻强化了角色的性格张力，并使观众尽快地融入到故事当中。

"特殊时刻"的个案研究：《我美丽的洗衣店》

哈尼菲·库雷许编剧的《我美丽的洗衣店》中的主角是欧马（罗森·塞斯 [Roshan Seth] 饰）。他自认是英国人，但英国人却认为他是巴基斯坦人。他两者都是，也都不是。故事开始时——亦是该故事的特殊时刻——欧马告诉父亲他不想继续读书，打算去替叔叔纳塞做事，而纳塞在欧马的父亲眼中是个野蛮人。纳塞让欧马去洗车店上班，但是欧马却自有主张，他要自己作生意当老板。他说服纳塞让他接手来经营一家位于英国本土贫民区内的自助洗衣店。虽然这家店看起来毫无希望，似乎注定要赔钱，欧马却想出一个策略。他请以前与自己是同学兼爱人，现在住在该区里的约翰尼来帮他忙。约翰尼的兄弟都觉得他媚敌变节，迟早这家洗衣店会被现代殖民主义所颠覆——这回代表资本主义的是巴基斯坦人，英国人反而成了土著了。到底谁是殖民者而谁被殖民，这是该剧本的核心。

这个故事的情节——一个年轻人拥抱资本主义，并且马上就为此付出代价——并不特别吸引人，但是它的背景故事——巴基斯坦及英国的互相认同问题——不仅对欧马，同时对其他每一个角色而言，包括纳塞及约翰尼在内，都是一个非常重要的内在问题。纳塞养了一个英国情妇，算是他对自己婚姻的挑战。而约翰尼找了一个巴基斯坦人当老板兼情人。欧马、纳塞和约翰尼这三个角色都在对既定的社会传统发起挑战，也都各自为此付出了代价：纳塞失去了他的情妇，约翰尼失去了他的朋友，欧马失去了他的洗衣店。可是到最后，欧马及约翰尼留住了彼此，这两个叛逆者成了对方唯一的安慰。

故事的特殊时刻导向两种可能：欧马不是成功，就是失败。等到其中一个可能成为事实后，故事就结束了。虽然这个剧本还有其他层面，但是基本上它是在讲欧马想作英国人及最终的失败。不过，他对英国的认同感却被另一种认同感——他自己的同性恋倾向——所取代。因此他虽然还是逃不出作巴基斯坦人的命运，却能和一个英国人建立相爱相守的关系。这对主角而言并非失败，而是一个新的、不一样的、更为复杂的认同。其实这个结果远比我们预期的乐观。《我美丽的洗衣店》的生命力来自这些角色们的内心生活（背景故事）。利用特殊时刻的技巧，编剧令观众参与了欧马生命中极重要的一点，同时使剧本产生出丰富的潜文本。

特殊时刻其实是一股动力，使故事发展出冲突和戏剧化的动作。角色身陷于对立的双方对他的不同期望之中，同时涉足前景故事和背景故事。使用此技巧的目的是要为一个以刻画人物为主的故事制造一个扣人心弦的开始。人物在出场时就有出人意料的表现，然后当背景故事再慢慢完整地浮现出来的时候，前景故事只不过充当了一个持续装置的作用罢了。

10.4 结　论

电影剧本不见得非要有潜文本不可，但是编剧若想讲一个有关主角内心世界的故事，那就一定要有潜文本的存在。为了表现潜文本，前景故事（动作线）必须能够和一个背景故事交织在一起。至于潜文本所占比例及深度该如何拿捏，这就要由剧本的类型及编剧对动作及人物的感受来决定了。总之编剧一定要了解，潜文本是伴随着人物一起发展的。因此编剧一定要使动作能够刻画出人物的性格。如果外在的事件牵涉到各种关系，编剧可以考虑在情节之外加入一个潜文本，这将令观众观影后在感情上得到更大的满足。

Chapter 11
剧本的文字及其指涉

THE SUBTLETIES AND IMPLICA-
TIONS OF SCREENPALY FORM

曾经有人说过:"剧本之于电影,正如蓝图之于建筑。"其实如果要再精确一点,我们应该把这句话里的剧本(screenplay),改成分镜头剧本(shooting script)。因为大多数的剧本和最终的电影之间,其实并没有一个严丝合缝的指示和被指示关系。剧本不是一份如何运镜的清单,但它自有一套语言用来指涉,而非明确指示实际拍摄电影时该有的运镜结构。好剧本的首要之务,在于唤起读者心中感情的强烈共鸣。

11.1 一个镜头与一场戏

在分析剧本和分镜头剧本之间的差异之前,我们必须先了解电影里最基本的两个单位——一个镜头(shot)与一场戏(scene)——之间的差异。一个镜头是处于一段没有经过剪辑的胶片上。在实际拍摄时,摄影机一旦开机就表示一个镜头的开始,关机时则表示该镜头的结束。到了剪辑的阶段,一个镜头即表示两个剪切点中间的空间。所以我们也可以说,如果以正常速度拍摄,那么一个镜头中所含的时间和空间的相对关系,即为真实的时间和空间的相对关系。如果你想在长时间内在同一个镜头中拍摄不同的空间,该镜头就一定得使用移动摄影机(上下、左右移动,或用轨道车推动）占据不同的空间。

而一场戏，可以由一个镜头，也可以由许多个镜头组成。它涵盖一段连续不断的时间及一个（或数个彼此衔接的）场景，但这种连贯性是暗示性的、非真实的。一场戏可以发生在一个房间、一个棒球场，或一辆车内，不过在那个特定的空间内，镜头可以依不同角度或观点任意剪辑，并且暗示镜头与镜头之间的时间是连续的。我们在拍对话时常用的视线匹配镜头（eyeline-match shots）即是很好的例子。在这类戏中，我们将对话角色的特写交替地剪在一起，而不让观众感觉到两个镜头之间其实隔着摄影机转换角度的时间。当然，有的时候一场戏就是由一个镜头直接拍下来的。在那样的情况下，镜头的时间和空间的一贯性，就是真实的。

11.2 分镜头剧本与剧本

有声电影出现之后，剧本写作最主要的挑战是如何将影像和对白融合成一体。本章稍后将会说明，把影像和对白的功能区分开来其实是错误的观念。因为在所有优秀的主流剧本中，这两者的功能完全相同——两者都相当于戏剧的动作或企图。不过，现在我们要暂时借用两者之间的差异来说明一下剧本与分镜头剧本的差异，或更精确地说，来说明一下以场景为基础的剧本和以镜头为基础的分镜头剧本之间的差异。

我们先从筹备电影的最后一步——分镜头剧本——开始讲起。分镜头剧本是由一个个镜头组成的已经完成的剧本的集合，它同等待按一个个镜头剪辑的胶片有些类似。理论上，我们可以完全依照分镜头剧本取镜，经过剪辑，完成一部流畅的电影。下面的例子摘自1958年的电影《我要活下去》（*I Want To Live*，尼尔森·吉丁［Nelson Gidding］编剧，罗伯特·怀斯［Robert Wise］导演）的分镜头剧本。

23. 内景。起居室—鼓手特写

他正激烈地拍击小皮鼓，外形很酷，穿着褪色的牛仔裤和凉鞋。

> **24. 镜头对准佩格**
> 　　她站在敞开的窗户旁，心里想着自己和芭芭拉分手时的情景，她把半大杯威士忌一口饮尽。走到鼓手面前，目不转睛地望着鼓手舞动的双手。
>
> 　　　　　　　　　　**佩格**
> 　　　　　　加把劲！乔。
>
> 　　身上有刺青的阿兵哥一把抓着她加入疯狂的舞群，舞会的气氛愈来愈高亢。
>
> **25. 省略**
>
> **26. 中景**
> 　　芭芭拉被一群很兴奋的男人围在中间，和着鼓声的节奏，疯狂舞着。
>
> **27. 特写**
> 　　鼓手打在鼓皮上的双手，动作愈来愈快。
>
> **28. 头部特写—芭芭拉**
> 　　随着愈来愈快的音乐节奏，她也愈来愈兴奋，场内突然鸦雀无声，我们……

　　分镜头剧本里最重要的部分，是镜头提纲（slug lines），也就是一行行附有号码、描述镜位的文字。在吉丁的脚本中，描述舞会的这场戏其实长达数页，我们只摘录了一小段而已。镜头提纲前面的号码代表拍摄的进度和分镜。分镜头剧本经过修改之后，号码维持不变，所以才会出现"省略"的字样。上述的镜头提纲清楚地标示出佩格和芭芭拉之间的戏剧张力。这两位角色从未在同一个镜头中一起出现，镜头先集中在佩格身上，再转到芭芭拉身上，这样更加强了她俩之间的疏离感。

　　而剧本则比脚本更具有想象空间，它所要强调的是故事中顺畅的感情及逻辑。剧本对于运镜的技术层面，只作粗略的提示。剧本中的场景提纲所针对的是该场戏，而非某个镜头，同时也不附号码。编剧极少在剧本中指明该用哪一种镜头，只运用写作剧本的特殊语言，在不妨碍情节发展的情况下，暗示运镜的方式。

下面的例子摘自比利·怀尔德和I.A.L戴蒙德合写的《桃色公寓》。在这场戏里,谢尔瑞克向巴克斯特借用公寓的钥匙,打算带库布利克小姐(也就是巴克斯特喜欢的女人弗兰)去幽会。巴克斯特最近才被调到高级经理办公室去工作,他欠谢尔瑞克很大的人情。照理说,他应该心甘情愿地交出自己的钥匙才对。

(从这场戏的中段开始)
内景。谢尔瑞克的办公室一日

      谢尔瑞克
我不会带乱七八糟的人去——是库布利克小姐。

      巴克斯特
那更不行!

      谢尔瑞克
为什么?

      巴克斯特
     (断然地)
不给!

      谢尔瑞克
巴克斯特,当初我把你从那一组人里提拔出来,就是看上你年轻、机灵,你知道自己现在在干什么吗?你这不是在跟我过不去,你是在跟你自己过不去!通常要爬到我们公司的27楼,得辛苦工作好多年啊!可是要滚到街上去,只要30秒就够了,懂吗?

      巴克斯特
     (慢慢地点头)
我懂!

> **谢尔瑞克**
> 你要选哪一样啊?
>
> 巴克斯特的目光一直没有离开谢尔瑞克,他伸手从口袋里掏出一副钥匙,把它放在桌上。
>
> **谢尔瑞克**
> 这才聪明。

在这个例子里,场景提纲只提示出这场戏的状况,没有提到任何镜头。但我们可以看出,这场戏绝对不只包含一个镜头。现在就让我们根据剧本,试着架构一段分镜头剧本。

首先我们要先搞清楚这场戏的转折点在哪里?是巴克斯特把钥匙交给谢尔瑞克的那一刹那!巴克斯特可不是在不假思索的情况下做出这个动作的。我们由巴克斯特目不转睛地注视("目光一直没有离开谢尔瑞克"),可以猜出事有蹊跷。果然,下一场戏就告诉我们巴克斯特给谢尔瑞克的钥匙,不是开他公寓的,而是开经理洗手间的。因此,我们知道这场戏的关键时刻,是巴克斯特交出钥匙之前,被逼上梁山,一边打量着谢尔瑞克,一边在思索对策的那个时刻。

作者在写这类戏时,可以参考来自剧场中的"反应原则"。在舞台剧中,演员对人或事物产生反应时,常有一个固定的顺序——先看,然后移动,最后再开口说话。演员一讲话,通常就表示他已打定主意。因此作者一定要细心捕捉他在说话之前的种种反应——眼神、动作等等,让观众看清楚演员正在"思考"。

为了强调这个时刻的重要性,镜头必须在动作上凝结。我们可以给巴克斯特一个特写,然后剪辑到他看谢尔瑞克的主观镜头,再回到巴克斯特的特写,显示他已决定采取行动,之后接上一个中景拍摄的连贯动作镜头,拍他从口袋中掏出钥匙。然后我们可以用同样的镜位把剩下的戏拍完。至于谢尔瑞克亮出王牌的那段话,我们应该给他一个特写,随后可以插入巴克斯特在衡量情势时的反应镜头。这些镜头都不会打断动作的进行,也不会像巴克斯特最重要的那个特写那么有压迫感。同时，在这场戏一开始的时候，应该有两个分别拍摄两位角色的镜头。这一方面可以说明他们之间的隔阂，更重要的是，在这场戏的气氛逐渐升高至最强的那一镜之前，应该先给它一个缓和的开始。

可见剧本即使没有提到任何镜头，我们仍然可以根据它架构出一段分镜头剧本。当然，这些镜头都只是我们的主观阐释，未必和编剧脑海中的镜头完全相符。而且，编剧对于电影该用什么样的镜头，也未必有决定权。编剧可以指挥导演吗？答案当然是否定的。一个剧本注定要被不同的人诠释。

如今，剧本的形式已非常自由，而且富于暗示性及表现力。剧本不像拍摄脚本，只能机械化地描述每个镜头的细节。同时现代剧本也发展出一套语言，将细节与脉络、影像与感觉、散文式的节奏与电影的故事线完全融合在一起。学习剧本写作的诀窍，就是要学会运用这套语言的逻辑和结构，来指涉电影的逻辑和结构。

前面说过，分镜头剧本是以镜头为基础，剧本则是以场景为基础。我们可以进一步地说，剧本的架构其实是以节拍为基础。这里所谓的节拍，指的是衔接戏剧走向的最小单位。每当某个角色达成或放弃一项企图，或是某个角色接掌一场戏的主导地位，或是介绍新角色上场，都是节拍变换的时刻。《桃色公寓》中谢尔瑞克企图说服巴克斯特借用公寓的那场戏，就是一个大节拍（它又由许多小的节拍组成——譬如他们俩在言语上的你来我往、谢尔瑞克决定改变策略等等）。当巴克斯特故意交出一副错的钥匙时，这正是整个大节拍变换的时刻。剧本里的走位指导（stage direction）和节奏的改变，都在标示这些节拍的变换。

假设比利·怀尔德和戴蒙德用分镜头剧本的形式来写《桃色公寓》，或许他们对如何取镜会有较大的主控权，但却绝对无法传达出这部电影的戏剧力量。像上面那场戏：两位角色对话的节奏渐渐加快，接下来的片刻停顿，然后是巴克斯特下定决心时的节拍变化……这种种微妙的感觉，绝对不可能从分镜头剧本那庞杂的分镜细节中表现出来。剧本的用处不在说明技术细节，而在将每场戏及其节拍的行进戏剧化，进而冲击剧本的阅读者。至于如何利用视觉效果去营造同样具有冲击力的影像，那就是导演的工作了。

11.3 剧本形式的基本认识

接下来,我们要对剧本的形式作仔细的研究,让我们先来看一个例子。下面三场戏非常抽象,其想象力如天马行空,但是请各位注意它的格式。

淡入(1)

(2)外景(3)。鸦片天堂(4)一日(5)

乔治,一位永远不老的嬉皮,和张着一对全世界最大瞳孔(6)的威利,30岁(7),正对着(8)一根7尺高的水管(9)吞云吐雾,一片片云朵从他们俩的脑袋旁边飘过,反映出此刻他们的心理状态。

乔治把烟嘴传给快30岁、不太高兴(10)的苏珊,她只吸了一口,就开始咳嗽、皱眉头,此处虽是天堂,但烟草抽起来却不怎么爽。苏珊看看(11)她的两位朋友,他们的身体已飘入云霄,脑袋更不知道升到哪一殿去了(12)。

苏珊突然站起来,一拳打穿头顶上的云层(13)。

苏珊
(哭哭啼啼地)(14)
大家都可以抽几口就腾云驾雾,那还有
什么意思?

她把滤嘴从水管里拔出来,丢到云层下面去(15)。

外景。棒球场一日

投手正在作暖身活动,突然有个从天而降的东西掉在他身边(16),他僵在那里。

裁判
犯规!

投手不理会裁判,把滤嘴捡起来,用手指挑出来一点东西尝了一下。他咧嘴微笑,抬头看天,其他的球员走过来看个究竟。

此刻对面的球员休息室已经空了。第一位球迷爬进球场内,风琴手开始演奏"快乐时光又来临"。

> 外景。鸦片天堂—日
> 虽然距离遥远，天堂里的人还是可以听见下面的骚动。（17）
>
> 圈出（18）

（1）淡入——这是剧本传统的开场方式，它并不真的代表技术上的淡入。你如果不喜欢对着白纸发呆，也可以用这两个字起头。

（2）在每一场戏开始的场景提纲里，都要注明"内景"或"外景"、拍摄的具体"地点"，以及"日"或"夜"。场景提纲与上一场戏的结尾要隔3行，与本场戏的开始要隔2行，"地点"和"日"或"夜"之间通常要加一个破折号。①

（3）外景——指拍这场戏的地方在室外。

（4）鸦片天堂——地点。可以是任何一个地方。

（5）"日"或"夜"——即使内景没有窗户，也必须注明当时是白天还是夜晚。这样做可以让读者产生戏剧进行的时间感，你也可以注明"黄昏"或者"黎明"，但必须在拍摄时让观众看到天色。你不可以用"下午3点42分"，因为在场景提纲中提到的一切内容，都必须让观众在这场戏一开始就一目了然。如果你想让观众知道现在是下午3点42分，你必须在该场戏进行当中明确地表达出来。

（6）"全世界最大瞳孔"——试着用简单的几个字描述角色的特征，给读者留下深刻的印象，但千万不要提出在剧情中不具任何特殊意义的细节。

（7）你必须先回答读者在第一次遇到角色时可能会提出的问题。通常在晓得角色的性别之后，读者会想知道他们的年龄，你可以直接注明他们的确实岁数，也可以用一句话来形容（如"永远不老的嬉皮"）。

（8）你只能描述观众在当时可以看到的动作。在剧本的语言中，过去式是不存在的。

（9）注明任何具有特殊意义或后面还会重复出现的道具。请参考（6）。

---

① 所谓隔3行、隔2行是指英文剧本间距，中文剧本通常是场景提纲与上一场戏结尾隔一行，与本场戏的开始不隔行。——译者注

（10）"不太高兴"——观众怎么知道她不太高兴呢？有些剧本只写观众能看见的角色的外在表现（如"苏珊皱着眉头"或"苏珊用脚踢石子"），让观众自己去揣摩她的心境。在剧本写作的过程中可能会出现两种累赘：一是描述一大堆没有办法用视觉表达出来的感情状态或抽象知识（如"苏珊回忆起她的初次约会……"）；二是写一大堆没有意义的形容词。剧本是一种营造气氛的文体，只有将确实的及暗示的（亦即事件及其意义）相结合，才能达到理想的效果。要避免这两种累赘，除了学习之外，还有赖编剧个人文风的磨炼。

（11）"看"这个词说明了这场戏的视点。我们因此可以预期几个连续的镜头：先是苏珊转头的特写，然后拍她的朋友，让观众看到苏珊眼中的景象（主观镜头），然后再拍回苏珊的反应。这样的镜头会使观众以苏珊的角度来看这场戏，本章后段还会对这类镜头作进一步的讨论。

（12）或许有些编剧会认为这段文字涉及太多心理状态，其实这些状态都可以从他们的动作中推敲出来。你必须学着决定什么样的描述性文字是可以拍出来的，什么是拍不出来的。我们鼓励大家宁愿在起稿时多描述一些感情的状态。很多剧本之所以失败，不是因为它的内容无法视觉化，而是因为它的内容缺乏感情的冲击力。换句话说，如果一场戏缺乏感情的冲击力，就不可能将之视觉化，而一旦有了足够的感情冲击力，人们总想得出办法用戏剧化的形式把它表现出来。等到改稿时，再将多余的文字删掉，总比面对死气沉沉的文字，使之起死回生来得容易。

（13）节拍变换。记得要用动作来显示节拍的变换，走位指导是编剧将思想及节拍变换戏剧化的最佳利器。

（14）"哭哭啼啼地"是给演员的提示，并不代表节拍的变换。这种提示尽量少用。角色的态度和企图应该由剧本本身暗示。

（15）这场戏的精髓是她的动作，不是她所说的话。"动作即是角色"这句老话，对于古典式的主流剧本来说，仍是至理名言。因为动作赋予了这类电影生命（对大部分独立制作的电影也是如此），而对白只是点缀而已。我们由这段戏可以推论出苏珊已经理怨很久了，而这是她首次采取行动。

（16）这三场戏是在连续的时间内发生的。我们可以从上一场的动作（把滤嘴丢下去)由下一场来衔接(从天而降的东西掉在投手的脚边)看出这点来。

（17）回到原来的场景时，最好以动作开始。别忘了，电影是个以影像为主、对白为附的艺术形式。你一定要把场景的外观重新架构一遍，永远不可以用"和第一场相同"这类的字眼。

（18）你可以选用不同的效果来换景，像是淡出、淡入、淡至黑屏等等，你也可以用"切至"来表示场景的衔接。不过因为这个词是变换场景的泛称，我们建议各位在连续的几场戏结束时才用它。

11.4 连续的几场戏及转场

当好几场戏在连续的时间内发生时（就像上面的三场戏），我们称之为"连续的几场戏"（scene sequences）。连续的几场戏中间的接点，称为"非憩点"（non-nodal）。观众的视线通常会跟着动作或音效走，不会因为这类接点而中断。连续几场戏的结束点，称为"憩点"（nodal cut）。这类剪切点就好像指标一样，把观众从戏剧发展的某一条线带到另一条线上。非憩点的转场是由角色引导观众，从一个地方去另一个地方；憩点的转场则是由导演使观众从一处"空降"到另一处。接下来我们就试着给上面的例子加一段憩点式的转场。

（由第二场中段开始）

此刻对面的球员休息室已经空了。第一位球迷爬进球场内，风琴手开始演奏"快乐时光又来临"。

切至：

外景。俄国大草原一日

俄国的辽阔大地。草原上的植物不多。我们一直往下移，来到——

外景。足球场一日

或至少是个像足球场的地方。风将地上的沙土吹扬起来。一个小男孩孤独地站在一个破球门前面，练习用头顶球。周围一片空旷。

突然，斯大林狞笑的脸孔浮现在天空上。

上面例子里的走位指导提到"我们"这个词,表示该场戏是由一个叙述者或导演在操纵摄影机。如果换成"苏珊在云端飞奔",那就暗示摄影机跟在她后面拍摄,这种摄影机的移动在银幕上不会引起观众的特别注意。上面的那句"我们一直往下移,来到——"表示这是一个完全由导演控制的升降镜头。虽然这个镜头也可能很顺畅,不引起观众的特别注意。但因为这句话的主语不同,读者在进入或离开这场戏时的感受,就会和跟着角色走时完全不一样。

各位可以看到,这场戏开始之前有"切至"两个字,其作用为注明前几场连续戏的结束点。

在此顺便提醒各位一点:我们说过最好用动作表现节拍的变换。如果这些动作包含在走位指导中(例如"突然,斯大林狞笑的脸孔浮现在天空上"),要隔行[①]。

11.5 语　言

编剧所使用的文字,是具有表现力的文字。和所有善于表现的作者一样,编剧使用语言的目的,不仅在于描述,更在于召唤。所谓"召唤",是指编剧在描述一个事件时,能够吸引读者(或观众)尽情去推想该事件的弦外之音。虽然编剧必须受到只能描述视觉部分的限制,但他却能够对剧中角色的生活细节及编剧本人对该剧议题的态度,作无穷的指涉。

前面的例子——"鸦片天堂"——有点插科打诨的味道。类似"此处虽是天堂,但烟草抽起来却不怎么爽",或是"他们的身体已飘入云霄"这样的句子并没有传达出多少信息,但却表现了这场戏的基调。前一句暗示编剧是在以开玩笑的态度去写这场戏,显然无意对毒害作严肃的申明。至于第二句话,因为它接着苏珊的主观镜头出现,我们可以假设它代表了苏珊的想法。虽然此句只有寥寥数字,读者却可由此揣测出她的态度。接下来我们要给各位看一场很严肃的戏:

---

① 这也是指英文剧本而言,中文剧本则无此规定。——译者注

内景。马修的卧室—夜

  39 岁的威廉，偷偷地看了他 14 岁的儿子马修一眼。马修若有所思地在他身边，不看他，只凝视着由房间正中央一只小型太阳系仪投射出来的成百上千颗星星。

        威廉
    好吧，你不想告诉我是不是？

  威廉正打算放弃，站起身来，马修却在此时开口了。

        马修
    爸，握女孩子的手会不会感染艾滋病？

  威廉对这个问题很惊讶，他低头研究自己的儿子。

        威廉
    不会的。

        马修
    我只是想确定一下。

  群星在黑暗中的反光使马修的双眼显得出奇地澄澈光亮。在那珍贵的一刻里，威廉以为自己真的能够看透那双眼睛。他深受感动，伸手去碰触儿子。马修放松了一下，拿起一个发亮的指示棒，指着一群集结的星星说——

        马修
    你看，钥匙孔星云。

  威廉回到儿子的身边，感觉他们又像好伙伴一样了。

        威廉
    她叫什么名字？

        马修
    谁？

        威廉
    那个女孩。

> **马修**
> 爸，你在拷问我？
>
> **威廉**
> 我们不是好伙伴吗？在角落上的是埃塔阿格斯。
>
> **马修**
> 是埃塔塞里耐。我们想的差不多。
>
> **威廉**
> 是差不多！
>
> 马修跳起来把身后的灯打开。
>
> **马修**
> 我看够星星了！
>
> 威廉抬起头，看着背光的马修，那只是一个黑色的剪影，深不可测。

这场戏一点也不油腔滑调，读者可以由下面这段走位指导感受出来：

> 群星在黑暗中的反光使马修的双眼显得出奇地澄澈光亮。在那珍贵的一刻里，威廉以为自己真的能够看透那双眼睛。他深受感动，伸手去碰触儿子。

威廉的反应和苏珊不同，让观众比较容易认同。"那珍贵的一刻"所反映的是角色心中的愿望。如果这场戏拍摄成功，观众也会看到威廉看到的东西。而且这种东西对观众的意义也会同等重要。编剧不用过多的语言，就能让读者感受到这位父亲多么地想和自己的儿子沟通，但这件事已变得多么困难。同时，读者也可以感觉到编剧希望我们以严肃的态度去看待这位父亲想和儿子沟通的愿望。

11.6 是谁在看？

电影较之戏剧有一个非常显著的相异之处：那就是摄影机可以移动。因此，电影观众的视点远可至剧场式的广泛客观的角度，近可至高度个人化的主观视点镜头。当舞台上的角色对某个状况有所反应时，观众可以很客观地目睹那个状况发生的始末。但是在电影里，观众常常是透过角色的观点来看事件的经过。于是观众对于该事件的感受，可以主观得好像这场戏完全是由角色来叙述的一样——连那场戏的音效和色调都会反映出角色的态度。剧本写作的功能之一，即在表达这种穿梭于客观和主观之间的微妙变化。

编剧可以透过语言控制这种变化。如果编剧用"我们"或是"摄影机"这样的字眼，像是"摄影机移向站在人群中的那位年轻人——约翰尼"，或是"我们比马吉先看到那把枪"，这都是在表示全知的视点。有时候这也在暗示戏剧式的反讽（亦即观众知道的比角色更多）。这也可能是利用摄影机呈现角色的心理状态（例如"摄影机向麦克斯推近，他逐一地环视周围的人"）。无论目的为何，这类镜头都在暗示某个外来的叙述视点。如果编剧写道："玛丽带着微笑、愉悦地轻跳到房间的另一端"，那就表示外来叙述视点的介入极少。即使摄影机在动，也是跟着角色动，这类摄影机的动作在银幕上是隐形的。

至于对话部分，如果没有特殊的走位指导，我们通常会用一连串正反打镜头，也就是由两个对话者的主观镜头的交互剪辑。角色一旦开始做动作（由走位指导来提示）之后，这种具有压迫感的镜头就会停止，让摄影机处于别的镜位，来标示节拍的变换。有些反传统的导演会故意把摄影机固定在视线交互点之外的位置，以营造戏剧的疏离感。

编剧如果用"看"或"注视"这类字眼（例如"约翰尼看着珍妮一小口一小口地吃着牛排"），即表示此处要用到主观镜头。主观镜头在技术上可以分成好几种，但重点都在于把全知的视点转换成某个角色的主观视点。最常见的主观镜头由三个镜头构成：先是某位角色转头去看某样东西，然后剪辑到以他视线（或接近他视线）的角度拍摄那样东西的镜头，最后再接回角色的反应镜头（通常是靠近他的视线的交替镜头）。加上第三个镜头的目的，是要让观众感受到角色的态度。

当某位角色身处一个地点，却看到另一个地点里的某样东西时，我们就用某位角色的主观视点镜头来表现。请看下面的例子：

> **内景。洛丽的卧室—日**
> 　　洛丽很厌烦地翻了一个身之后，突然僵住，她的视线被窗外的事物吸引。
>
> **外景。洛丽的前院—洛丽的主观视点镜头—日**
> 　　雅各布望着这幢房子，神情不太确定，他正打算转身走开，却注意到草上蹲着一只小知更鸟，他弯下腰，温柔地把小鸟握在手中，朝房子走过来。
>
> **内景。洛丽的卧室—日**
> 　　洛丽呆呆地看了好一会儿，然后很快地跨到梳妆台前，拿面纸把脸上的化妆品擦掉。

"洛丽的主观视点镜头"清楚地指出拍摄雅各布的镜位。如果他们俩在同一个场景里，走位指导就会说："洛丽看着雅各布"。其实这两句话的功用完全一样。

既然主观视点镜头的目的是要让观众透过角色的视点去看事物，观众就需要某种节奏或视觉上的提示，把他们带离常态的全知视点。因此编剧必须在走位指导中标明这类节奏上的转变，例如"洛丽很厌烦地翻了一个身之后，突然僵住，她的视线被窗外的事物吸引。"

11.7 戏剧化的动作

我们在本章开始时说过，通常初学的编剧所面临的最大问题，是无法理清对白与走位指导的相对关系。我们认为这并不足虑，因为对白和走位指导的最终目的是一致的，两者都必须服务于戏剧化的动作。也就是说，每句对白和每个动作一样，都必须是因某种特定的需求表现出来并且采用一种完全独特的表现方式。于是对白就变成一种表达的动作,讲出来的内容反而不如想讲话的欲望更重要。

如果你想使自己的文字深具召唤的力量,就必须让每个词都言之有物。你所写下来(或删掉)的每一个事件、每一点节奏的变换(或延续)、每一个措辞和用语、每一处对细节的描绘以及对人物的刻画,都在传达一种观点。这些也都是敦请读者进入你虚构世界的钥匙。读者觉得自己可以发掘的东西愈多,对你的故事就会愈好奇,对你的文字及布局的反应也就会愈敏感,你的剧本被拍成电影的机会也就愈大。如果你剧本里的角色和摄影机都不动声色,而一旦受到某种触发,你的角色开始说话和行动、你的摄影机开始取景时,观众一定会特别留神。我们将信任你的文字,悉心地去体会你提到的每一个细节。

我们并不建议各位对自己写下来的每件事都要作通盘的了解。有经验的编剧常常会不经思索地在自己的剧本里加上一些额外的东西,结果拍成电影之后,这些东西反而变得非常重要。我们在这里所要强调的是,各位必须养成一个习惯,不断地问自己"我看得见吗?"如果你自己也能"看见",而且你"看见"的东西和你的故事及角色能够同步,那么你的布局也就有了意义。

同时,我们也要强调,角色不见得必须了解自己的所作所为。很多故事(尤其是复原型三幕剧)的重心就在于讲述角色逐渐清晰的自我认识过程。在顿悟之前,角色常常是被动的,甚至是盲目的,角色的认知和身为编剧必须备有的认知,完全是两码事。常人总在不自觉的情况下以固定的方式或格调行事,那就是他们的人格所在。但是身为编剧的你必须操纵全局,阐明这个道理。

上面讲了这么多,它们到底和走位指导有什么关联呢?很多编剧在写一场戏时,先写对白,然后才加上走位指导,把这场戏视觉化。不管你提出多少视觉上的细节,也不管你写了多少动作,除非你的走位指导和故事本身环环相扣,否则再多的视觉细节和动作,对于戏剧化场景而言都毫无意义。假设我们现在要来处理下面这段对白:

第十一章　剧本的文字及其指涉　149

> 内景。蒸汽浴室—日
>
> 　　　　　　　索尔
> 这样你就没有负担了！
>
> 　　　　　　　杰克
> 不行。
>
> 　　　　　　　索尔
> 假设，只是假设哦，我告诉你我跟父亲
> 已经和好了呢？
>
> 　　　　　　　杰克
> 有这个可能吗？
>
> 　　　　　　　索尔
> 我们昨天一起吃了晚餐。
>
> 　　　　　　　杰克
> 知道了！

我们先试试下面这段走位指导和描述文字。

> 内景。蒸汽浴室—日
> 　　一间非常豪华的蒸汽浴室，至少有 20 尺长。一边墙上钉着镀金的毛巾架，另一边则摆着报纸夹。房间里已经坐满了人，大部分是年纪大一点的男人，间或夹杂几个趾高气扬的年轻脸孔。杰克和索尔走进来，蒸汽机正咕噜咕噜地响着，不过冒出的蒸汽还不是很多。
>
> 　　　　　　　索尔
> 这样你就没有负担了！

我们就此打住，先研究一下这段描述文字的指涉。首先，这是个全知的视点。其次，被描述的对象地位不分轻重。也就是说，摄影机必须从左到右，拍摄每一个对象，同时却不强调任何一个。这种全知的视点会造成几个后果：第一是把角色对这间蒸汽浴室的反应过程转移给观众，等到角色走进来开始要对这间蒸汽浴室作出反应时，观众已经比他们快一拍了；第二是会拖慢故事的节奏，如果每次介绍一个新场景，都用这么隆重的镜头，每场戏之后都会有一个"憩点"。在这里，我们需要的是一个主观式的叙述方式，一方面完成开场，一方面暗示镜位。

内景。蒸汽浴室一日

索尔，一位愣头愣脑的年轻人，跟着一位年纪较长的男人，杰克，走进蒸汽浴室。杰克神态自若，到处和老朋友打招呼。索尔则愣在门口，目瞪口呆地望着里面豪华的陈设。然后他急忙故作镇静，跟到杰克的身旁。杰克此刻正转身慢条斯理地把一条毛巾铺开，索尔对着他的背开口讲话。

索尔
这样你就没有负担了！

杰克在确定毛巾已经完全铺平后，很慎重地坐下，再把头往后一仰，用一条小毛巾把双眼盖好。

杰克
不行。

索尔
假设，只是假设哦，我告诉你我跟父亲
已经和好了呢？

杰克把小毛巾的一角稍拉高一点，很不屑地看了索尔一眼。

杰克
有这个可能吗？

索尔
（企图和杰克的眼神抗衡）
我们昨天一起吃了晚餐。

> 杰克把小毛巾拿掉，屁股往旁边移了一点，招手示意要索尔坐在他身旁。
>
> **杰克**
>
> 知道了！

经过改写之后，我们就有了一个视点：从索尔看到蒸汽浴室的惊羡，转移到杰克故意把小毛巾盖在眼睛上，拒索尔于千里之外。然后镜头一直跟着杰克，直到他对索尔的策略有反应为止。变换视点没有什么不对，只是在这个例子里，这么做冲淡了这场戏的张力。让我们再试一次，这回把焦点集中在索尔一个人身上。

> **内景。蒸汽浴室—日**
>
> 索尔，一个愣头愣脑的年轻人，跟着一位年纪较长的男人，杰克，走进蒸汽浴室，杰克神态自若，到处和老朋友打招呼。索尔则楞在门口，目瞪口呆地望着房内豪华的陈设，然后他急忙故作镇静，跟到杰克的身旁。杰克此刻正转身慢条斯理地把一条毛巾铺开，索尔对着他的背开口讲话。
>
> **索尔**
>
> 这样你就没有负担了！
>
> **杰克**
>
> 不行。
>
> 谈话结束，索尔看着杰克极尊贵地坐在木板凳上，从他身旁一堆报纸里挑出一份来看，索尔有点不知所措。这时，他看到杰克的大毛巾有一处皱折，立刻弯下腰去把它拉平，一边喃喃自语，不敢抬头看杰克。
>
> **索尔**
>
> 假设，只是假设哦，我告诉你我跟父亲
> 已经和好了呢？
>
> **杰克**
>
> （停了一下——声音从报纸后面传出来）

> 有这个可能吗?
>
> 现在索尔终于引起杰克的注意了,他不疾不徐地把腰杆挺直,不经意地洒了些水在煤炭上,蒸汽机吐出一大团白色的雾气,把杰克包围在其中。
>
> **索尔**
> 我们昨天一起吃了晚餐。
>
> **杰克**
> (声音从雾气中传出来)
> 知道了!

这个版本的焦点完全集中在索尔身上,我们跟着他一起赞叹蒸汽浴室的奢华,跟着他一起被杰克看扁,最后再跟着他一起享受引起杰克注意力的快感。各位是否也注意到这个版本和另外两个版本的不同点,在于它的张力一直没有放松,这完全是由于焦点集中的缘故。前一个版本在节奏及所强调的角色上都作了改变,从"索尔愣在门口……"到"杰克很慎重地坐下"。但是在这个版本里,所有走位指导都针对索尔,像"索尔愣在门口……"、"索尔看着……杰克坐下"。即使有些动作是由杰克发出的,编剧还是以"索尔看着……"开始,如此便能将焦点集中在索尔身上,毫不放松。

另外,还要请各位注意转折点的重要性,索尔没有办法直截了当地跟杰克讲话,只好弯下腰去替他把毛巾拉平,只有在这样卑躬屈膝的姿态下,他才敢开口。等到他终于引起了杰克的注意,他先挺直腰杆,再不疾不徐地开口说话。这些转折点让我们参与角色采取行动之前的准备工作,使我们完全融入戏中。

11.8 另类的剧本形式

用文字组织电影素材的方法,当然还有很多。有些编剧反对以一场场戏为主导的写作方式,喜欢直接写分镜头剧本;还有些编剧用半文字、半视觉的意识流文体,呈现出大量的影像,让读者自己去重组。

如果你打算自编自导一部电影，那么不论你用何种形式写剧本都无所谓。有些拍歌舞片的导演甚至自创一种记载舞步的札记，借此将电影内容视觉化。不过，在这本书中，我们所提到的独立制作及叙事性质的电影，其剧本大多是用传统的形式写成的。我们诚恳地建议各位，除非使用传统形式写作会令你文思枯竭，否则你最好还是按照规矩创作比较妥当。要找到别人投资及制作一部独立电影，本来就已困难重重，各位不必再拿一部"格式太乱"的剧本，替自己多设一道障碍。你若用传统的剧本形式写作，就不必再为取镜、剪辑等技术细节费心，从而可以倾尽全力去营造你想在电影中召唤出来的感觉。

11.9 结　论

写剧本的人，并不需要知道一大串拍电影时采用的专有名词，只有生手才会在剧本中不断拿技术用语来班门弄斧，这样做反而会自暴其短，让人一眼看穿。有很多值得各位学习的东西远比专有名词更难掌握且更有力量。各位必须了解电影的表达形式，学会操纵及控制发展戏剧情节的故事线。学习过程的第一步，就是要学会将自己想表达的东西视觉化，然后再把这些视觉化的东西写下来。一旦你学会这招，剩下来的工作就只有计算机输入了。

Chapter 12
角色、历史和政治

CHARACTER, HISTORY, AND POLITICS

　　在理查德·利科克（Richard Leacock）1964年拍摄的纪录片《助选员》（*Campaign Manager*）里面，起先我们看到大家在用餐时针对选战策略展开舌战，然后又为谁点了那客五分熟的牛排同样争论不休。类似的情节也曾出现在迈克尔·里奇（Michael Richie）导演的剧情片《候选人》里面。由于这两部影片实际上具有同样的情节内容，因此它们可以帮我们研究历史或政治素材是如何被改编成主流剧情长片的剧本的。下面我们首先要针对三种改编技巧作出分析：（1）替不足的情节补白；（2）强化表达的节奏；（3）使决策个人化。其次我们要说明如何应用上述三种技巧将包罗万象的历史素材去芜存菁，尽管这些作法往往牺牲了"纪录性的真实"。最后，我们将检视一些超越套路的剧本，看看它们是如何在制造主角内心戏剧张力的同时也保存了纪录性的真实。

　　传统上，我们把纪录片看成是真实的，而把剧情片看成是虚构的。但是，这种老生常谈的论调其实是有问题的。尽管纪录片拍的是确实发生的事件，但是这些事件经过记载、构思、重组等制作过程，便只能是真实事件的重现。既然是重现它便会和真实之间产生距离。而所有的制作细节都要经过选择，包括取材、取景、镜头选择、摄影质感、剪辑、镜头长度、混音等等，这些更可以说明上述的观点。

相比于真实性的问题，对个人动机重要程度的区分对剧本的影响似乎更加重要。主流剧情片中常见的复原型三幕剧式结构的主要特色是角色的心理状态主宰着动作的形成和意义，其他细节的安排也都以角色塑造作为纲领。反观纪录片所拍摄的物质世界却容不下这种主观性强烈的因果关系。或许大家都已明白其中的差异，在剧情片和纪录片各自不同的展示过程中，后者总是受限于它所记录的现实世界原本就是不受影片影响的独立存在的客体。由于具有这样的限制，同时意识到观众无法单从影片中找出全部的意义，所以纪录片更接近真实的历史。但我们必须意识到，即使我们拍的是剧情片，也应该透过这层限制关系去体认个人与外在世界的关联。

12.1 经典案例

形式研究：《助选员》与《候选人》

主流电影大抵以社会大环境作为描述对象，故事内容虽包罗万象，叙事形式却无甚多变化。换言之，虽然电影的主题是社会性和政治性的内容，叙事方式却仍要以角色为中心。或许这也意味着历史、政治、社会原本就是属于个人的问题。这个道理在进一步分析《助选员》和《候选人》之后会更加清楚。

《助选员》是一部具有"直接电影"（direct cinema）风格的黑白片。从本章开头提到的那场戏来看，整场戏给人的感觉就像零乱的纪录片段——画外音、情况不相关的镜头、各种细节画面，例如某个人专注听讲时老是抓脖子，而另一个人则不耐烦地老换坐姿。这场戏着重捕捉角色的动作神情，而不是侧重刻画人物个性。小餐车推进来的时候我们看不到，要等镜头拉开后我们才能看得到它。现场交杂的声音包括激辩选战策略、给黑人侍者小费时的寒暄，还有七嘴八舌讨论牛排味道的声音全都重叠在一起。整场戏的节奏相当流畅，从弗吉尼亚州初选一直到点餐时谁点了什么的问题一气呵成。最后的画面是某个人以自觉的眼神面对镜头，一边微笑，一边摇头，似乎欲言又止。

《候选人》在助选员和其他人员之间创造了一种空间上和戏剧上的张力，这使开场戏看来极个人化。首先，助选员一个人站在台上发表选战策略时，其他人则坐在台下聆听。小餐车推进来的时候更划出彼此地位的高下。当侍者催大家赶快点餐时，助选员仍继续进行讨论，直到有人用挑衅的口吻要求先解决点餐问题时，会议才告中断。这个喊停出现得太突然，现场顿时鸦雀无声，镜头在每个人的脸上逡巡，然后停在其中一位的脸上进行特写，他促狭地问道："谁点的五分熟的牛排？"

　　感觉上《助选员》像一出政治人物的讽刺剧，但它并不是针对某个特定的政治团体或人物品头论足。我们可以从影片中得到佐证，例如：自然重叠在一起的人物对话，摄影机偏重捕捉人物的动作而不是性格的描写，故事的发展就像随机的发生而不作刻意安排，缺少充满悬念的关键戏，不讲求节奏快慢，镜头并未在特定的与会人员身上打转，终场时还让其中一人发现摄影机的存在。相对而言，《候选人》看起来则个人化得多了，它所描述的是无趣的助选员和小丑式的手下吵架的过程。《助选员》在风格上倾向随机与偶发事件的纪录，而《候选人》则明显地经过刻意的安排。从助选员站在讲台上的发言或是从他和其他人员的对话中，我们都可以看出彼此对立的关系。这些刻意的安排还包括其他人员迫不及待地想吃饭。餐车来回地在助选员和其他人员之间穿梭（埋下吵架的伏笔），节奏的控制（期待性的暂停）在最后以幽默的方式收场。

　　这两部影片的差异在哪里？或许只是纪录片和剧情片的差异罢了。但是对处理社会性和政治性题材的电影而言，其中的差异却会引发许多令人深思的问题。例如：究竟历史是建立在个人的内在冲突上，还是建立在看似与个人无关却不时影响个人的外在世界的力量上？电影故事应该是个人的体验还是一般性的社会内容？个人的片面之词足以阐释诸如权力的概念吗？经验告诉我们：在两种观点之间存在着复杂而多变的互动关系。主流的主观化电影的表现技巧，以及它吸引观众和阐释故事的手法，并不能简单地生成上述复杂的互动关系与张力。

12.2 补白、节奏与个人化

为了说明为什么主流电影并不能生成上述的互动关系与张力，我们将从主流剧本的三种写作技巧及其结果入手。其一是替不足的情节补白；其二是强化表达的节奏；其三是使决策个人化。主流电影就是利用上述三种技巧将历史性的素材改写成故事的。下面所举的改写范例原为一则纪录片片段，取材自美国公共电视台（PBS）制播的有关民权运动的一则节目《渴望胜利：密西西比，1962—1964》（*Eyes on the Prize:Mississippi*，*1962—1964*）中的第 5 集。这场戏记录了由"密西西比自由之夏"在 1964 年所举办的训练营实况，主持该项活动的是一批身经百战的人权斗士。

中景镜头

  一位正在演说的黑人通过镜头由左至右对着人群讲话。从标语上可以看见他斗大的名字：SNCC 的吉姆·福曼。在他后面站着其他人权领导人。手持摄影机，黑白画面，新闻影片片段。

      福曼
    今天的训练重点是教大家如何面对未来
    可能遭遇的状况，也就是在法院里如何
    面对狰狞的群众。同时，我也希望借由
    训练让大家对这些状况泰然处之，包括
    他人的嘲弄、侮辱。面目狰狞的群众将
    由白人学生扮演，我也想让他们能习惯
    叫嚣"黑鬼"等骂人字眼。

                切至：

  钉在树上的海报上写着"法院"两个大字，群众在咆哮声中进来后，镜头拉开，两排白人学生站在树边，面对镜头作势叫嚣。

                切至：

  白人学生蜂拥而上将人权分子推倒在地，咆哮声不断，手持摄影机沿着群众外围上下摇镜。

切至：

　　场面混乱，人权领袖好像刚从地上爬起来。摄影机绕着福曼身后走了一个圆弧，最后回到他的半身侧影。脸上的笑容显得困窘。结束的画面和第一个镜头相近。

福曼
很好，很逼真（笑声），终于爆发了……
（声音被淹没）

福曼
太好了，你们终于一发不可收拾了。知道吗，我原本以为你们只会在一旁叫骂，想不到你们竟会泄愤般地攻击我们。这是不争的事实。

白人学生
外面不也就是这么搞的吗？

福曼
事实就是这样。大家开始叫嚣，然后有人打头阵，其他人就跟进。训练的情况比预期的要好。

　　这场戏所描述的内容究竟是什么呢？你可以说它是在指美国普遍潜在的种族歧视，连一向自认自由派的白人学生都有种族歧视的倾向。或者它也可以被视为某人在某个时刻因某些不为人知的个人理由而感到愤怒（我们虽然没看见，但却可以想象得到），于是他便到处挑衅。或是除了事件表象的混乱之外，便无其他指涉。这并没有标准答案，其实直接电影风格的纪录片基本上就是鼓励内容上的不同解释。就算我们最终拒绝把上述内容和美国无所不在的种族歧视作出联想，也无法否定如此解释的合理性。

接着我们要试着将前面节录的那场戏改编成主流电影剧本，并且将重点放在角色的描写上面，借此可以看出如此改写基本上局限了多重解释的可能。改写剧本时，你首先得确定你要的是什么效果。有了答案以后，你才知道如何来改。为了解说方便，我们将反其道而行，我们先作改写，再分析它的效果是什么。

在原先的片段中，遗漏了两个重要的段落。一个是福曼呼吁学生扮演法院暴民之后，学生往标示法院的地点集结的过程，这个段落被剪掉了（也很可能没有拍）。另外一个是人权领袖被推倒的过程，这个段落我们也看不到，虽然我们可以看见群众来势汹汹地围住他们的画面。而在下一个镜头里，他们爬起来和拍灰尘的动作则让我们确信这场冲突的确发生过。

下面我们将这场戏用一般的剧本形式整理出来，缺漏的情节则靠假想的过渡去填补。补白（填补过渡）是改编散落的历史素材常见的传统手法之一。接下来共分6个段落进行讨论。

版本1
外景。牛津大学校园，俄亥俄州，1964年6月一日
　　晴朗的夏日，田园风味的校园一片翠绿。一群白人大学生，虔敬地聚集在第一位黑人人权领袖前面，其他几位同为人权分子的黑人则站在他身旁。

黑人领袖
今天的实况模拟演练，主要是针对各位
日后在密西西比州可能遭遇的状况而设
计的，我们采取角色扮演的演练方式。

（第1段）
　　校园中心处的橡树干上，第二位黑人领袖在贴一张海报，上面歪歪斜斜地写着"法院"两个字。

白人学生
哈哈！法院耶！

第二位黑人领袖

没错,现在你就是面目狰狞的暴民。

(第2段)

第二位黑人领袖归队后,这些白人学生就正式扮演起坏蛋来了。

白人学生甲

你们大家可有在棉花田里捉到黑……黑奴吗?哈哈!

白人学生乙

要是让我抓到这些狗崽子,我会把他们绑起来帮忙犁田。

白人学生丙

吊死他们,五马分尸。

黑人领袖

现在大家一起叫骂。

(第3段)

白人学生和黑人人权领袖隔开距离,后者注视着学生,学生则对着他们疯狂叫骂。

白人学生

你们是些白痴、笨蛋,你妈妈是吃屎的。

黑人领袖

大声点,不要尽骂些无关痛痒的东西。

白人学生

混蛋,狗娘养的!

黑人领袖

骂黑鬼!骂些你们从来骂不出口的话吧!

（第4段）

学生们不再出声，一个劲儿地傻笑却说不出话来。

（第5段）

终于有人小声地发难了。

白人学生

黑鬼！

（第6段）

结果并未引起很大的骚动，大家仍在犹豫，只有一部分学生接着叫喊。

白人学生

黑鬼！黑鬼！

黑人领袖

好，接下来模拟的状况是假设你们在拉选票。

黑人领袖和其他黑人开始往"法院"移动。白人学生叫骂的声音震天介响。

白人学生

黑鬼！黑奴！

带头的黑人人权分子冲出来挡住白人学生的去路。

白人学生

黑木炭、黑鬼、黑小子！

白人学生开始反击，两路人马顿时陷入拉锯战。学生们猝然地往前冲，攻破人权分子的阵势，同时失控地将他们击倒在地，黑人人权领袖发出命令语气的尖叫。

黑人领袖

喂！喂！

用命令语气的尖叫喝住白人学生，人权分子也松了一口气。双方一时都觉得尴尬，难以置信地互相打量着。最后，人权领袖笑了。

> **黑人领袖**
> 你们都冲昏了头，我原来只要大家练习
> 叫骂而已，最后却发生了肢体冲突。不过，
> 事情往往就是这么发生的。
>
> 大家松了一口气，开始互相调侃。手持摄影机快速扫过一张张神采奕奕的脸。然而事出突然，他们的眼神仍略显不安。
>
> **白人学生**
> 演练就应该这样才逼真，对吧？

除非必要，我们对白人学生的性格并未多加着墨（这是下一版本的工作）。我们加上的只是纪录片中暗示的过渡，再加上节奏性的表达而已。以下将详细说明改编的过程。

在第1段戏里，第二位黑人人权领袖，闷声不吭地将写着"法院"的海报贴在树干上，他并未告诉学生具体该怎样做。后来在第2段戏中，学生就开始扮演起美国南方的暴民来。这种编剧技巧是基本并常见的，避免重复的说明可以使剧本显得更紧凑。换言之，演员的动作既然能表达意思，之前便不用对白说明了。在上面的例子里，人权领袖不告诉学生该如何行动，紧接着我们便看见学生在干什么。于是，前者只作暗示，让后者发出动作表示他们（或者说观众）已经知道要干什么了。如此一来，整场戏便显得简洁有力。如果一开始就点破局面，后面的戏便应该另有安排。

在第3段戏里，人权领袖挑衅地要白人学生放开胆子叫骂，甚至更进一步要他们喊出"黑鬼"的字眼，可是之后学生们却默不作声。值得注意的是前后场面的对比关系。先是人权领袖要学生喊出"黑鬼"的字眼，紧接着的沉默反应显示出这件事的严重性。另一方面沉默也帮忙酝酿了学生即将爆发的叫骂情绪。一直等到第5段戏时，才有一位学生开口骂这个字眼。在第6段戏中，其他学生才敢附和叫骂。

从整场戏的6个段落里，我们可以看出学生逐渐累积打破禁忌的勇气，然后才喊出那个从不敢骂出口的字眼。其设计的逻辑过程大致如下：在第

1段中，人权领袖要学生来到跟前接受指挥，但是指令的内容只作暗示并未明讲。在第 2 段中，学生们弄清楚自己的反派角色以后，他们主动扮演起美国南方的暴民，这个动作显示出学生们跃跃欲试的心情，同时也意味着他们乐于尝试扮演设定的角色。自第 2 段到这场戏的结束之间，这场游戏逐渐假戏真做。第 2 段和第 3 段催化制造混乱的戏发展到第 4 段时却戛然停止，一切暂时安静下来，借以制造一个期待的空间。这个空间不但为过渡补白，它更引领我们进入全戏最重要的时刻。当学生终于说出"黑鬼"两个字时，这个举动的重要性早就在结构中被仔细地安排推敲过了。

之前纪录片的那些段落由于缺乏过渡，我们只能用自己的想象力去补白。更由于缺乏过渡，我们不可能专注于人物的动机，我们反而会正视事件的必然性和普遍性。如果添上戏剧化的过渡，我们其实是加强了叙述上的因果关系，而减低了事件的历史必然性。一个特定的原因，发展出特定的结果。于是，"特定"的原因使我们开始不确定事件的必然性和普遍性究竟是什么。

我们替剧本加了特定的细节，但我们尚未找到一个传统剧本中的主角，就像我们虽然已经做好剧情过渡，但是打架这个行动仍是非个人化的。白人学生动手，是基于何种原因？他们的行为动机自一开始便逐步展开，尤其在第 2、3 段戏所建立的刺激和第 4 段所建立的期待，更说明肢体冲突势在必行。只是剧本没有被角色化。我们不知道为什么有一位学生带头，而其他人则按兵不动。

以下是更深入事件的第 2 版剧本，同时它也将塑造某个角色的动机。这种改编的方式无疑和历史性的再现更为不同了。

版本 2
外景。牛津学院校园，俄亥俄州，1964 年 6 月—日
　　天气晴朗的夏日，田园风味的校园一片翠绿。21 岁理平头的白人学生大卫正快步赶上面无表情穿越校园的约翰，24 岁，他对于紧跟身后的大卫并不太搭理。

大卫

情况有这么糟吗?

约翰

的确非常糟!

大卫

想不到你还真的要回去。

约翰

(语气平板)

该我做的,我绝不躲。

大卫点点头,深深佩服约翰的冷静,并随他走进群众里。一群白人学生聚集在宿舍前面,他们热情欢迎约翰,却没理会大卫。

白人学生甲

欢迎,约翰!

白人学生乙

近来如何?

约翰还没来得及回答,一位美国黑人人权领袖和其他人权分子便昂首阔步走出宿舍。

黑人领袖

各位听着。

现场鸦雀无声,大家生怕漏听任何一个字。大卫挤到最前排,崇拜地望着人权领袖。

黑人领袖

我们将针对你们在密西西比州可能遭遇
的状况,实施角色扮演训练。

(第1段)

第二位黑人人权领袖把一张写着"法院"的海报贴在橡树上,大卫不解地望着正在大笑的约翰。

约翰

怎么老要演坏蛋?

第二位黑人领袖

我又不能去演南方的暴民!

约翰

(装腔作势地)

你能在棉花田里抓到黑奴吗?哈哈!

(第2段)

大卫转头看着那些不知如何自处的学生。

约翰

(画外音)

要是让我抓到这些狗崽子,一定会把他们绑来帮我犁田。

大卫又回头望着一副南方暴民模样的约翰,口中也有模有样地学着。

大卫

没错,吊死他们,五马分尸。

(第3段)

黑人领袖走到前面。

黑人领袖

很好,现在大家一起开始叫骂。

学生们受鼓动而开始叫骂。

白人学生甲

你这个大笨蛋!白痴!

大卫

你妈妈是吃屎的!

黑人领袖

大声点,不要尽骂些不痛不痒的话。

白人学生

烂货、王八蛋!

大卫

混蛋!

黑人领袖

骂黑鬼!黑奴!骂些你们从来骂不出口的话吧!

(第4段)

　　学生们顿时哑口无声。大卫神色紧张地望着大家。他们只是窃窃私语,说不出那个字眼。

(第5段)

约翰终于走到前面。

约翰

黑鬼!

(第6段)

　　没人敢接腔,学生们都被这个字眼吓呆了。大卫看着舌头打结的同伴,又看着站在两队人马中间的约翰,显然约翰脸上并无迟疑的神情。

大卫

只是游戏嘛,对不对?

约翰

没错!

大卫

(试探地)

黑鬼!

约翰

对了!

（第 7 段）

大卫露出自得的微笑走向约翰，学生们都投以略带羡慕的眼光。

大卫

黑鬼!

约翰

黑奴!

大卫

波兰鬼!

约翰

犹太佬!

他们两人以惺惺相惜的姿态互相击掌。

（第 8 段）

其他学生看到这个景象，终于也跟进了。

白人学生

黑鬼!

黑人人权领袖和人权分子们缓缓向"法院"的方向走去，学生们的叫骂声震天价响。

白人学生

黑鬼……

黑人人权领袖往前推进，学生被迫让路给他们。只有约翰坚持不肯让路，双手推向黑人人权领袖，彼此僵持对峙着。

约翰

黑小子! 黑鬼!

大卫一看到这情况,马上跳上前去加入战局。碰巧这时候双方突然松手,于是大卫把毫无戒备的黑人人权领袖撞得踉跄后退,同时造成其中一位黑人摔倒在地。

黑人人权领袖条件反射般地把大卫推回白人学生群里,同时也撞倒了一位学生。

其他学生一下子拥上来,顿时便形成了人仰马翻的场面。接着是黑人人权领袖发出尖锐、命令式的喊叫声。

黑人领袖

喂!喂!

被唤醒的学生们突然收手,往后退。一时进退不得的大卫被留在尚未回过神的两队人马之间。最后还是他打开对峙的僵局。

大卫

演练就应该这样才逼真。对吧?

黑人人权领袖定神地望了大卫一会儿,然后露齿而笑。

黑人领袖

你们都被冲昏了头,我原本只要大家练习叫骂而已,最后却变成肢体冲突。不过,事情往往就是这么发生的。

大家松了一口气以后,开始互相调侃。手持摄影机很快地扫过一张张警觉而有力的脸孔,只是笑容里略显不安。因为一切发生得太快了。镜头最后停在大卫尚未回过神的脸孔上,镜头离开。然后镜头再回到他的脸上,不安闪烁的神情已经不见,大卫终于露出浅浅的诈笑。

这个版本的开场戏是大卫向约翰搭讪,但约翰却爱答不理,显然角色已成为剧情的重心。对读者而言,第 1 版的剧情理路太模糊(出现戏剧转折,却看不到具体人物的内在动机)。至于修正过的第 2 版,就比较容易让观众融入。在第 1 版剧本里,观众容易在既定的美国种族问题上面打转,我们会猜想黑人人权领袖和白人学生之间将会发生什么事,剧本也并未提供给观众异于一般性的关于种族问题的思考方向。而在第 2 版剧本里，我们会想知道在当时美国种族对峙的大环境下，为什么大卫这么武断，以及大卫急切的心情是否导致了他接连下来的行为。

情节的焦点不一样，所产生的意义也就不同。在第 1 版剧本里，最先吸引我们注意的是开场时黑人人权领袖的一番话，虽然它比一般叙事场景的开场白要长得多。但是在修正后的剧本里，开场已经从谈话变成大卫亦步亦趋地跟随约翰的行为上面，其中透露的是大卫希望获得自我肯定的意图。

约翰在第 1 段戏里便已表现出对于扮演暴民这种把戏早已了然于胸。他也是唯一懂得黑人人权领袖心意的白人学生。在第 2 段戏里，大卫接口模仿的对象是约翰而非黑人人权领袖，这是一个值得深思的转变。因为黑人人权领袖似乎已经变成形同虚设的背景式人物，真正能激发大卫行动的人不是黑人而是大卫能干的白人朋友。就理智上而言，大卫是因为人权平等的思想感召才参加这项活动的；但就情感上而言，他却是急于获得熟识的白人朋友的肯定，而非黑人人权领袖的肯定。大卫的心结在第 6 段戏里得到再次说明，当大卫说出"黑鬼"的字眼之前，他征求同意（他说："只是游戏嘛，对不对？"）的对象是约翰并非黑人人权领袖。

上述片段的功用在于赋予外在行为以个人意义，我们找到了大卫决定喊出"黑鬼"这个字眼的个人动机。换言之，我们赋予了这项行为内在意义（潜文本）。一般而言，完整的内在意义（潜文本）代表剧本的成功，它暗示角色的内心活动比我们眼睛看到的要更加丰富。但是，这其中的微妙之处在于，不是所有的事情都能以角色的内心活动来解释。例如，当我们写较抽象的社会议题，或表达较客观的历史性观点时，我们一方面要以角色的内心活动来解释事件，另一方面又得指出人物内心之外的客观世界其实对事件也有相当的影响力。

之前的纪录片片段看起来好像是关于种族偏见的影片，我们现在却可以把它改写成一个缺乏自信、名叫大卫的家伙在参加人权训练的过程中寻求自我肯定的故事。当然，我们无从知道俄亥俄州的牛津学院在 1964 年 6 月究竟发生了什么事。事实上，纪录片的题材都可以改编成以人物为主导的剧情片剧本,就像我们选择大卫的故事一样。在这种改编方式里,现实到底是什么并不重要,重要的是了解不同的改编方式(呈现方式)暗示着何种不同的意图,因为后者才是编剧可以自由操控的。一些常见的主流商业剧本会以明确的角色作为故事发展的主导,为的是要有效地吸引观众。但是这种做法需要付出相当的代价。因为它使历史比个人意志矮了一大截。我们所举的范例,凸显出大卫的心理,却也同时牺牲了其他也许更重要的主题。外在世界不再冷酷无情,它开始回应个人的内心。但它的存在却也受制于人物坐井观天的内心状况。如果我们希望维持历史的原貌,如果我们想表达人物意志之外的客观世界,我们就必须想办法淡化故事、削弱人物动机,更必须想办法为人物动机寻找一个较为宽广的基底。

在继续讨论之前,我们要补充说明一点。有些挑剔的观众会因为剧情片拍得像纪录片一般冷静抽离而感到厌烦。其实,抽离与投入的距离的拿捏需要时时调整,以求其完美的效果。不知拿捏,而一味保持抽离的距离根本就是剧本(电影)的失控。但是,如果编剧懂得拿捏,纪录片风格的淡化故事和表现必然性等手法,也可以是剧情片编剧说故事的好工具。

12.3 保持叙事距离以达历史的客观性

编剧为保持叙事的距离,得想办法在个人性和纪录性两个极端之间建立一股张力。例如在剧本里安插一段以某个剧中角色作为观看主体的纪录片段,便是非常好的办法。这种方法之所以会有效是因为所谓的真实会同时呈现两种不同意义的解释:其一是纪录片段本身代表的真实意义;其二是透过剧中角色的观点所记录的真实,它仍是剧情片的一部分。安插在剧情片里的纪录片段,其影像风格虽然和剧情片不同,但却不会令人感到突兀。它也像一般纪录片一样不必理会故事过渡的补白、节奏性地表达、故事个人化等手法,但包容纪录片段的剧情片,却可以一方面利用上述手法,一方面又不会改变纪录片段原本的特质。下面所举的例子是一位名叫大卫的中年男子,借由录像带回忆他年轻时参加社会运动的热情和抱负,结果他发现记忆和事实有些出入。这里的纪录片段同样取材自电视片《渴望胜利》。

版本3（节录自一段未完成的剧本）
内景。大卫的办公室—日

　　大卫，42岁，走进办公室。桌上的录像带自从收到后就没有被看过。大卫把它放进录像机然后开始播放。

　　屏幕先是一阵受干扰画面，接着出现高反差的黑白纪录片。斗大的片名写着"密西西比三角洲，1964"。镜头摇过平坦的河谷和宽广的河面，然后停在一名模样成熟的平头小伙子身上，一张出奇年轻的脸孔沉稳地转向镜头，他就是21岁时的大卫·菲什。

　　　　　　　　大卫（年轻时）
　　　　　　　我来此是因为我相信你我是一体的，你
　　　　　　　的自由就是我的自由。

中年大卫看得入神。

　　　　　　　　大卫（年轻时）
　　　　　　　只要有任何人没获得自由，那就表示我
　　　　　　　还没真正获得自由，所以今天我是为自
　　　　　　　己的自由而奋斗的。

　　　　　　　　　　记者
　　　　　　　你怕不怕呢？

年轻的大卫迟疑了一下。

　　　　　　　　大卫（年轻时）
　　　　　　　我当然怕，我们每个人都怕。

中年大卫高举拳头，像个盛气的少年。

　　　　　　　　　　大卫
　　　　　　　太棒了！

中年大卫转过身打电话，背后的电视屏幕先是空白画面，然后出现另一段影片。

1964年，俄亥俄州牛津学院的校园里，一群白人学生聚集在一棵大橡树下，对着黑人人权分子叫骂。

白人学生
（声音微弱）
白痴，笨蛋，你妈妈帮大象吹箫。

中年大卫开始拨号，不理会电视上的画面。

黑人领袖
大声点，不要尽骂些无关痛痒的废话。

白人学生
王八蛋！混蛋！

黑人领袖
骂黑鬼！黑奴！骂些你们从来骂不出口
的字眼吧！

大卫手里拿着话筒准备通话，眼睛却看着电视画面。

白人学生停止叫骂，彼此窃窃私语，却没人敢喊出那个字眼，当时也在学生人群里的大卫首先发难。

大卫（年轻时）
你们这些黑鬼！

年轻时的大卫当时停顿了一下，其他学生则接腔叫骂。

白人学生
黑鬼！大黑鬼！

黑人领袖
很好！

> 黑人领袖率领其他人权分子往"法院"走去,学生骂得更起劲,声音愈来愈大。

白人学生

> 黑鬼!大黑鬼!

> 黑人人权分子推开挡住去路的学生。
> 另一方面,中年大卫手上仍握着话筒,话筒传出声响。

白人学生

> 死黑鬼!黑小子!

> 学生开始反击,双方一度互相推扯地对峙着。

电话声音

> 喂?喂……

> 中年大卫完全不理会对方。
> 电视屏幕画面,学生突然往前冲,攻击黑人人权分子,竟意外地将一人推倒在地,黑人人权领袖于是喝令制止,声调相当尖锐。

黑人领袖

> 停止!停止!

> 学生突然都定在原地,然后开始后退。黑人人权分子也松了一口气,两队人马惊魂未定地瞪着对方。
> 中年大卫眼睛看着屏幕,默默地放回话筒。

除了利用版本3中"回到从前"的手法之外,还有其他能使观众产生抽离感的写作技巧。我们只需夸张地强调戏剧的模式,让观众注意到其形式上的特质。如此一来,戏剧就会偏离自然主义。而故意地避免自然主义即暗示在角色的故事之外其实还有弦外之音。

版本 4
外景。牛津学院校园，俄亥俄州，1964 年 6 月一日
　　夏日的阳光洒在翠绿的校园中，一群白人学生虔敬地聆听一位黑人人权领袖的指示，在他身边还站着其他黑人人权领袖。

黑人领袖
以下所做的角色扮演训练是针对你们在
密西西比州可能遭遇的状况而设计的，
大家就把它当成演一出戏吧！

（第 1 段）
　　第二位黑人人权领袖拍拍钉在橡树干上的"法院"字样招牌，它正好位于校园的中心。

白人学生
法院？真好笑！

第二位黑人领袖
就是你来演暴民，懂吧！

（第 2 段）
　　学生们面面相觑，不知道接下来要干吗。第二位黑人领袖走回人权分子的队伍里。

黑人领袖
各位，开始吧！

终于有人发难了……

白人学生甲
喂，你们可有在棉花田里抓到黑奴？

（第 3 段）
其他人跟着起哄。

白人学生乙
这些混蛋要是落在我手里，我一定要他
们帮我犁田。

白人学生丙

对,好好地折磨他们。

(第4段)

黑人领袖

现在开始叫骂!

学生们大胆地辱骂着他们对面的黑人人权领袖。

白人学生

白痴!笨蛋!你们这些吃屎长大的!

黑人领袖

大声点!不要尽骂些不痛不痒的废话!

白人学生

王八蛋!混蛋!

(第5段)

黑人领袖

骂黑鬼!死黑鬼!试试这些你们从来骂不出口的字眼。

学生们突然沉默下来,彼此窃窃私语,就是没人敢喊出那句脏话。

黑人领袖

大胆地骂出来!怕什么!

(第6段)

终于,在第2段戏里带头演坏蛋的学生,这时又带头发难。

白人学生甲

你们这些黑鬼!

话音未落,其他学生跟进叫骂。

白人学生

黑鬼!你们这些大黑鬼!

第二位黑人人权领袖在第 1 段戏里拍拍树上的"法院"字样就走回去，留下无所适从的学生。后来经第一位黑人领袖的一番鼓励，才有一位学生试着开始行动（第 2 段）。领袖对学生的表现（第 3 段）还称得上满意，鼓励其他更多的学生跟进，扮演一群美国南方的暴民。等到第 4 段戏时，黑人领袖要学生们放胆地叫骂。接下来的第 5 段戏则进一步要学生们骂出"黑鬼"的字眼，学生们却反而变沉默了。黑人领袖不惜用等于辱骂自己的方式来鼓动学生们的情绪。因此在第 6 段戏里，那位曾经自告奋勇作暴民的学生才又再度首先发难骂出"黑鬼"的字眼。

请注意在 1—3 段和 4—7 段中刻意重复出现的母题。这两组戏同样都暂停了动作线，并同样把焦点放在那位自告奋勇的白人学生身上，让他同样地犹豫，同样地受到鼓励，同样地首先发难，于是其他人同样地起而仿效。母题的重复大可放在剧本的前景，尤其当母题重复三次之后，观众的注意力自然而然地会由角色的身上转移到较广泛的场景的模式或形式的特质上。这场戏因此看来十分人工化和舞台化，而这种写法的目的显然和着重角色内在动机的写法截然不同。它要表达的意念不是来自故事世界（即对个别角色的动机的描述），而是来自角色所处的故事世界以外的更大的世界。由于这场戏和观众较有距离，所以外在世界一方面为观众提供了异于观察人物内心动机的视角，另一方面又不会破坏故事的直接性。

12.4 结　论

当我们不再用简单的二分法区别纪录片和剧情片时，便可发现纪录片的主题和形式皆可供剧情片参考。同时，纪录片的创作者由于意识到他们的作品基本上也是一种建构，所以也开始参考剧情片的创作手法并加以运用。虽然纪录片和剧情片的分野不再是简单的二分法，然而我们仍应注意一件事，即纪录片和主流剧情片的世界观一直具有很大的差异。因此，想要成功地将纪录片改编成剧情片，除了选择合适的题材内容之外，编剧也应注意借用纪录片特有的艺术手段，以开创剧情片更多的可能性。

Chapter 13
基调：无法避免的"反讽"

TONE: THE INESCAPABILITY OF IRONY

在第十一章中，我们谈过剧本的形式和戏剧意图间的关系。在这一章中，我们将检视戏剧意图是如何借着人物、对白、氛围和叙述结构来呈现的。

编剧利用文字的基调（夸张或含蓄，直接或委婉），来暗示剧本的方向（悲剧或喜剧，主流或颠覆）。而基调和方向的不同又会使不同的编剧在处理同一个题材的时候，采用不同的诠释方式。于是根据同一本小说《危险的关系》（*Les Liaisons Dangereuses*）改编的电影《危险关系》（*Dangerous Liasons*，1988）和《最毒妇人心》（*Valmount*，1989）就成了两个截然不同的版本。

剧本的文字在电影的拍摄过程中，最重要的诠释者是导演和演员；在后期制作阶段则是剪辑师。电影的生命仰赖这些诠释。如果每一阶段的诠释都是具有生命力的，那么剧本中的意念不但可以落实，更可以茁壮成长，例如《教父》这样的杰作。反之，烂片的后果也必须由所有的诠释者共同分担。

在编剧时，每个人都会碰到许多问题。第一个问题应该是故事的可信度——不论采用的类型为何，读者会相信这个故事是真的吗？第二个问题是故事的参与感——我们会在乎故事中发生的事情吗？第三个问题是故事的刺激性——故事会让人心情起伏吗？而可信度、参与感和刺激性完全受剧本的基调影响。在本章中，我们将检视编剧是如何利用人物、对白、氛围和叙述结构来建立基调，也同时建立可信度、参与感和刺激性的。我们更附带指出，那些选择另类基调的编剧，总是不约而同、无法避免地采取"反讽"这种基调来处理题材。

13.1 人　物

剧中人物是借由他和故事间互动的关系来影响剧本的基调的。剧中的主角不只是一个适合故事的人物而已，你还得确定这个故事能够加强和激活这个角色的主要冲突。而让角色由旁观者变为事件的当事人的做法也还不够，你得确定角色和情节有某种共生的关系。一般的主流电影剧本，在处理人物和情节时，基本上就是在彰显这种共生关系。有共生关系的人和事，可以增加剧本的可信度和参与感。

例如，改编自埃德蒙德·罗斯坦（Edmond Rostand）的《大鼻子情圣》（*Cyrano de Bergerac*）的好莱坞电影《爱上罗珊》（*Roxanne*，1987）就是人与事共生的例子。虽然电影把文学中的情节剧改为情境喜剧，但是基本的故事线并未更动。《爱上罗珊》的故事如下：消防员查理（史蒂夫·马丁［Steve Martin］饰）有个超大号的鼻子，却爱上了当地的第一美女罗珊（达里尔·汉纳［Darryl Hannah］饰）。查理既浪漫又诗意，但是却缺乏信心。于是他帮助英俊而口拙的同事追求罗珊。最终，罗珊反而爱上了查理，有情人终成美眷（此处异于原著）。

查理这个角色和电影故事的关系就是一种共生关系。因为，他要克服的人物自身的缺点（他对大鼻子的自卑）和他要克服的事件的障碍（丑男不能配美女）基本上是一体的两面。所以当角色一举达成愿望时，他同时解决了人物和事件的问题。于是，观众得到的满足感也会加倍。

13.2 对　白

对白当然有它最基本的功用——推进故事、表达人物的意见等等。但是，对白也可以增加人物的可信度。文化背景、社会阶级、出生地点、个性气质都会影响剧中人物的对白。

编剧的部分任务就是利用对白来增加人物的可信度。比如说，你的用字遣词可以反映出某地区惯用的俚语，而俚语使用的复杂程度可以显现出角色的阶级。至于人物如何平衡"心中想说的"和"口中实际说出的"又显示了人物的性格。而人物的遣词造句更会暗示出他的权力地位。这些由语言表现出来的地域性、文化背景、社会阶级共同衬托出人物在银幕上的形象，也建立了剧本的基调。

霍华德·法兰克林（Howard Franklin）创作的剧本《情人保镖》的对白并非十分文学性，更称不上隽永。但是它却是古典好莱坞电影语言的一次完美示范。电影中的主角是警察迈克·基根（汤姆·贝伦格［Tom Berenger］饰），他出身于布鲁克林的中低收入阶层，但是管辖区却是曼哈顿的上流社会。他最新的任务是保护克莱尔·格雷戈里（咪咪·罗杰斯［Mimi Rogers］饰）。克莱尔是一件谋杀案的目击证人，由于她受到凶手的威胁，所以基根必须每天 24 小时地保护她，而基根竟然日久生情地爱上了克莱尔。于是他面临了选择自己妻儿和中下层出身还是选择克莱尔和上流社会的难题。在个人抉择的前景则是传统的谋杀—保护—缉凶的警察故事。

对于这个故事的基调很重要的一点是——利用语言创造出基根所处的两个迥异的世界。在皇后区，语言中充满了谩骂、对抗、残暴，但又有中下阶层的简单。而曼哈顿上流社会的语言则是十分安详、修饰、理性的。由于基根和这两个世界都有瓜葛，所以他的语言时而像个粗鲁男子，时而像个心理学家。本片的编剧十分自觉地把语言划分为两个阶级，而且把人物的出身和处境表现得十分清楚。因此，语言增加了人物和事件的可信度。

13.3 氛 围

如果说对白提供了语言上的可信度，那么氛围则是其非语言上的等价物。在《情人保镖》中，皇后区的氛围迥异于曼哈顿上层东区的氛围。基根自己的家没有什么格调，而且四处隐藏着暴力。剧本对于皇后区中下层社会的色彩、装潢、噪音等等的描写，不但强化了故事，也提供给美术指导、导演和摄影师将之视觉化的基础。而对克莱尔上流社会富裕、发达的精准描写也同等重要，唯有如此才能展现其对基根的吸引力，而基根日后选择时左右为难的态度也才更有说服力。有趣的是，当基根刚刚踏入克莱尔的公寓时，他不是迷路，就是烤焦了吐司。这充分显示出两个世界是何等地格格不入。

与之类似，在《爱上罗珊》中，故事的地点设置在英属哥伦比亚的小镇尼尔森。尼尔森极美，足以匹配罗珊的容貌，而作为童话故事的背景也极适合。它的单纯美丽使我们相信这则浪漫爱情故事是真的发生了。

因此，就像对白可以决定剧中人物的可信度，氛围则可以左右故事叙述的可信度。因而氛围赖以建立的视觉细节亦显得非常重要。

13.4 叙事结构

类型电影总会挑起观众某种特定的期待。例如《情人保镖》是一部强盗片，于是观众就期待罪与罚的结尾。虽然编剧在剧中多加了一条爱情故事线，但是我们都知道凶手最终一定会被抓到。全片相当依循古典强盗类型片的结构。又如《爱上罗珊》是个情境喜剧，依据情境喜剧的结构，我们知道在电影结尾处剧中的正面人物一定会如愿以偿，因此我们似乎早就料到电影的结局会和原著不同。

叙事结构对于电影故事基调的影响在于，它会挑起观众对于剧中反面人物、正面和反面人物之间的关系以及他们的抗争如何解决等等问题的某种特定的期待。对于强盗片和情境喜剧，观众的特定期待是其中的人和事必须看起来可信，必须像真的一样。如果其中的人和事超越了这种"表象"写实的范畴，观众的期待一定会落空。

以上所谈的例子皆谨守古典主义的叙事法则，也就是说，它们都顺着观众的期待而行。不论是剧中人物、对白、氛围，或叙述结构，都力求可信，以企求观众投入，且不敢违逆观众的期待。这种对可信度和参与感的强调，是目前主流电影普遍的基调。但是，如果编剧想写一个另类故事，采取另类的基调，那他又会如何做呢？一旦编剧企图改变传统流行的基调，他就无法避免地会走上反讽的道路。反讽这种风格，表面上嬉笑怒骂，毫不正经，但是骨子里却严肃深刻。

根据诺思罗普·弗莱（Northrop Frye）的说法："反讽总是表里不一。"[①]也就是说，表象总是被藏在底下的内容侵蚀或颠覆。反讽如果运用在剧本中，呈现的方式常常如下：某个主角的作为总是不像观众对此种角色惯常的期待那样；或是某个角色的言谈适得其反地减损了他自己或他谈话的对象的权威感或可信度。当反讽碰上了写实倾向的电影类型，它总是暗示观众除了观看电影的写实表象外，还要注意表象之下的深层内容。于是，反讽鼓励观众和剧中人持续地挖掘真相。当反讽碰上了喜剧，往往就成了一部讽刺剧。根据弗莱的说法，反讽常常和主角的塑造有关——主角天真烂漫地惹出了一堆非其所求的倒霉事。我们建议，当你不想再写表里如一的传统基调的剧本时，可以试着走向表里不一的反讽领域。以下就是对于反讽的讨论。

13.5 反讽的笔触

擅用反讽笔触的编剧不多，但皆成就卓然。例如早期写《天堂里的烦恼》（*Trouble in Paradise*，1932）的山姆森·拉斐尔森（Samson Raphaelson），再如写《爱情无计》（*Design for Living*，1933）的本·赫特，又如写《妮诺契卡》（*Ninotchka*，1939）的比利·怀尔德。有趣的是，他们三人皆曾为刘别谦（Ernst Lubitsch）编剧。刘别谦电影中的对白，常常有一套字面意思，但是经由剧中角色嘴里说出来后又透露出另一套意思。而他更擅长处理表里不一的戏剧动作。这种反讽的视听风格是使他成为作者型电影导演的关键之一。而如此的风格更是后继有人，例如创作出《桃色公寓》和《热情似火》（*Some Like It Hot*，1959）的编剧 I.A.L. 戴蒙德和编导比利·怀尔德，

[①] 诺思罗普·弗莱：《批评的解剖》（*Anatomy of Criticism*），普林斯顿：普林斯顿大学出版社（Princeton: Princeton University Press），1957年，第47页。

又如创作出《三妻艳史》(*A Letter to Three Wives*，1949)和《五指间谍网》的编导约瑟夫·L·曼凯维奇以及写出《公民凯恩》的编剧赫曼·J·曼凯维奇(Herman J. Mankiewicz)。这份传承到了最近，则诞生了写《蓝丝绒》的大卫·林奇、写《无吊带上装》的大卫·黑尔、写《法国中尉的女人》(*The French Lieutenant's Woman*，1983)的哈罗德·品特，以及写《睡遍伦敦》(*Sammy and Rosie Get Laid*，1987)的哈尼菲·库雷许。

为了详细解释反讽剧本是如何借着人物、对白、氛围和叙述结构来建立电影的基调，我们将采用两位编导合一的导演普莱斯顿·斯特奇斯(Preston Sturges)和斯坦利·库布里克，以及一位只导不编的导演乔纳森·戴米(Jonathan Demme)的作品作为解说的范例。

13.6 反讽的人物

塑造反讽人物的方法很多。最典型的例子是"跟班型"的角色。例如，"劳莱与哈台"组合中的劳莱(Stan Laurel)和"马丁与刘易斯"组合中的杰里·刘易斯(Jerry Lewis)。他们都是双人搭档中大智若愚的笨蛋，而他们对于同伴的批评和建议总是提供给观众戏剧表象之下的真相。这种"跟班型"的角色在电影中相当普遍，例如《雨中曲》(*Singin' in the Rain*，1952)中的唐纳德·欧康纳(Donald O'Connor)，又如《妙不可言》中的玛丽·斯图尔特·玛斯特森(Mary Stuart Masterson)，又如《乞丐皇帝》(*Down and Out in Beverly Hills*，1988)中的尼克·诺特。

而反讽的主角则不是如此普遍，也较难写。再度引用弗莱的说法，反讽的主角极天真无辜地惹出一堆非其所求也非观众所料的倒霉事，这些倒霉事看来像是师出无名地惩罚着这位主角。[1]反讽主角有趣的地方在于，他在剧本中的地位如此重要，而他却又如此天真，这使得我们不禁想问：他是玩真的吗？还是他已经疯了？真的有人会像他一样天真或无知吗？试看《选择我》(*Choose Me*，1984)中的基思·卡拉丹(Keith Carradine)，

---

[1] 诺思罗普·弗莱：《批评的解剖》，普林斯顿：普林斯顿大学出版社，1957年，第47页。

或《大西洋城》中伯特·兰卡斯特，或《梅尔文与霍华德》（*Melvin and Howard*，1980）中的博·古德曼（Bo Goldman）等饰演的角色。他们都诚实或天真到令人难以置信的地步。他们一定别有用心！但是事实证明，他们的确是真的诚实和天真。而这种"纯粹"的性格，也使我们不再把《大西洋城》只看作是一部强盗片，或把《选择我》只看作是一部情节剧。它们超乎现实，拥有幻想的成分，这也就是弗莱所言的神话的境界。①

反讽英雄和传统的主角大大不同。前者和观众保持距离，而后者鼓励观众与之认同。反讽英雄虽然可爱，但是也着实执拗，甚至到了影片结束他仍得不到想要的结果（或是得到了出乎意料的结果）。他比较像悲剧人物而非英雄。普莱斯顿·斯特奇斯的人物常常是反讽角色。例如《淑女伊芙》中的查尔斯·帕克（亨利·方达饰），又如《战时丈夫》（*Hail the Conquering Hero*，1944）中的伍德罗（艾迪·布拉肯［Eddie Bracken］饰），又如《苏利文的旅行》（*Sullivan's Travels*，1941）中的苏利文（乔尔·麦克雷［Joel McCrea］饰）。虽然，还有许多编剧也创造出了一些反讽角色，例如《巴里·林登》（*Barry Lyndon*，1975）中的巴里·林登（瑞恩·欧尼尔［Ryan O'Neal］饰），又如《发条橙》（*A Clockwork Orange*，1971）中的亚力克斯（马尔科姆·麦克道尔［Malcolm McDowell］饰）和《全金属外壳》中的乔克。但是，目前我们专心讨论斯特奇斯笔下的人物。

《淑女伊芙》中的男主角查尔斯·帕克是个天真富有的年轻人，他情愿研究蛇类却不碰女人。在一次海上旅行中，他遇到了职业女赌徒珍（芭芭拉·史坦威克饰）。珍原本打算为钱而色诱查尔斯，但却一不小心真的爱上了他。当查尔斯误认为珍始终都是为钱而接近他时，他打消了娶珍的念头，毅然与珍分手。为了报复，珍假装成英国贵族去拜访查尔斯及其家人。查尔斯不疑有诈，又再次向这位假的英国贵族求婚。在洞房花烛夜时，假的英国贵族（珍）自称曾经结过好多次婚，这个告白让查尔斯的男性尊严受损，于是这段关系再次告吹。查尔斯为了散心，又再度开启海上旅行。这次他又碰到了回复女赌徒身份的珍，并且再度爱上了她。电影结束于查

---

① 诺思罗普·弗莱：《批评的解剖》，普林斯顿：普林斯顿大学出版社，1957年，第47页。

尔斯三度坠入情网，对于天真如此的他，我们也只能真心地祝福了。斯特奇斯基本上写了一个摩登版的亚当和夏娃追寻伊甸园的故事，这次搞鬼的不是蛇而是扭曲判断力的"金钱"。对一个主角而言，查尔斯似乎过分地天真、无知、冲动和骄纵。他既无清楚的目标，也无骨气，他有的只是一股总惹祸的无邪。

在《苏利文的旅行》中，苏利文也是一样的善良无邪。主角苏利文是一位成功的好莱坞喜剧导演。他总是觉得在经济萧条的20世纪30年代，不应该再执导喜剧，而该拍摄反映民间疾苦的严肃作品。由于他对"民间疾苦"一无所知，于是便不顾片厂的反对，决定走入底层社会进行实地调查研究。片厂老板当然放心不下，便派了包括公关人员、医生护士的一队人马，浩浩荡荡地跟着他，以便就近照顾。苏利文为了摆脱他们，跳上了一列货车，直奔美国南方。途中，铁路警察把他当做是坐霸王车的流浪汉抓了起来，送入监牢。而在好莱坞的同事却误把一个被火车辗毙的流浪汉当作是失踪的苏利文的尸体。

电影至此变得十分严肃。在牢中吃尽苦头的苏利文一天晚上观赏卡通影片时，被片中的喜感惹得和狱友们一起哈哈大笑，而暂时忘记了自己的痛苦。突然，他了解到笑（喜剧）的重要性。当他由狱中被释放出来之后，他承认自己无法拍摄严肃的电影，并肯定了喜剧的重要性。

苏利文就是好莱坞的化身。他们自我膨胀，总是小题大做地要拍些看起来重要的电影。其实，他们就像苏利文一般把握不住社会真相，有意地贬损平凡的生活。斯特奇斯似乎借着苏利文一角在嘲讽自己。当然，反讽的角色绝非英雄人物。

在《战时丈夫》中，主角伍德罗因为身体过敏而无法从军。随着第二次世界大战的爆发，他始终无法把自己被军队淘汰的事实告诉他的女朋友、母亲和曾是战争英雄的父亲。于是，他只得躲到离家不远的军工厂去打工，更要求其他的军人替他由战地寄信回家。如此一来，家人就不会怀疑了。

一天晚上，他碰上一群海军陆战队队员，并且好心地请大家喝酒。队中的长官曾是伍德罗父亲的袍泽，当他知道伍德罗的窘境时，自告奋勇地想替他解围。于是，他打了封电报给伍德罗的家人，谎称伍德罗因伤荣退，而这群陆战队员即日将伴他光荣返乡。

不料，伍德罗竟然身不由己地成了全镇的英雄人物。镇民希望他成为新的镇长，而反对他的人却暗中调查他的底细。一个善意的谎言竟如脱缰野马般一发不可收拾。现在不只是伍德罗的个人声誉，连他家人的名望都可能受到威胁。最后，他只得将实情老实招供，也面对了极大的羞辱。但是，当地居民着实需要一个英雄。于是他们愿意将错就错地仍然把他当成英雄人物。不论电影的主旨是要批评战争、小镇文化、英雄主义，还是公众人物的伪善，伍德罗绝对不是约翰·韦恩般的英雄。他是个反讽的角色，他企图避免伤害他所爱的人，但是到头来，他却羞辱了所有的人。

有趣的是，不论电影的结局如何，反讽角色已把"怀疑"的种子埋在我们心里，他会让我们反复推敲电影的主旨。反讽角色绝对不是传统的主角，他非但不会得到我们的认同，还会让我们感到有些不自在。

13.7 反讽与对白

对白的功用大致如下：它可以表现人物个性，也可以推展剧情，或是夹杂幽默以缓解剧情的张力。而反讽式对白基本上和反讽式人物的作用一样。由于反讽式对白十分引人注目，它会分散观众对于剧情的注意力，所以它基本上会"阻碍"我们过分投入剧情，使我们和剧情间产生距离感。距离感产生之后，我们就可以如旁观者般地抽离地思考故事内容，思考人物和台词的微妙，思考人物与人物间的隔阂，思考人物的认知和我们的认知有何不同。

研究反讽对白的快捷方式，应该是直接从实例下手。在电影《淑女伊芙》中，游轮上所有的人都知道查尔斯·帕克非常富有，而所有的女人都想嫁给他。以下简短的对白发生在轮船的吧台上。

侍者
（走向吧台）
再来半打帕克淡酒（Pike's Pale，与查尔斯·帕克同名），快点，小伙子。

酒保
你想出我的糗吗？我们没有帕克淡酒了。
叫他们点别的。

侍者
他们不要别的。他们都要这个耶鲁人的
啤酒……

酒保
那么，叫他们去哈佛大学。

很明显地，酒保并非真的叫他们去念哈佛。他只是被每个人都企图迎合查尔斯·帕克的心态搞得很烦。于是才有了如此反讽（见到表象下的真相）的对白。

我们再看《苏利文的旅行》中的例子。以下是苏利文和管家的对白。

苏利文
我得出去走走，看看穷人如何生活……
然后，以穷困为题材拍部电影。

管家
容我插句话，先生，这个题材不太有趣。
穷人们太了解穷困是怎么一回事了。只
有病态的富人才觉得这个题材很迷人。

管家的责任是替雇主料理家务，但是在这场戏中，他却直指苏利文因是个"病态的富人"才会觉得贫穷是个迷人的题材。这段对白显现出苏利文的天真，也暗示出苏利文的期望八成会落空。

对白的另一个功用是塑造人物。在以下的对白中，一个在好莱坞受尽挫折的年轻女演员，为装扮成流浪汉的苏利文买了份早餐（她不知道他是个大导演）。

> **女孩**
> 嘿！到底是谁该同情谁？是你买早点请我，还是我请你？
>
> **苏利文**
> 我会补偿你的。
>
> **女孩**
> 好嘛，你就介绍我认识刘别谦，当做补偿吧！
>
> **苏利文**
> 我也许可以帮你介绍他……但是他是谁？
>
> **女孩**
> 吃你的早点吧。
>
> **苏利文**
> （满嘴食物）
> 你会演戏吗？
>
> **女孩**
> 你说什么？
>
> **苏利文**
> （吞咽）
> 我说，你会演戏吗？
>
> **女孩**
> 当然会。你要我念些台词给你听吗？
>
> **苏利文**
> 开始念吧！

女孩
（没想到苏利文如此认真）
别扯了，我下部戏是要演一个夹着尾巴灰头土脸回老家的女生。

苏利文
就穿这套衣服？

女孩
那你看这套服装如何？

苏利文
（半晌）
你有车吗？

女孩
没有。你呢？

苏利文
我……没有……但是……

女孩
别打肿脸充胖子了。我还可以多说一些我没有的东西。我没有游艇，没有珍珠项链，没有貂皮大衣，没有乡间别墅，也没有冬季避寒别墅。我连束腰带都没有。

苏利文
我希望可以给你一些你要的东西。

女孩
你会宠坏我的，你这只大灰狼。

苏利文害羞地笑了。

> **女孩**
> 帮一个普通男人买早点的好处就是，我可以全无负担。但是，如果你是导演之流，我一定是逢迎拍马都来不及……

在这段对白中，我们知道这女孩大方、活泼，又有点自嘲的个性。由于不知道和她对谈的是大导演苏利文，所以她表现得极自在，而苏利文也极自在。因此，他们的对话由导演和演员的关系转为男人和女人的关系。也因此，两人的关系进展神速。当两人都脱下社会面具，以坦诚的人性对话时，他们会带给观众一种亲密的感觉。

最后，对白可以用来推展剧情，以下的对白摘自《淑女伊芙》。其中，珍先是由她手里的镜子看到冷漠的查尔斯和船舱中企图引起他注意的女人们。而在这场戏的后半段，珍借着机智逮到了他。

> 珍的手，一面镜子。查尔斯的倒影在镜中。
>
> **珍**
> （描述查尔斯的动作）
> 对了……捡起来……值得一试，对吧？……看你左边那个女孩……看你的左边啊，书呆子……那是个爱慕你的女子……再左一点……再左一点，就在那！她可真是值得一看呢！看那排门牙，全都在闪光。天啊！她认识你！她起身了……她又坐下了……她举棋不定。她又起身了！她认识你，她向你走来，要和你说话，真是紧张。"老天！你不就是法西·奥瑟莫吗？你不是和我一起在路易斯维尔上过工艺课吗？哎，你不是啊？真的，你真的看起来很像他。但是，如果你不

想请我坐,我想你是真的不想请我坐……我很抱歉。希望没有使你受窘,你……"你回到自己的座位上。她居然想用这种方法来认识你。你的领带歪了吗?你真的伤了很多女人的心,对吧?现在,又是谁在追你?啊,那个女摔跤冠军,真是壮硕……你也不喜欢她。但是,你又有什么办法呢?你再也受不了了……你要离开了……这些女人一刻也不让你安宁,对吧?好好,走吧!躲回你的房间。去困坐愁城,我才不关心呢。

查尔斯的特写。

查尔斯起身,走向餐厅的门。镜头随他横摇,查尔斯往珍与其父亲的方向走来。

珍突然坐低,把脚伸了出来。查尔斯绊了一跤。一声巨响。

珍
(半起身)
你走路为何不看路?

查尔斯站了起来。

查尔斯
我为什么不……

他走向珍。

珍
看你干的好事,我的鞋跟被你弄断了。

查尔斯
我干的?我……真是抱歉……

珍
你该扶我回房换鞋子。

> **查尔斯**
> （有点慌张）
> ……这……当然……应该的……我叫查尔斯·帕克。
>
> **珍**
> 大家都知道你啦……大家都在谈论你。这是我的父亲，哈林顿上校，我的名字是珍。还有一个名字是尤金妮亚。走吧！

这场戏的前半段，珍是个被动的旁观者。她像是个辩士般解释着各类女人们对查尔斯的勾引。在戏的后半段，她故意绊了查尔斯一跤，也从被动的旁观者变成主动的参与者，更进而掌握了大局。查尔斯当然会陪她回房换鞋，于是珍不仅认识了他，而且把他和别的女人隔离开来。

这时候，观众比查尔斯知道得多。查尔斯知道的只是两人的对白表面上的意思。而我们却了解珍暗地里的动机。天真无邪的查尔斯等待着珍的宰割。在这场戏里，对白推动着剧情往男女关系的另一阶段发展。

13.8 反讽与氛围

在传统的古典电影中，非语言的细节可以酝酿氛围，而氛围又可增加叙述的可信度。但是，如果用反讽的手法去处理这些非语言的细节，那么它们所营造的氛围则可颠覆叙事的方向。反讽加大了前景故事和背景故事的距离（外在和内在的距离），我们需要调整一般的解读电影的习惯。

很少有编剧或导演能像斯坦利·库布里克般擅长运用反讽的手法。在《2001：太空漫游》中，库布里克创造了一台比航天员更有人性的超级计算机哈尔。当计算机感到航天员因不信任它而要毁灭它时，哈尔也想先下手为强地毁灭航天员。

这部机器像人类般富有情绪，而人类则像机器般冷酷。如此的角色颠倒，着实充满反讽。而库布里克借着宇宙飞船内部的非语言细节——冷酷的白色装潢和航天员不带感情的举手投足，强烈对比着哈尔赤红的操作灯与哈尔的声音——成功地传达了这种反讽。一个是无菌冰冷的人类世界，另一个则是热情如火的计算机。虽然哈尔是个机器，但是我们不禁把它当人看待。

在《洛丽塔》（*Lolita*，1962）中，库布里克利用反讽描述了亨伯特的内心与美国社会的外部环境两个不同的世界。亨伯特初到美国，担任一所美国大学的诗歌客座教授。当他在开学前度假的时候，爱上了度假旅店老板娘的15岁女儿洛丽塔。亨伯特对洛丽塔的迷恋一发不可收拾。但是，在他周围的环境和人（其实也包括洛丽塔）都显得了无生趣。由于亨伯特和周遭人物的差异和冲突过大，我们开始疑惑亨伯特为何会迷恋这个少女，他爱她的意义又是什么。没有这种强烈的差异和冲突，纳博科夫（Nabakov）剧本中的反讽看起来就不像是在批评美国二次大战后的性观念。

13.9 反讽与类型

正如我们在第五章和第六章谈到过的，类型其实就是叙事结构的公式化和一贯性。当编剧改变了类型中的母题，或是颠覆了传统，结果会如何？不论这种颠覆是来自类型的混合还是母题的变换，其结果和利用反讽人物或对白差不多，都会改变故事的意义。既然意义改变了，故事一定会远离观众对类型特定的和习惯性的期待。

利用对类型的颠覆以产生叙事结构上的反讽，在电影中是一种相当典型的手法。乔纳森·戴米就是个中高手。在电影《散弹露露》中，他混合了黑色电影与神经喜剧，这种混合的结果是"黑色神经喜剧"。片中的男主角就像一般黑色电影中的主角一般，是个受害者，同时也是个反讽式的人物。但是，在电影的后半部分，这位主角却开始变成了英雄人物。如此不统一的性格，使我们不知该同情他还是该景仰他，也使得男主角的英勇行径似乎达不到戴米预期的效果。尽管如此，本片因混合类型而产生的清新感却有目共睹。

戴米执导、博·古德曼编剧的《梅尔文与霍华德》在这方面就比《散弹露露》成功。全片描述一个名叫梅尔文的纯朴西部男子，他和霍华德·休斯[①]不期而遇之后，坚信他手中握有的文字和数据是霍华德·休斯最终的遗嘱证明。他希望借此致富，更希望致富之后能够得到快乐。但是梅尔文实在太天真了。很多人都想变得像霍华德·休斯一样富有，但是他们都没有休斯的狡诈与资源，况且金钱真的能带来快乐吗？

在影片中，戴米和古德曼把梅尔文描写成反讽人物，而全片更含有美国梦般的神话意味。因此，在看电影的时候，我们既同情人物也感怀神话。片尾时，梅尔文成了情节剧中的悲剧人物。但是，他原本又是个讽刺剧中的反讽人物。于是，情节剧和讽刺剧交互共鸣的结果，使得本片超越了情节剧的层次，但又不像讽刺剧般泼辣。

13.10 三幕剧式结构

在《全金属外壳》中，斯坦利·库布里克只用了两幕来说故事。第一幕是"受训"，第二幕是"越战"。他不用传统的铺陈—对抗—解决的三幕剧式结构，而采用只有铺陈和对抗的两幕剧式结构。因此全片缺少了容纳情感洗涤作用的空间，结尾也变成开放式的结局。除了两幕剧式结构外，库布里克更采用了反讽式配角的手法。在第一幕中，反讽的配角是训练班长。这个角色在本片中不再是传统的父亲式的形象，而是个不折不扣的敌人。在第二幕中，反讽的配角是那名少女狙击手。她一反敌人孔武有力、无坚不摧的刻板形象，而成了一名纤弱的少女。这两个角色都颠覆了观众的期待，也巩固了不提供解答（没有解决之道）的两幕剧式结构。

伍迪·艾伦的《罪与错》则提供了颠覆结构与类型的另一种示范。《罪与错》包含了两个自由穿插、但又互相中伤的三幕剧。虽然，情节剧和情

[①] 霍华德·休斯（Howard Hughes），美国电影大亨、导演、工业家、航空家。——译者注

境喜剧是一体的两面,但是片中情节剧的喜剧结尾(我们的类型期待为悲剧),和情境喜剧的悲剧收场(我们的类型期待为喜剧)却互相颠覆,也使得最后克里夫和朱达的不期而遇充满了反讽。

伍迪·艾伦和库布里克都偏离了传统的结构和类型,以至于他们的电影都产生了反讽的基调,也使得观众因为不自在而能抽离地反省超越类型的主题——战争、道德感和生活的本质。这两部严肃的电影皆利用基调和反讽来营造超越叙述表象的深层意义。

13.11 讽刺剧

在所有的类型中,讽刺剧赋予编剧最多的自由,其对反讽运用的也最极端。除了运用反讽人物之外,编剧甚至可以完全随心所欲地超越现实主义。不论你心目中的讽刺剧是指特里·吉列姆(Terry Gilliam)的《妙想天开》(*Brazil*,1985),还是库布里克的《奇爱博士》,这些电影中嬉笑怒骂的攻击性全都来自编剧对于故事议题的热情,也来自他们无所不用其极的幽默。讽刺剧是表现反讽的最好机会。它在基调上的偏离,已经剧烈到让观众失去安全感。

大卫·舍温(David Sherwin)编剧的《幸运儿》(*O Lucky Man!* 1973)是描述年轻咖啡推销员米克的故事。他很认真,一心想出人头地。但是上进的愿望却受到朋友、爱人、雇主,甚至陌生人的阻碍。他几乎在高速公路上和医院中两度丧命。他又因为老板的非法行为被捕入狱。当他出狱后,又受到游民的攻击。他的世界不只是残酷,根本就是致命的。最后,米克决定当演员,故事就此结束。

其实这个简短的描述,尚未把本片的精华道尽。《幸运儿》极野蛮地刻画了现代生活中的疏离感。在舍温的笔下,米克是个反讽式的主角,是现今经济制度下的牺牲品。

而《幸运儿》的叙事结构也不断地受到挑战。片中,故事叙述和音乐间奏自然穿插。到了最后,音乐间奏的乐师艾伦·普莱斯(Alan Price)又变成故事叙述中的人物。全片一再违反传统的电影形式,其叙事方式离现实主义越来越远。讽刺剧就是把基调偏离运用到极致，而它最主要的特质正在于反讽的运用。

13.12 结　论

基调对编剧而言相当重要。在大纲到分场、分场到剧本的阶段，编剧对于人物、语言和叙述结构的态度会引导剧本基调的建立。而剧本的基调会引导观众阐释故事的方式。基调虽然不是故事本身，但是它绝对有引导阐释的功用。

作为一个编剧，你可选择传统的基调——令观众认同的主角、功用性的对白、可预期的三幕剧，或是类型片的公式。你也可以超越套路，写个反讽式的剧本。反讽式的极致就是讽刺剧。你可以利用反讽式的主角挑战观众先入为主的期待。反讽式的角色会加大观众和人物间的距离。距离的增加可以提供给观众反省的空间，这是传统人物达不到的复杂效果。而运用反讽的对白则可增加字面之外的其他含意。你也可以利用类型的偏离或是类型的混合创造反讽的效果。

总而言之，电影中的基调一旦改变，观众和电影故事间的关系也随之改变。不论基调的改变是出自于语言（对白）还是非语言（氛围），两者皆体现出基调在建立观众和电影故事间的互动关系时的重要地位。

Chapter 14
戏剧的声音和叙述的声音
DRAMATIC VOICE & NARRATIVE VOICE

主流电影的叙事建立在因果关系之上——事件的前因后果和人物的动机。大卫·波德维尔指出"和因果关系无关的时间和空间,是无法进入主流好莱坞电影的叙事之中的"①。例如,这是一部关于谋杀的电影,其中不可能出现一些和案情的前因后果无关的描述。因此,"因果关系"掌握了主控权,它可以决定何者留在电影中,何者必须割舍。既然是逻辑上的"因果关系"在主控,那么作为无主控权的创作者,似乎只是处在被动的地位,只是客观地用摄影机记录这些按照逻辑关系发生的事件而已。而本书之前对于人物动机(一种因果关系)、人物性格的统一(也是一种因果关系)、避免过度的巧合(也是出于尊重因果关系)和可信的背景故事(更是因果关系使然)等等的讨论,皆受到上述的创作哲学影响,皆认为事件在现实中会必然按逻辑发生,而电影只是取撷那些既存的事实而已。这套叙事哲学源自19世纪的现实主义和自然主义。而现实主义、自然主义和复原型三幕剧更可上溯至16世纪的"佳构剧"的概念。②

---

① 大卫·波德维尔,珍妮·史泰格,克莉斯汀·汤普森:《经典好莱坞电影:60年代电影制作的风格与模式》,纽约:哥伦比亚大学出版社,1985年,第12页。
② 当然,这甚至可以追溯到亚里士多德,但是埃里克·奥尔巴克(Erich Auerbach)在《模拟:西方文学的现实再现》(*Mimesis: The Representation of Reality in Western Literature*)中却指出"低模拟形式"和悲剧形式的融合,即我们所谓的现实主义,其实是在法国大革命之后才真正形成。

为了行文的方便，我们称这种让事件自然发生、看似由因果逻辑主控、创作者只是被动记录者的电影，是以"戏剧的声音"（dramatic voice）在和观众沟通。但是我们也知道，电影中所谓的自然地按照"因果关系"发生的事件，即任何戏剧的声音其实都得依靠一位主控者进行组织，以呈现在观众面前。不论如何写实，这绝对不是现实世界中的真实。呈现的行为本身就暗示了人为的选择，就暗示了"叙述的声音"（narrative voice）的存在。叙述就算是隐形的，它也依然存在。

但是，请不要把叙述的声音和电影旁白混为一谈。旁白只是叙述声音的一种技巧而已，其涵义相当狭窄。也请不要把电影中叙述的声音和文学中的叙述搞混。文学中的叙述是指"作者直接和我们说话"。如此简单权威的叙述在电影中是不太可能的。因为，电影是多种视听元素、各种专业部门分工合作的创作，根本不可能有统一且单一的创作者的声音。因此，文学的叙述远比电影的叙述直接。①

尽管"叙述的声音"容易使人误解，我们仍采用这个名词的原因是，它既能表达电影的属性（叙事②的电影而非实验电影），又拥有独立制片中创作者的个人观点（迥异于主流电影的缺乏个人观点）的暗示。因此，不管其是否明确，我们都用叙述的声音泛指创作者和我们的沟通。

事实上，检视文学中叙述的变革——由19世纪的古典全知视点到亨利·詹姆斯（Henry James）和福楼拜（Gustave Flaubert）强调的第三人称③局限视点——对于我们了解主流电影为何采用戏剧的声音来代替其他叙述的声音有极大的帮助。古典全知视点不但全知而且充满价值判断，它不但能窥视既存现实的全貌，更能一路对现实进行批判和评论。以下是乔治·艾略特在《米德尔马契》（*Middlemarch*）一书中的例子：

那些关心人类历史的人、那些好奇"时间"是如何影响人类行为的人，

---

① 大卫·波德维尔在《虚构电影的叙事》（*Narration in the Fiction Film*）中，有几章专讲侧重戏剧化的叙事与侧重叙述化的叙事两种模式的对照。他的结论是，两种模式在理论上都无法完全满足观众。而我们认为，从作者的观点来看，其实根本找不到所谓完美的模式。
② 在这里，叙述强调一种动作，而叙事强调此类电影的一种属性。——编者注
③ 古典文学也多使用第三人称，但是却是全知的而非局限的。——编者注

难道不曾深思过圣者特莉萨的一生吗？当他们想到那个小女孩一天早上牵着弟弟的手，抱着成为烈士的决心走进摩尔人的领土时，难道他们脸上不会带着温柔的微笑吗？

这段叙述不但介绍了特莉萨，而且也明白地显示出这个角色的要义——作圣者，成烈士。

今天，这种全知且预设立场的叙述声音可能已经落伍了。我们喜欢让读者或观众在故事发展中自己去判断，他们情愿在的戏剧的声音中自己推论角色的个性，而不愿接受叙述的声音的当头棒喝。即使我们想保留这种古典叙述，如此全知且具有价值判断的叙述也极难在电影中表达出来。我们如何表现特莉萨是圣者？是用教堂音乐、特效光环和叠化雕像的画面吗？这些表现主义的设计曾有人试过，但其结果却显得造作和文艺腔。在苏联影片《十月》（Oktober，1927）中，爱森斯坦（Eisenstein）虽然用把人物走路和公鸡昂首阔步叠化在一起的方式嘲笑高傲的革命领导人克伦斯基，可是这种方法却没有提供给电影后辈任何呈现观点但又不会显得矫揉造作的解决之道。解决之道当然有，但在详述之前，我们先看看19世纪末发展出的把叙述者放入故事中的手法，这会让我们更了解古典电影的风格[①]。

19世纪末，许多作家（尤其是亨利·詹姆斯和福楼拜）反对如狄更斯和乔治·艾略特般全能全知的叙述手法。他们质疑这个上帝的声音是从哪儿来的？他凭什么全能全知？他们更进一步提出，是不是有办法让读者与叙述者产生交流（即使只有叙述者一个人在提供信息）？

由此，亨利·詹姆斯发展出所谓的"镜子人物"（reflector character）——这种人物身处故事之中，但是却地位中立，他仅可以详述和批评他所知道的事件。这个人物代替作者提供讯息给读者，也代替作者来批评和论断。但是他又活在故事之中，所以读者可以参与他的思想和行为。

把亨利·詹姆斯的小说《大使》（The Ambassadors）的开头和《米德尔马契》相比较，镜子人物的作用就不言而喻。

史崔塞到达旅馆后的第一个问题就是他朋友来了没有。当他知道韦马

[①] 请读者注意，古典电影的叙述方式并不等同于古典文学。——编者注

西要晚上才会抵达时，他还是不太放心。

请注意，这里作者的价值判断已经降到相当低的程度。而对于内心的描写只限于史崔塞自己熟知且可以掌握的个人内心。

古典电影就是利用这种镜子人物的手法以避免创作者扮演"上帝的声音"。这个人物对于电影中的事件有自己的意见和态度，而他的意见和态度也点出了他的个性。詹姆斯的小说很严格地遵守这种叙述方式，只允许叙述者进入一个人物的内心。反观乔治·艾略特的《米德尔马契》，它的叙述者的论断是如此权威，使我们根本无法走近人物真实的内心世界。

这种将叙述隐藏于人物背后的手法用在古典电影中却出现了一个似是而非的微妙之处。如前所述，古典电影风格是以人物为动力，但是古典电影的摄影机镜头却极少直接表现人物的内心情感，几乎从不因人物的主观世界而使外部世界变形，更罕见解释内心的特殊镜位或角度。古典电影表现出来的是较中立的正反打镜头和视线匹配镜头。这似乎指出，古典电影虽是由人物的内心推动，但是创作者却不愿直接说明人物内心。他们更情愿像詹姆斯和福楼拜一般，不直接说出来，而是想办法让人物自己"展现"故事。

然而，这种将叙述隐藏于人物背后的手法也为独立制片的电影工作者带来了一些困扰。独立制片之所以异于主流，就是因其独立的声音。然而，戏剧的声音盖过叙述的声音，创作者躲在剧中人物背后等等古典电影把叙述者变成隐形人的作法，都限制了独立声音的发展成形。那些独立制片的电影工作者为了保有创作者的主见，就必须尝试更"洪亮"的叙述声音，大到可以盖过戏剧的声音才行。这种尝试相当困难，因为电影天生就有自然主义的倾向，而且要左右相当具象的电影影像也诚属不易。[①]

14.1 声音与结构

显然，电影中大部分的"声音"由导演来掌控。而电影中色彩的配置、

---

① 鲁道夫·爱因汉姆（Rudolf Arnheim）的《电影作为艺术》（*Film As Art*），对此论调作过更广义的指涉，不过他讨论的是实验电影及整个修正"影象"的问题。本书讨论的并非实验电影，而是关于叙事的情况，我们建议剧本创作先由故事着手。

灯光的反差、布景设计、选角、环境音的大小、剪辑形式等，也都不是编剧可以控制的。然而，编剧还是可以在故事的层面，写一个强调"叙述的声音"的剧本。一如既往，这个问题我们还是得由结构切入。

我们曾经谈过，在古典电影中，任何明显的叙述都必须藏身于一个用来组织事件但却相当低调的（不引人注意的）结构之中。如果，我们想把叙述的声音摆到前景，那就必须降低这种结构的首要地位。但是，一旦降低了复原型三幕剧式结构的重要性，我们又必须找到其他的叙述方法来弥补这个位置。

我们也可以说，结构是一种设计出来的模式，它的功用在于组织故事以吸引观众的注意力。虽然，好莱坞电影的结构和展现人物的情节密不可分，但是并非所有的结构都得如此。记住，结构只是一种模式，只要能吸引我们注意力的东西都可以用来参与结构的组织：一句重复的对白、一种重复出现的情况、一段音乐主题、一个永恒的历史瞬间、背景中的收音机、再次回到相同的场景……结构越脱离情节，看起来就越形式化。结构越外在于动作线，看起来就越像创作者的声音。

主流电影是以写实的态度来处理结构的。但是，写实却暗含了一个自我矛盾之处。因为，结构本身告诉我们电影结束的必备条件为何，但是同时它又必须使自己看起来有一种无为而治的低调。例如在《华尔街》中，巴德必须和父亲和解后电影才能结束，但是当他们真的和解了，电影又必须让我们觉得此举是由人物的内心决定而必然发生的行为，而不是创作者为避免暧昧性而做的刻意操纵。

想打破结构对主流电影的掌控，我们必须解开结构和故事结尾的某种必然关系（或至少扭转这种关系）。我们必须找个方法使结构的模式在表面浮现出来。这话听起来十分激进，但也不尽然，希区柯克的《迷魂记》就使结构的模式在表面浮现出来，但它绝非激进的电影。其故事如下：

退休的警探受雇保护朋友之妻玛德琳，但是他却爱上了她。玛德琳一向有自杀的幻想，终于有一天，她"显然地"在警探面前跳钟楼自杀。警探自责失职（且失去爱人），于是精神崩溃。休养一段时日之后，他终于拾回自信，重回社会。不料，他遇到了一位和玛德琳长得颇像的女子茱蒂。

虽然观众知道警探以前保护的玛德琳就是茱蒂假扮的（其中原因，牵涉到谋杀真正玛德琳的复杂案情，不在此赘述）。但是警探自己并不知道，他不断地想把茱蒂改变成心目中玛德琳的模样。当他终于发现真相时，他把茱蒂带回钟楼，要她从实招来，而她却说服了警探，她是真的爱他。当他们拥吻之时，突然出现了一位来巡视的修女，受到惊吓的茱蒂退了一步，跌出钟楼之外摔死了。此景似乎正嘲笑着先前的假自杀。

电影可以被分成两部分，第一部分是"假自杀"，第二部分是"假自杀"的重现。由于警探重塑玛德琳的举动几乎成功，使得这种迥异于三幕剧式结构的两幕剧式结构几乎推翻了传统的"犯错—认知—救赎"三个步骤。但是，修女的出现使茱蒂不幸摔死，也使得剧本又急转直下地多出了个短短的第三幕。片中修女突然在钟楼出现既很写实，但又像是创作者硬加上去的尾巴。虽然，编剧早就替片尾钟楼的意外埋下了伏笔，但是全片第二部分的重点显然处在警探和茱蒂的关系发展上。当两人最终拥吻时，这段关系似乎找到了出路。可是，这样的结果着实令人不安。如果两人就此天长地久，那么谋杀案该怎么办？而我们又该如何面对警探略显变态的恋爱方式？难道杀人不必偿命吗？答案是：杀人是否偿命，要视情况而定。如果我们把修女的出现当做一种必然的现实，那么答案就是：杀人必须偿命。但是，如果我们把修女的出现看作是创作者自觉而生硬地加上去的尾巴，如果我们感到希区柯克像一个突然介入的外力，在片尾故意把修女送进电影虚构的时空中，如果我们可以在冥冥中听见创作者说"电影该结束了，一切重回秩序"，那么这个答案会不会是：杀人不一定得偿命，这全是创作者人为的操纵（叙述的声音）。这种对结构和叙述声音的操纵既像传统影片的结尾那样提供了一种简单的道德训诫，但同时也使全片的意涵因此而变得更丰富、更自觉、更暧昧。《迷魂记》结尾蕴含的多种可能性把我们推出了一般听故事的习惯，带领我们更深入、更冷酷、更清醒地看到故事的结尾是多么地具有装饰性。

《惊魂记》则提供了结构模式被打乱的示范。很多人都提到，由于珍妮特·莉在片中被杀完全不合乎我们对于类型的期待（女主角竟在故事进行一半时死了！），这使得这桩命案显得特别骇人。但是，却很少有人指出命案的另一个功用。由于女主角的死太早太突然，它显然打断了原有的戏剧动力，而使观众迷惑，分不清楚剧情会往何处走，搞不懂该追随哪一个角色把电影观看下去。观众被抛在迷雾中自食其力地抽丝剥茧。如此失去了方向的感觉远比命案更让我们焦虑。

虽然希区柯克扭曲我们对类型的期待，但是他仍不脱离古典叙事电影的范畴。叙事电影更极端的示范是安东尼奥尼（Michelangelo Antonioni）的《蚀》（*Eclipse*，1962）中。全片描述由莫妮卡·维蒂（Monica Vitti）饰演的神经质女人和一个乏味的股票掮客间飘忽不定的恋情。但是电影更想探讨的却是人与人之间的亲密感是如何遭到都市空间的扭曲与变形的。这对恋人在郊区的十字路口约会过两次，但是这两次他们之间显然什么事情都没发生。其实，摄影机更关心的反而是周遭的环境——疾行而过的马车、清冷的街道、市貌的恒常对照人情的飘忽。安东尼奥尼的摄影机绝非中立，它以极抽离的形式一视同仁地拍摄这对恋人与城市。因此，主宰着全片情感力量的是摄影机而非剧中人。在第二次约会时，女主角也感觉到摄影机捕捉到的荒凉和她的生活有一种难以言喻的关联。她好像真的感觉到了摄影机与自己的距离。

接近片尾时，这对恋人同意再见一面（第三次约会），但是两人都爽约了。来到这十字路口的却是安东尼奥尼的摄影机。在那著名的 8 分钟镜头中，安东尼奥尼呈现了没有这对恋人的十字路口。天色慢慢暗去，街灯缓缓亮起（是真的日蚀？还是黄昏？作者没说明，我们也不知道）。随着疏落的电子配乐，画面越来越抽象，越来越破碎，直到全片以一个路灯灯泡的大特写作结。画面最后渐渐溶入胶片的颗粒中了。

剧中人消失了，他们不再重要。叙事电影变成了实验电影，戏剧的声音被叙述的声音所取代。组合镜头的逻辑全然来自创作者。假想的戏剧世界消失了，取而代之的是对街道抒情的记录。然而，这 8 分钟是多么的有力。虽然剧中人没有出现，但是创作者吸取了他们的感觉。或者更正确的说法应该是，角色终于感受到了创作者由电影开始时就表现出的生命态度。最后 8 分钟，画面的递进看起来像创作者对于"空洞的都市造成人们情感的滞塞"最直接、最个人式的表达。角色于是和叙述者合而为一。

14.2 结　论

我们把电影中组织事件的方法称为"声音",而依据声音明显与否,又分别称它们为"叙述的声音"或"戏剧的声音"。主流电影倾向于亨利·詹姆斯的文学主张——戏剧化——特别强调隐藏的叙述者和利用视线匹配镜头、主观镜头等手法让剧中人自己来展现故事。

独立制片的电影则强调叙述的声音,以凸显自己不流于俗的观点。为达到此目的,创作者必须突破传统剧本的结构和情节间的紧密关系。而所谓的突破,往往只是结构和情节间平衡关系的重心的小小改变,例如希区柯克的《迷魂记》,或是安东尼奥尼充满诗意和实验性的《蚀》。下一章,我们将谈论如何造成重心的改变。

Chapter 15
叙述声音的写作
WRITING THE NARRATIVE VOICE

这一章,我们要来看看把叙述的声音放在前景时,会造成哪些效果。不过我们要先提醒读者:前一章已经讨论过,大部分传统剧本的写作规则都在教我们如何强化戏剧的声音,而这一章我们却要强调叙述的声音,因此我们会提出一些乍看之下不仅不一样,而且还像是故意违背传统套路的构想。这是我们特意安排的。别忘了,本书的目的并不是要读者完全采用常规的写作技巧,而是希望让大家了解还有什么别的可能性,使编剧的眼界得以开阔。就算你以后决定要写一部主流剧本,你至少也要清楚自己的决定是十分自觉的。

15.1 剧本的开始

主流剧本的铺陈

任何一个故事的开始,都必须建立基调、人物之间的关系以及一切必要的历史(所谓的背景故事)。处理铺陈的传统手法是要使其尽量隐形化。也就是说,动作绝对不会因为解释背景故事而形成任何中断。这种铺陈的处理方法有两个目的:一是你希望在传达过去信息的同时,也能够让故事持续地发展下去,并保持其趣味性;二是你希望保持戏剧声音的真实性。

如果传统的手法在展现角色时不自觉地进行着他们的日常活动（我们认定他们彼此认识，共同拥有一段历史），这些角色当然不需要向对方解释自己的过去，只是自然地把过去的结果表现出来而已。借着制造出来的这种心照不宣的感觉，观众可以把角色们过去的时光投射到银幕上现在的他们身上，你的电影在感觉上就不只涵盖银幕上演出的那 2 个小时了。

就是因为传统的铺陈必须不着痕迹，所以写起来其实十分困难。观众的注意力有多少会被你分散，全看你强调的是哪一种声音。如果你强调的是戏剧的声音（作者借角色的口吻来说话），那么铺陈非隐形化不可。如果你强调的是叙述的声音（作者直接对观众说话），那么在处理铺陈时不妨明确一些。譬如在《惊魂记》中，我们对说明故事发生的时间和地点的字幕不会有任何疑惑，因为这行字幕是打在电影开始时，从凤凰城的广角镜头拍到珍妮特·莉房间里的那一幕上。这个镜头的叙述性质非常明显，它就好像在对我们说："12 月 11 日，在亚利桑纳州凤凰城一个典型的美丽的星期五下午 2 点 43 分，有两个人刚在一个旅馆房间里做完爱。"但如果同样的字幕叠化出现在珍妮特·莉和安东尼·珀金斯（Anthony Perkins）在贝兹旅馆大厅里对话的场景，就会让我们产生反感，因为这种替作者代言的方式打断了我们看戏的连贯性。

运用戏剧的声音所做的铺陈，通常都借着人物之间的对白来达成。当这些人对彼此也很陌生的时候，铺陈可以变得非常自然。在《飞瀑怒潮》（*Niagara*，1953）中的海关人员可以问玛丽莲·梦露（Marilyn Monroe）和约瑟夫·考登 (Joseph Cotten) 为什么要去加拿大，因为我们相信这正是海关人员会问的问题。在《梅尔文与霍华德》中，霍华德·休斯也可以问梅尔文他打算去哪里、靠什么营生，因为那是他们头一次见面。可是在《大审判》里，高尔文的酒友却不能问他酗酒多少年了，因为我们会觉得既然他们在一起喝酒已经很久了，彼此不必再问这种问题。

当铺陈是透过彼此认识的角色来完成的时候，编剧可以借此强调他们之间的冲突，让观众觉得这里所传达的信息反而不如冲突背后的潜文本重要。比方说，在《大审判》中曾经跟高尔文合作过的米基，就成功地透露出他一直在帮助高尔文的事实。他在愤怒中对着宿醉未醒的高尔文大叫道："我帮你弄到一个好案子，可以赚钱的，这可是最后一次了！抱歉，高尔文，我们到此为止！"感觉上这段话并不像是平白的陈述，因为我们的注意力已经被引导到令米基大发雷霆的潜文本上——也就是他对高尔文的失望及厌恶。观察米基的愤怒和高尔文的反应使观众由被动转为主动。那段对白带有动机，不是表面化和死板的，其中表面信息的传达只是附带的功效而已。

另有一种铺陈的形式我们称之为"不可信任的直接陈述"（unreliable direct exposition）。侦探故事的开场常由客户向侦探陈述一个问题，这段陈述可以尽量直接，但妙就妙在它所透露出来的信息不是错的，就是不完整的。观众跟侦探一样，必须懂得对凡事都抱有怀疑的态度，所以也会积极地去寻找信息里的漏洞。

总之，只有在极少数的状况下，让彼此陌生的角色作陈述可以行得通（这样的情节通常缺乏并难以保持更多的戏剧化乐趣）。处理铺陈的唯一诀窍其实是转移观众的注意力，如果你在角色与角色之间制造足够的冲突，观众就会被潜文本——那无以名状的紧张感——所吸引，在不自觉中吸收信息。如果你不发展冲突，使戏剧的声音中辍，观众就好像看见作者转过身来，把你没有能力用戏剧方式表达出来、但是又非得让观众知道不可的信息硬塞给他们。

另类剧本的铺陈

既然有很多另类电影想强调叙述的声音，它们当然就会毫无顾忌地运用非常引人注目的铺陈方式，故意让观众感觉到他们是在"看电影"。在《稳操胜券》中，镜头推向诺拉的床，我们看到她从床上坐起来，本来我们以为这个叙述的镜头（拍电影的人领我们走入电影）将会带出一场戏剧化的情节（诺拉对她房内的另一个人有所反应）。但结果诺拉讲话的对象不是另一个角色，而是镜头。她表明自己在电影中的立场："我要你们知道，我答应这么做的唯一理由是因为我想澄清自己的名节，倒不是我在乎别人的想法，只是我受够了。"虽然这是一个非常戏剧化的形式，但是信息却被赤裸裸地被摆上前景。而且因为诺拉直视镜头，直接对观众说话，所有电影现实主义的传统都被暴露无遗。

在《蓝丝绒》中，我们对主角的父亲博蒙特先生唯一的印象来自片头那个美化小镇生活的蒙太奇。我们假设博蒙特先生就是这一片纯真气氛的化身。此时叙述的声音充斥在前景，迫使我们去注意这个声音想告诉我们的个中关联（而不是我们自己可以从动作中推敲出来的关联）。当博蒙特先生中风倒地时，镜头马上滑过他，鬼祟地拍起草皮上昆虫相残的特写。在这里昆虫只是个象征，并非与主角对立的角色之一（中风不是因昆虫而发作的）。因此这些镜头的作用并不在于介绍冲突，而是在非常自觉地呈现一个隐喻：将大家认定小镇该有的纯朴表象和真实潜在的残暴力量并列出来。这个镜头太自觉了，活像导演对我们眨了一下眼睛。拍电影的人和观众因此有了默契，电影中的角色反被摒除局外。

冲突的位置

让我们进一步讨论导演向观众眨眼示意的做法。在《毕业生》开场的派对上，当本夺门而出时，镜头停在罗宾逊太太的脸上，特写她贪婪的眼神，她所注视的是本，不是观众。如果我们替这一幕的紧张感划上一条线，这条线应该把她的眼神及本离去的背影连在一起，也就是说，紧张感只存在于故事中对立的角色之间。

但是，紧张感不一定非得局限在虚构的世界内部，我们可以将冲突移位，让冲突存在于故事中的角色和叙述者（也代表观众）之间。《蓝丝绒》和《稳操胜券》这两部电影牵引观众的程度，远比传统的剧本来得强烈。我们（并非电影里的人物）像受蛊惑般地注视那些丑恶的昆虫；我们觉得一定是自己对诺拉说了什么毁谤的话，才惹得她发那顿脾气。这样的效果会严重地影响我们看故事时的反应。

安德烈·巴赞（André Bazin）在他讨论景深镜头（deep focus）的著名论文[①]中曾盛赞景深镜头的暧昧性。因为有这种暧昧的存在，观众便可以选择自己想看到的部分。我们刚才提出叙述的声音引导观众的例子，乍看

---

① 《电影语言的演化》（*The Evolution of the Language of Cinema*），收录于《电影是什么？》（*What is Cinema?*），伯克利：加利福尼亚大学出版社（Berkeley, University of California Press），1968年，第23页。

之下好像违背了巴赞的理论，但其实并不是这样。无论是否采用景深镜头，每一部电影都在重组空间，来引导观众穿越那个有限的景框。问题是：拍电影的人希望观众自觉的程度是多大？强调叙述的声音就代表某种程度的自觉。这类电影使戏剧的声音和叙述的声音发生冲突，观众随着故事的进行，必须决定他自己想听信的是哪一个声音。而如果一部电影里叙述的声音从头到尾完全盖过戏剧的声音，它就根本无法使观众产生兴趣。

15.2 发　展

焦点的集中和建立

剧本写作最大的矛盾之处是：即使你希望自己的剧本能够超越故事本身，触及更深广的论题，首先你还是必须让你的故事清楚而有力地集中在一个焦点上。漫无章法、大而无当的剧本，会让观众摸不着头脑，遑论带领观众去探讨更宏大的主题。因此，无论你想采用何种技巧切入，集中焦点仍是首要任务。不过，在此我们所提的是广义的集中焦点。我们说过，故事中段的写作诀窍是要加强电影开始时所提出的冲突，主流电影的手法就是不断将情节往前推展。不过，剧本的组织也可以围绕着主角的内心、一个主题、一种反讽、不断重复的音乐，甚至童稚般的漫游，只是这些尝试都并非易事。

有几个剧本都以这样松散的组织开始，但是编剧似乎又怕其缺少故事性，到后面慌了手脚，还是走回了情节剧的老套。史蒂文·斯皮尔伯格（Steven Spielberg）的《E.T. 外星人》（*E.T.: The Extra-Terrestrial*，1982）前40分钟的组织之松散，不逊于任何独立制作的电影。它巧妙地避开任何一个戏剧化的冲突，只专心描述孩子们与外星人交往时神奇的感受，顺便提一下他们想瞒过母亲的窘态，其中还穿插了几个有人在降落地点拿手电筒搜寻的镜头，作为接下来情节剧的伏笔。不过，影片真正的中心主题却是在讲埃利奥特觉得自己在哥哥的朋友堆里很不搭调，却在 E.T. 身上找到了认同感。不过这个主题在一堆坏蛋科学家找到他们之后就消失了，取而代之的是一连串机械化的隔离、手术以及最后的追逐戏。在第一场单车翱翔的戏里，埃利奥特感到超越人类所有局限的喜悦，这比起第二场单车翱翔（纯粹是单纯小孩打败邪恶大人的快感）有深度多了。

许多编剧都认为电影剧本的中段最难写，因为这需要无穷的想象力，其中的诀窍就是针对你在开始时提出的问题抽丝剥茧。弗洛伊德曾经说过：他的目标就是反复不断地研究某个事件，直到这个事件开始替自己发言为止。发展一个故事也需要同样锲而不舍的专注精神。借用操纵情节的机械式伎俩对每个编剧来说，都是很难抗拒、但必须学会抗拒的诱惑。在《我美丽的洗衣店》中，贩毒的过程、存在于巴基斯坦人及英国人之间的暴力，以及欧马和约翰尼之间同性恋情的耸人听闻的细节，都可以篡夺电影的主题。但是作者并没有放松，电影一步一步地披露出欧马复杂的性格：他的决心、野心和爱情，同时把焦点集中在富有的移民和贫穷的英国人对比的微妙上，才能使我们产生非常深刻的共鸣及顿悟。

约翰·沃特斯（John Waters）的《菠萝脂》（*Polyester*，1981）则正好走相反的方向。不过整部电影对其荒谬的开头仍然非常忠实，芙朗辛·费兹伯眼见老公被别的女人抢跑，儿子被捕，怀孕的女儿被送进修道院。接着，乾坤颠倒——她的儿女都改过自新，她自己也嫁给了金龟婿汤姆·图莫若。等到这一切又破碎时，当她的母亲和丈夫被杀死在她脚旁，她还能对着镜头大喊："我们还是一家人！"。虽然我们都替芙朗辛感到难过，但是她并没有改变，电影也没有向感伤主义低头。到了1988年，沃特斯再拍《发胶》（*Hairspray*）时，棱角已经柔和许多。有别于《菠萝脂》，这回他允许观众以不带反讽的态度来接受最后快乐的结局。

意义与动作

在传统的剧本中，只有动作才能产生意义，角色的定义由其行动决定，非由其语言。但在另类的剧本里，这个规则是可以变通的。事实上，这类剧本还常常因为它们提出好几个不同的、且是互相竞争的意义定位，而增强其电影的力量。比如路易·马勒的《与安德烈晚餐》的意义在哪里？纯粹在主角的对话之中吗？还是在那些反应镜头里？还是在华莱士·肖恩在与安德烈共度一晚之后对城市生活的新领悟中？抑或由于整部电影缺乏动作，让我们不禁怀疑，无论华莱士的新领悟有多么透彻，他仍然会是个光说不练的人？

亚里士多德的"动作即人格"的理论在此已复杂化。"动作"指的究竟是什么？只有具有行动能力的角色才能被定义吗（古典的观念）？还是只要角色得到了领悟就能被定义？电影的中心非得是人物不可吗？难道电影的组织原则不可以是某个主题吗？例如经过扭曲的家庭肥皂剧《菠萝脂》的真正主题其实是叙述的声音；而《我美丽的洗衣店》则是由角色、议题、历史及社会共同形成的丰富混合物。

15.3 收　尾

我们如何知道电影已经结束了？

音乐声愈来愈大，问题都解决了，男主角和女主角接吻，灯亮，电影完毕。看了这么多年的电影，我们可以在任何一部电影的放映过程中入场，然后马上就分辨出来它是不是已经接近尾声。还有一些其他固定的因素会让我们感到这就是电影的结尾。写第三幕有一个有效的诀窍：缩减这一幕的开场戏，这么做可以加快节奏、使刻不容缓的冲突升温。观众此刻都应该非常了解状况，编剧不需要做过多的准备工作。

典型的复原型三幕剧到了第三幕，角色的大部分冲突都已解决。因此，第三幕通常只是第二幕中的冲突的摊牌时刻，而不再是角色的挣扎。此时的前景都在讲策略，令角色迟疑的是如何克服障碍，而不再是原则问题。同样，观众关心的是主角将如何达到他的目标，而不会再为目标是什么或目标的对与错费心。在分析情节时，如果我们在电影中段停下来，把这部电影提出的所有问题列成一张清单，我们会发现通常主流电影在结尾对这些问题都会交代得很清楚。直到电影结束时，每一个问题都有了答案（或至少已被应付了）。

大部分独立制作的电影却不会以这么完满的方式结束，开放式结局的电影对观众另有要求。主流电影经常制造大量逐步升高的紧张感，因此它才能紧紧地吸引住观众。可是一旦电影落幕，这股吸引力也就消失了。而这类没有提出明确解决方式的电影却是传统的复原型三幕剧式结构的有益补充。你若从中间切入一部低调的电影，欲指出它有哪些必须被解决的紧张冲突，通常就不会非常容易了。因为这里的紧张感并没有那么迫切，但它却能引起更深广的共鸣。这类剧本的结局，并不在于解决单一发展的事件，它只完成多重事件中的一件，让其余的都留在观众的脑海里继续发展下去。

如此一来，在写开放式结局的剧本时，必须重新全盘考虑故事的结构。这重整的过程之一，即是冲突的移位。

冲突的移位

我们在前面提过，复原型三幕剧式的冲突几乎全都存在于角色身上及他们所处的特殊状况之中，极少有冲突集中于文化、社会、历史、阶级或种族等因素上。假如冲突只存在于故事里（也就是说，冲突完全在编剧的掌握之中，他虚构角色，给他们提出问题，让他们去解决），要完全解决这些冲突，当然不成问题。但如果这些冲突一开始就在探讨真实的世界，如果每个问题背后都存在一个持续发展的历史背景，我们自然就不会期望它们获得完满的解决。如果问题得到解决，我们反而会觉得编剧太过天真，看不清故事之外的真实世界。

以色列籍作家伊拉恩·普瑞斯（Eran Preis）就曾写过一部极精彩的开放式结局的剧本，探讨黎巴嫩入侵事件。他的主角决定隐瞒自己曾因妄想症入院治疗的事实，因为一旦军方发现这件事就会将他除籍，而以色列的社会不会接受这种情况。但是纸包不住火，他在军中开始受到排挤，他也因此看清以色列社会军事化的问题。电影结束时，他把身上的军服统统脱掉，站在路中央，看着坦克车开走。而我们只知道他离开了军队，但是往后他将如何安身于一个不信任他、也得不到他的信任的社会，却仍然未解。

让故事获得部分解决以满足观众，同时又保留开放式的结局，是需要技巧的。通常，我们可以让最直接的问题得到解决，但这个解决方式必须让外围的宏观问题更加凸显。在主流剧本中，因为这些问题都只存在于虚构的故事里，自然可以获得明确的答案。我们确信在《华尔街》中，巴德出狱后他的父亲还是会以他为荣，而像杰寇这样的坏蛋则会被整个社会唾弃。我们不可能在这部电影里找到对美国社会的分析，它也没有指出其实杰寇代表了所有人的人性中共通的一个侧面。相对之下，普瑞斯的电影虽然解答了主角是否留在军中的问题，但对于他将来会如何应付自己所处的社会却没有任何暗示。以色列背负着一个长久而沉重的历史包袱，目前凡事都企图以军事方式解决，个人如何在这样的情况下安身立命？这可不是一个容易解答的问题。

在戈达尔的《随心所欲》（*Vivre Sa Vie*，1962）中，娜娜坚称她是有自主权的，她选择做妓女。可后来她恋爱了，想洗手不干。但就在她离开之前，她的皮条客却毫无理由地把她卖掉。交易虽然达成，钱却没有如数交出。在接下来的一场枪战里，娜娜意外中弹身亡，电影就此结束。

娜娜毫无道理的死为这部电影写下一个既合适又有力的结局。但这种毫无道理的结局如果在主流电影中出现，就会是一大败笔。观众会问：杀人的动机是什么？那帮人是谁？为什么故事开始时没有介绍他们？这些问题都是必要的，因为主流电影都以"因果报应"作为基础。如果你想讨论现代世界的随机性和无逻辑性，你应该在电影一开始就建立起这个前提。单是宣称世界已无道理可言是不够的，你必须将这种无秩序的感觉融入你的结构及其所提出的问题当中。比方说《野战排》对于呈现越战的蛮横及随机性就是个失败的例子（虽然片中有几场描绘这种感觉的戏的确非常出色），因为这部电影的结构——战争中的大反派碰上说到做到的复仇天使——其实是可以让观众看后心满意足的老俗套。由此可见，冲突的移位必须要从故事的叙述方式着手。

在《随心所欲》中，娜娜的宣言"我自己负责"，提出了在群体社会中个人自由意志的问题。同样地，拍片的人介入电影，把叙述的声音赤裸裸地放在前景，也提出了角色的自由和叙述的控制之间的关系问题，这对我们了解故事的方式具有很深的影响。形式以及说故事的方式，变得和故事本身同样重要（或更重要）。我们因此可以写出一个等式：在某些方面，塑造我们生活的社会，就等于塑造角色的叙述者。社会教育我们，给我们选择，并且决定我们反抗的对象。

不论叙述的方式是否露骨，对于故事中的角色都具有一定的决定权。主流电影将叙述隐形化，角色的自由只是一种幻觉，观众其实很清楚他们的命运。这种方式让观众感觉自己受到电影的保护和娱乐，但不会受到牵连。不过一旦叙述被搬上前景，比如《随心所欲》（或是前面提到过的《迷魂记》），我们就不得不注意它。我们一定要问它是从哪里来的。它是因为我们想听故事才存在的，它正是我们自己欲望的表现。因此，故事中的冲突波及我们，我们不再有事不关己的舒适感，而被迫要质疑自己想继续观看和享受电影的欲望。

15.4 结　论

主流剧本利用结构作为其隐形化的故事叙述者，结构在此提供秩序和意义，就好像它是完全合乎逻辑的、由故事中的人物及状况自然发展形成的。另类的剧本则利用结构代表极其自觉的叙述者，并将之置于前景来组织故事的材料。剧本做这样的改变之后，意义之定位也随之改变，不再局限于虚构的世界，转而穿梭于虚构的世界和叙述者之间。

这样的转变让我们可以翻新使用结构的方法。如果我们把叙述的声音放在前景，那么一向在主流剧本中被隐形化的叙述部分，就可以变成叙述者之存在的表现方式之一。剧本发展的方式可以更为广泛，不仅呈现角色的动作，还可以呈现他们的领悟及认知。而结局可以更加开放。在这一章里，我们仅仅是对几种另类的写作方式做一个简单的介绍而已。我们所要强调的是：在决定了冲突的位置和你想传达的讯息之后，结构就不再是窠臼，而是可以供你自由运用的表现形式。

Chapter 16
修　改

REWRITING

完成一个按主流套路创作的剧本后，我们该如何判断它的好坏？我们如何检视这个作品？我们如何修正错误？我们修正的标准在哪儿？例如，琳达·西格（Linda Seger）在《编剧点金术》（*How to Make a Good Script Great*）一书中，提供了一张有用的检视表。表中包括"剧本的动作点是什么？障碍在哪儿？复杂度呢？逆转多久发生一次？发生在何处？"[1]等检视自己剧本的提示。

然而，我们认为如此检视剧本有些隔靴搔痒。这个检视表似乎认为剧本的公式比剧本的有机生命更重要。读过初学编剧作品的人都会发现，那些青涩的剧本几乎都合于公式，都可通过检视表的考验，但是却了无生机。

失败的剧本并非违背了公式，而是编剧缺乏想象和眼光，使得剧本缺乏生命力。由于我们无法直接教你如何捕获想象，如何提高眼光，如何为剧本注入迫切的生命力，所以我们只能在书本中谈及编剧公式。但是我们必须提醒大家，千万不要以为既存的公式和规则可以代替瞬息万变的真实生命。有生命的剧本往往会寻找自己的公式，创造自己的规则。

---

[1] 琳达·西格：《编剧点金术》，纽约：多德米德公司（New York: Dodd, Mead & Com-pany），1987年，第58页。

那我们该如何修改剧本呢？修改时最重要的一点是，回想当初促使我们写这个剧本的冲动为何。这份冲动是哪里来的？不论来自何方，这份冲动必须存在。例如，R.V. 卡希尔（R.V. Cassill）在《写小说》（Writing Fiction）一书中曾指出，他很担心学生在写作时会写一些和自身经验无关的风花雪月似的煽情通俗的情节："我从不了解学生为何浪费他们和我的时间，去做些完全偏离自己的东西。我猜可能是因为他们害怕发现其实他们没有生活过，就算是生活过，也掌握不住其中的精髓。他们害怕没东西好写……但是，要成为作家就得面对这些害怕和恐惧，包括面对你自己可能是一个没有生活过的空洞贫乏的恐惧者的事实。"[①]这真是残酷的事实。如果你自己的经验都无法感动你，那么你下笔创作真是难上加难。

注意，我们不是说你要写谋杀就得真的去杀人，我们也不想局限你只写你经历过的事物。我们强调的是，你要写就得写你真正有感觉的，写你反复思索的东西，写你心灵牵挂的东西。也许它是一个画面、一点声音、一位人物、一段冲突，但是它一定要有你真实的感觉。

找到了这份感觉，你的写作才真正开始。这份感觉提供给你的创作源泉远超过任何结构公式。在写作的过程中，你可以不断溯回这份促使你创作的感觉。最后，当故事线越来越清楚的时候，也许其他的事物会取代这份原始的感觉，但是这又有什么关系。反正剧本已经开始了，具有建构的基础了。

我们之前谈的都是理论，但是如何执行呢？唯一的方法就是不断地试验，不断地修正错误。站在感觉之上，往下发展，走迷了路，就回头找到尚未迷路的地方，然后重新整理线索，重温初始的感觉，然后再次出发。许多编剧用钉满场景卡片的告示板来提醒自己故事的走向。有些人会一段段地总结情节、主题、人物。不论采用何种方法，你必须学习由故事中抽离的技巧，试着以整体的观点来检视自己的创作。

大部分编剧认为剧本的中段最难发展。我们再次鼓励你不要困扰于抽象的名词，例如"复杂化"、"阻碍"、"逆转"等等，而应该回头看看

[①] R.V. 卡希尔：《写小说》，纽约：学徒大厅（New York: Prentice Hall），1975年，第11—12页。

写这个剧本的最初冲动和感觉是什么。剧本中段难写的原因在于，此处已是原始构想的强弩之末，但是故事却还得继续发展下去。此时，也许你可以由人物角色下手。想想关于角色你还有哪些讲得不够明白？还有哪些不够细腻？还有哪些语焉不详的人物动机？你是否可以置你的人物于绝境而更彰显他的个性？其实你也可以由主题下手。剧本到底想说些什么？有哪些暧昧之处尚未细究？有哪些矛盾尚待解决？你必须竭尽所能地挖掘你的题材。

当编剧经验逐渐丰富时，这种反复试验、反复修改的次数就会相对地减少了。你会很快地想出点子，稍稍盘算一下就知道其是否可行。但是请注意，编剧不是修车，修一部车和修十部车的过程是一样的。但是编剧每一次的创作都是全新的体验。在这个剧本中的点子，不一定适合下一个剧本。每一个剧本说故事的方法都必须是独特的。

16.1 接受建议

自信地拒绝建议和坦然地接受建议一样重要。编剧必须十分自我且坚毅地捍卫自己的点子，不然你的剧本一定会变成民意调查表。但是，捍卫自己的点子并非完全不听别人的建议。学会放下身段听听别人怎么说，学会判断他人的建议是否合用，对编剧来说也极为重要。

任何建议都有价值。注意读者的困惑在何处，留心他们是如何批评的，把这些批评一字不漏地抄下来往往很有用。如果大家都批评同一个问题，你就得特别留心了。千万不要辩驳，他们很可能会忘了你的剧本并也开始替自己辩护。你应该私下仔细研究这些建议。

对于一般读者所提的建议，千万不要局限于它们表面上的意义。因为，剧本中的问题常和深层结构有关，而一般读者仅能就表面指指点点，对于深层结构的掌握远不如你。因此，当他们说第20场戏有问题时，真正出问题要修改的地方可能早在第10场戏就发生了。所以，除非这些建议出自你信任的编剧，你千万不要只看建议的表面意义。你应该利用这些建议去找出剧本问题的真正所在。

一旦剧本修改完成，只给读者重看修改过的部分是不够的。你应该让他们从头到尾再读一遍，然后再询问他们还有什么建议。

16.2 练　习

在本章中，我们故意只做概述而不列举一系列的公式规则，以免重蹈"检视表"的覆辙。然而，最后还是要提供给各位一些练习。这些练习不是为了帮忙解决特定的问题，而是为了让你头脑清醒、目标明确。其实，所谓的瓶颈只是编剧头脑不清醒、目标不明确的结果。如果你能够保持头脑清醒、目标明确，必定能够找到突破瓶颈的方法。

卷入其中：拟写潜文本

剧本的程式往往束手束脚。编剧常常忙着描写视觉与动作而忘了角色的内心世界。如果你的剧本仰赖人物和背景故事，为了避免忘了角色的内心世界，你可以利用意识流的风格在每一个动作或每一句对白之下，写出角色当时的内在思维。把角色的内在思维和角色的行为语言相对照，可能碰到如下几种状况：

（1）角色没有思维，或是思维缺乏迫切性。碰到这种状况，问问你自己，这场戏的目的为何？如果这场戏既没有剧情上的功用，亦不会有益于人物塑造，那就删了吧。

（2）内在思维和外在对白完全一样。如果你的剧本没有潜文本，那它想必会死气沉沉。当然，人物角色可以搞不清自己说话的原因，或者其动机可以和观众了解的人物动机相反。但是，内在思维和外在对白一定得有些差距。试着让冲突升高，让阻碍加深，使得人物无法畅所欲言，无法直剖心思。

（3）角色外在的行动无法对应内在的思维。这表示其实你知道这场戏的目的，但是还无法很成功地落实，无法将其视觉化。解决这个问题应该不会太困难。你可以想象，如果你的角色可以毫无羁绊地依内在思维去行动的话，他会如何做？让这些内在思维推动他。此时，你可以用摄影机来记录下这些行动，用观众看得见、而在场的其他角色却看不见的方法，来表达这些行动背后的动机或内在思维。

有时候，从开始时就记录下角色的意识流是很有效的。你可以把角色的主观思维通通记录下来而暂时不顾其他人物的对白。一旦你掌握了这个角色的思想线，写出与其对应的对白就很容易了。

保持距离：改变视点人物

有时候，编剧会遇到相反的问题——他们和角色处得太近了。在仰赖人物的故事中，编剧多半会透过一个人物的视点来写剧本。但是，这个"视点人物"却常常因为和编剧处得太近，使得自己的观念和做法有些一厢情愿，不像真实世界的产物。碰到这种问题时，你可以试着跳出来，任意找一个新视点，由这个外在的新位置检视你原来的"视点人物"，看看他在做什么？他对什么有反应及如何反应？他的思维是如何传达或压制的？你看见的，将会是观众在银幕上看见的。

保持更远的距离：写场"不老实的"戏

你希望在剧本中的某一点，观众能和人物特别亲近吗？你希望我们了解，你是完全支持剧中人的思想和行为吗？编剧都有爱上剧中人物的倾向，但是爱得太深，写得太完美，你反而可能会失去观众。因为一个道德楷模远不如一个试图成为楷模的凡人来得有趣。

防止情不自禁地爱上人物的方法是刻意地抽离，刻意地与角色保持更远的距离。你可以在戏中加些反讽的层次，让别的角色和主角争宠，让你疼爱的角色做些你不认同的事。建立起你和角色间的距离可以让你更自由。因为，既然你明确表示并非无条件地支持你的角色，你就不会掉入急于借角色表现你自己想法的陷阱。

简化铺陈戏：把剧本中前面的场景根据后面的场景重写

剧本中开头的铺陈戏常常了无生机。尤其是剧本改写了好几稿之后，你可能更无法辨识出哪些是赘笔，哪些是剧本赖以建立的基本信息。由于在改写时，剧本的故事线可能一改再改，以致最后剧本中前段的铺陈戏变得庞杂且不必要。

替铺陈戏"减肥"的方法是只保留它的揭示功能。你可以把某场戏的开头删掉，然后重写整场戏，使之与后面的戏更加紧凑。假设我们已知道铺陈之后的对立和解决为何，我们就可反过来判断在铺陈中哪些信息是必要的。你会发现，"减肥"之后的戏很自然地加强了戏剧上的紧迫感，也不会拖拖拉拉了无生机，更使得铺陈中要传达的基本信息有焦点、更明确。

重整：改变故事架构

想想看，如果你丢掉剧本的前 10 页或 20 页，这会对故事有何影响？即使不是真正地删去这些开头，是否也有许多信息可以缩减？

再看看剧本的结尾。你探索的够深够远了吗？把故事榨干了吗？有时候，在完成一稿后，整个故事架构还可以重整，以便容纳更多的深意，以便排除过多的铺陈。

视觉化：不靠对白写剧本

你可以写一个仰赖对白、类似舞台剧的电影剧本。例如《天堂陌影》充斥着抽离的长镜头。这种风格使观众冷冷地看着动作在镜头前发生，拒绝提供人的内心世界，恰好反映了全片的主题——无情冰冷的物质社会。

但是如果你不想抽离，而是想把镜头融入到故事中，你就要重新考虑场面调度和分镜，你就要充分表现出每场戏的张力。在检查你的剧本是否达到表现张力的目的时，你应该跳过对白不看，只看场面调度，看看你是否还能感觉到基本的戏剧动作，分辨得出主要角色和戏剧的节奏。

让戏有呼吸的空间：以相反的结局改写

从事写实风格的编剧常常喜欢让每场戏的结果至少有两种可能，而且总是尽力维持这种暧昧性。暧昧使得观众怀着揣测的心态参与剧情，情不自禁地投入其中。

改写时，你可以试着把某场戏的结局反转过来（如果这场戏的结局太早就确定了，你得花很大的工夫才能改写过来）。一旦反转过来后，你要再重写一次。这次，内容更动得越少越好，但是你要再改回原来的结局。经过这两道工序之后，你会发现这场戏的张力会由头至尾自然流露出来。

这种技巧，在写反面角色时也很管用。试着把他们反转过来，看看会有何种新的空间被展示出来。

破解诅咒：写明显的理由，而不要解释

有时候，过分敏感的编剧比粗线条的编剧更喜欢让角色解释自己的内心，让角色解释电影的主题。这不是问题，只要正反双方的意见势均力敌，观众可以从中自己归纳出结论就好。电影中的多重观点会使其意涵更丰富，例如《我美丽的洗衣店》中欧马和约翰尼的观点相异，却使得全片余韵不绝。

然而，你应该避免当头棒喝式的说教或解释，因为这些对白（独白）根本无法表演。所以，当演员终于想出突破说教台词的表演方法时，他们总是自嘲地说"诅咒被破解"了。

解决之道很简单，找个让角色无法长篇大论的明显理由，让他在试图开口解释时充满犹豫。让一名男子明白地告诉一名女子"我想占有你，但又怕失去你"，不如让他支支吾吾地想说却又害怕一语成谶来得有趣。

放宽心胸：要求一群人帮你改写

找众人来帮你改写某场戏需要一些勇气，但是这对你绝对有好处。你不要冀望能在别人的改写中找到答案。但是，他们可以提供处理这场戏的新观点。而这些新观点，可能就是你自以为是的盲点所在。

16.3 结　论

不依循公式的作品往往是富有原创性和生命力的。但是不依循公式

的创作方式往往也是令人生畏的。因为，基本上这会使你无迹可寻、无人可问，而只能依靠自己。我们建议你学习信赖自己的直觉，在直觉中寻找你的方向。唯有不断地试验、不断地修正，才能创作出自己真正想要的作品。

Chapter 17
个人式写作

PERSONAL SCRIPTWRITING

编剧威廉·戈德曼在他的《银幕交易中的冒险》（*Adventures in the Screen Trade*）一书中指出，一个好剧本是指一个结构精良的剧本，但是没有人知道何谓一个成功的剧本。[①]其实，"好的"和"成功的"有天壤之别。一个剧本既要好又要成功，不仅是编剧的责任，其实经纪人、制片人、导演，尤其是演员，都会影响剧本的实际效果。

戈德曼也许有些危言耸听，但是亦不完全离谱。编剧虽不是买六合彩，但是却逐渐地具有这种倾向。于是当成功的编剧越来越贵时，制片人对编剧和剧本的态度却越来越保守。基于经济上的考虑，电影早已成为最保守的艺术形式。

在这种趋势下，编剧是否必须为迁就电影市场也采取保守的风格？这样的做法只对了一半。今天，仅具有精良结构的保守风格是不够的。要吸引各大电影公司，编剧除了要保守地达到电影市场的基本要求之外，更要有个人的特色使自己的作品区别于市场上一般的作品。

所有的制片人当然是先挑出结构精良的好剧本。但是制片人更希望能打败以往的电影卖座纪录，于是编剧就必须写些不同于以往的剧本以吸引

[①] 威廉·戈德曼：《银幕交易中的冒险》，纽约：华纳丛书（New York: Warner Books），1983年。

其注意力。最终，往往只有那些不同于市场上一般作品的创新之作才是激发灵感的活水源头。创新的编剧斯派克·李与约翰·帕特里克·尚利就是在这种状况下，才能迅速地崛起的。作为一个编剧，你可以选择模仿市场上的既成风格，你也可以选择超越这种风格。我们建议你去超越。超越的做法让你的剧本更有可能既优秀又成功。这表示你必须超越精良的剧本结构，这更表示你必须以较个人的方式说故事。

在这最后一章里，我们将再重复说明一下剧本的保守成规，和如何挣脱成规。我们将再度检视剧本的形式、人物、语言、基调，以及不流俗的叙事法则。我们将再度强调如何在其他艺术形式中撷取你剧本创作的养分。我们相信"如何写一个成功的剧本"没有标准答案。剧本是一个综合体，它包括技术上的形式、动人的故事、令人着迷的人物以及你想和观众沟通的强烈企图心。在看电影的时候，你希望观众有喜有悲；在看完电影之后，你希望观众有如经历过一场荡涤灵魂的洗礼。你希望观众既能感动，也能思考。总之，你希望观众在看完电影之后充满了满足感。

如果你无法提供这种刺激，你就失败了。如果你提供了这份刺激，你则创造出了一个小小的奇迹，让他们暂时脱离了日常的苦恼。你说服了一大群花钱买票的观众暂时忘记了现世，而进入到你创造的世界中。经过2个小时的逃离之后，观众得到了娱乐、得到了刺激，他们不再是2个小时前的模样。这种改变也许只能持续20秒，但也许会是20年，这全看你的影响力了。

17.1 你的故事

不论你的故事源自何方，不论你写作的动机出自何处，你的故事必须找到观众之后才算真正完成。小说可以限量出版，剧场可以区域公演，但是一部电影必须包括制作、发行和放映。于是，剧本拍不拍得成，往往取决于其制作所需的经费是多少。不论是制作人、发行商还是放映商都以观众的取向至上。因此，编剧常常被逼迫写些讨好观众的剧本。其结果是，一些大众关心的社会、政治、经济事件深深地影响着剧本的内容。和大众联系紧密的剧本更容易卖得出去。

然而，你却不必如此直接地生吞活剥社会事件。你可以采取自己的角度。你的个性可以产生有趣的说故事的观点，你的知识可以帮你找寻最适合的叙事法则，你的经验可以供你烘焙出个人的风格。

这种个人主义的编剧方法，使得编剧保罗·施拉德不论在处理耶稣基督（《基督最后的诱惑》[*The Last Temptation of Christ*，1988]），还是高级男妓（《美国舞男》[*American Gigolo*，1980]），抑或是色情行业（《赤裸追凶》）时，都充满了强而有力的道德热忱。这也使得他的剧本张力足、挖掘深、不可预测。我们可以感受到他对自己创作题材的个人化处理，这使得他的剧本和其他同题材的剧本具有显著的区别。

另一位以个人主义方式写作的是从小在好莱坞长大的编剧布莱克·爱德华兹（Blake Edwards）。我们注意到，不论他写何种题材或何种类型，他剧本的娱乐性一定非常高。虽然，他的主题和施拉德的主题一样严肃，但是他的娱乐性使得《雌雄莫辨》中的性别倒错、《十全十美》中的中年危机等尖锐的主题，看起来不那么刺眼。由于爱德华兹强调娱乐性，因此他喜欢采用娱乐性较高的情境喜剧类型，而不同于施拉德常用的严肃情节剧。

总而言之，我们看到两位同样认真、同样成功、同样个人主义的编剧，但是他们的手法与侧重却截然不同。我们希望你说故事的方法也和他们一样，能尊重和反映出你自己的个性，使自己的作品再能与市场上同一题材的故事有所区别。

17.2 你的结构

近年来，大家越来越重视结构。结构已成为好莱坞的金科玉律。能挑战传统结构的编剧都是自有一片天的人物，例如伍迪·艾伦、斯派克·李。艾伦和李与费里尼（Federico Fellini）和伯格曼（Ingmar Bergman）一样，都是先抓住了观众，再进行实验。其实验的结果是，他们一方面挑战了约定俗成的剧本结构，另一方面更暗示了结构无尽的可能性。

我们并非建议大家都去推翻悉德·菲尔德或是罗伯特·麦基（Robert MaKee）的说法。我们只是要提醒大家，今日的观众都见多识广，而且讨厌千篇一律的电影。你如果变通剧本结构，这不但可以让你的剧本叫好，也有助于你创造力的发挥。你一旦决定了主角、前提、故事类型，你就得面对选择结构的问题。你得立刻考虑两件事：第一，观众投入故事的点在哪里；第二，故事可能的高潮或结局是什么。

结局的开放性往往左右你是否选择三幕剧式结构。如果你的故事有一个完整的结局，你可能就需要采用三幕剧式结构。反之，如果完整的结局显得多余或无趣，你可能应该选择两幕剧式结构。当然，一旦选定结构，其他的剧本元素也会随之更动。例如，你要使你的两幕剧成功，就得把人物改得更吸引人。你得花更多的时间在人物身上，你的对白会变得和人物一样重要，而无法在动作上看到的冲突必须在对白中完全展现。

既然动作减少了，剧本中的情节点和为情节为主导的设置也要随之减少。原因在于，既然剧情由三幕减为两幕，当然它就不需要太多的逆转和意外了。观众将不再投入剧情，而是投入角色的内心。

就算你选择三幕剧式结构，你也不必被公式捆死。你也许可以挑战或改变一下类型片中陈腔滥调的母题。例如科恩兄弟的《抚养亚利桑纳》。其中的主角并不像典型的匪徒一般追求物质金钱。他追求的是他老婆的爱情。她想要个小孩，于是他就帮她偷了一个。这个主角的可爱，在一般的强盗片中是看不到的。大部分的强盗片主角都是无所不用其极地追逐物质。因此《抚养亚利桑纳》更改了强盗片的母题。

编剧在公式之外的另一种选择是混合类型。这种做法越来越受到电影圈欢迎。最常见的混合类型是科幻片与强盗片的混合。但是，往往出人意料的混合体才是最成功的实验。对于观众来说，混合类型的确是讨好的新鲜尝试。然而，改变类型母题或混合类型真能改善你的故事吗？如果你只是为了新鲜而这么做，你的故事将受益有限，甚至肤浅。但是，如果这种改变可使故事的意义有更深层的突破，你又何乐而不为呢？

在情节剧中，正面角色和反面角色的互相倾轧是此类型的主要动力。在《克莱默夫妇》中，正反角色是出自于同一家庭的丈夫与妻子。在《父女情》

中，正反角色也是出自于同一家庭，但是它比《克莱默夫妇》又多了个转折。这里的正反角色是女儿与父亲，但是女儿却一直被蒙在鼓里，她不知道其对立面就是父亲。事实上，她一直担任她父亲的辩护律师。直到第三幕结尾，她才恍然大悟地知道父亲的纳粹背景。这个情节剧的转折，使得《父女情》具有异于常规的剧情动力，也帮助了背景故事的形成。如果《父女情》按常规把女儿、父亲、父亲律师分为三个角色，故事肯定不会讲得如此鞭辟入里，更不会有超越一般情节剧的深层意义。

我们再看看埃罗尔·莫里斯（Errol Morris）混合类型的《细细的蓝线》（*The Thin Blue Line*，1988）。在本片中，他用剧情片的方式呈现了一则枪杀事件，而用纪录片的方式呈现出警察办案的过程。混合的手法使得本片既写实又风格化，也使得观众反省自问"这件事真的发生了吗？还是我被愚弄了？"，更使得纪录片的主题跃然于银幕之上。剧中人到底谁在愚弄谁？我们要相信谁？是相信被告？相信原告？相信警察？还是相信电影工作者？

请记住，在你要改变类型的母题或是混合类型之前，先看看这种做法将给你的故事带来什么效应。它会使你的故事更深刻吗？会使观众更能洞悉你角色的内心世界吗？会使观众因预料不到结局而充满惊喜吗？倘若如此，你的剧本必定卓尔不群。

17.3 你的人物

在创作一个剧本的过程中，最重要的决定也许是设定主角的身份。你得扪心自问选这个人物做你故事的代言人的原因为何。他必须既适合又富于灵活性。观众就是靠这个人物进入你的故事的，他们对主角认同的程度直接影响他们对你的故事的接受程度。

主角的身份会间接影响到其他的角色，也会影响到电影的整个情节。而这位主角的社会经济地位、宗教信仰、文化程度、政治立场、心理状态更会影响到全剧的对白。

真实的戏剧和虚构的生命

你的人物一定要让观众觉得他是"真实的"。但是，这并不表示你必须为你的人物做生活切片。事实上，过分地拘泥于现实主义反而会产生在戏剧上不真实的人物。简单地说，戏剧和真实生活只能算是"远房表亲"，而非同义词。不论你把戏剧看成夸张化的真实生活，还是把真实生活看成淡化了的戏剧，总之两者不能混为一谈。

编剧必须利用压缩、巧合和冲突以创造戏剧化情境。观众期待的也正是这些戏剧化情境。我们都有平淡的生活，因此我们不会花钱去影院看同样的事情。如上所述，你的人物一定要让观众觉得他是"真实的"，但是要达到这一点，你的人物又必须牵扯在一系列不可思议的情境中。这是个矛盾。如果你能说服观众暂时忘了狭隘的现实主义而进入你的故事，这种矛盾也就不碍事了。

困境的任务

在尼尔·乔丹（Neil Jordan）和大卫·利兰（David Leland）合编的《蒙娜丽莎》（*Mona Lisa*，1986）中，主角乔治（鲍伯·霍斯金斯 [Bob Hoskins] 饰）被囚禁 7 年而重获自由之后，他发现太太已移情别恋，他的黑帮老大也对他兴趣快快。他的困境在于，他虽重获自由，但却众叛亲离。全片的重点就是看他如何处理这种困境。而这个角色的个性既暴戾又温柔，这更使得这部以伦敦为中心的强盗片层次愈加丰富。

这个困境带领我们很快地进入故事，也让我们看清乔治所处的弱势地位。众叛亲离的处境使得乔治理所当然地勃然大怒，他渴望过去的日子。正是困境帮助我们认同了霍斯金斯饰演的这个角色。一旦认同，我们就会随着这个人物穿梭于故事之中，希望他最终能解决他的问题。

这个困境可能是偶发事件，例如约翰·卡索维茨（John Cassavetes）编导的《女煞葛洛丽》（*Gloria*，1980）；也可能是有因果联系的逻辑事件，例如《蒙娜丽莎》。但是无论如何，困境的任务是带领观众快速地进入故事，帮助我们更加认同主角。

角色的魅力

你可以用各种正面的形容词描述你的主角，例如，可爱的、美丽的、讨喜的……但是无论如何，你的主角一定要有魅力，魅力就是力量，这种力量也许来自一种坚持，也许来自强烈的情欲，也许来自咄咄逼人的侵略性。尤其是当你的主角是个并不讨人喜欢的人物的时候，他就更必须以强烈的个性来吸引观众。

困境可以帮助我们认同主角，而魅力则可以持续这种认同。在威廉·英奇（William Inge）编剧的《天涯何处无芳草》（*Splendor in the Grass*，1961）中，主角的个性来自于其强烈的情欲。在约翰·斯坦贝克（John Steinbeck）编剧的《萨巴达传》（*Viva Zapata*，1952）中，主角的魅力来自于其政治上的坚持。在伊利亚·卡赞（Elia Kazan）编剧的《美国，美国》（*America, America*，1963）中，主角的魅力来自于他强烈的求生欲。这种诚实与执著使得这些角色易受伤害，也使得我们随着他们的生活经历着这些电影故事。

卓尔不群的传统

在美国，卓尔不群是一种令人向往的生活哲学。编剧们当然了然于心。于是，他们往往令剧中的主角是个不随波逐流的孤独者。例如在霍顿·弗迪（Horton Foote）的剧本《温柔的怜悯》（*Tender Mercies*，1982）中，由罗伯特·杜瓦尔（Robert Duvall）饰演的乡村歌手是小镇上的陌生人，有着一份不寻常的歌唱工作，他和周遭格格不入，他是个局外人；又如比利·奥古斯特（Billie August）的剧本《征服者佩尔》中的佩尔；再比如沃伦·格林（Walon Green）的剧本《日落黄沙》中的派克。

如果你的人物卓尔不群，则他的行为也要是卓尔不群的，于是你又可以借此制造出更深层次的冲突。例如斯派克·李的剧本《稳操胜券》中的诺拉；又如安迪·刘易斯（Andy Lewis）和大卫·刘易斯（David Lewis）的剧本《柳巷芳草》中的布里·丹尼尔斯。他们都举止率性，特立独行。由于美国文化特别向往这份卓尔不群的气质，所以电影中的反英雄、牛仔和黑社会人物都极受欢迎。而长久以来的编剧传统也告诉我们，让主角的外表或行为不流于俗，一定能够增加其魅力。

17.4 人物 vs. 剧情

作为一个编剧，你常会碰到的一个问题是：到底是前景故事（剧情）重要，还是背景故事（人物）重要。如上所述，最好的剧本应该前景故事和背景故事相辅相成，比重得当。但是，如惊险片、情境喜剧、讽刺剧和歌舞片都不需要复杂的人物，却需要繁复的情节。而情节剧和黑色电影则反之，皆仰赖复杂的人物而非剧情。

当背景故事比前景故事重要的时候，例如山姆·谢泼德的《爱情傻瓜》，对人物的描写几乎占据了所有的篇幅；又如约翰·帕特里克·尚利的《月色撩人》，前景故事（剧情）几句话就说完了。

在上述背景故事较强势的情况下，人物性格、人物魅力和人物困境就变得极为重要。人物既然重要，对白就相对地重要。你的对白必须格外地精彩以弥补剧情的简单，以提供给观众相当于前景故事中动作线的刺激。

17.5 人物的种类

边缘人物

如前所述，观众喜欢主角是个卓尔不群的边缘人。这样的角色会给剧本带来吸引人的神秘感与惊奇。但是边缘人必须和主流社会发生互动才能达到效果。如果《稳操胜券》中的诺拉从来没有在三位男友中选择一位长相厮守的想法，那就没有了所谓的个人冲突，也就没有了这个故事。

在彼得·谢弗的剧本《莫扎特传》中，莫扎特是位放浪形骸的音乐天才，但是他又要在保守的维也纳宫廷中追逐名利。他是一个标准的和主流社会发生互动的边缘人。

不论你的人物是妓女、皮条客、王子、公主……当他们的边缘地位和主流社会发生冲撞时，这些人物才真正活了起来。

疯狂人物

最过分的边缘人应该是疯狂人物了。不论是真疯,例如肯·洛奇的《家庭生活》中的主角;还是假疯,例如朱利叶斯·爱泼斯坦（Julius Epstein）的《鲁本,鲁本》（*Reuben, Reuben*, 1983）中的主角,这些疯狂人物对观众而言都是一种挑战。他们都不迷人,但却迫使观众对疯狂的行径产生深思与反省。

编剧往往借用疯狂的角色来评判社会和人际关系,例如罗伯特·克兰（Robert Klane）的剧本《可怜的爸爸》（*Where's Poppa?* 1970）和《老板渡假去》（*Weekend at Bernie's*, 1989）。在这两个剧本中,编剧利用幽默的笔触让人物疯狂的行径容易被观众接受。接受之后,观众对于屡遭羞辱的剧中人自然会产生同情。

由于观众只是接受和同情疯狂的剧中人,而不是十分地投入和认同,因此观众与疯狂人物之间总是有段距离。而这段距离恰可使观众较抽离和冷静地反省问题。由这个观点看来,疯狂人物和反讽人物的功用相同。

最后值得一提的是,由于疯狂和偏执的行为通常不可预测,因此编剧常可利用这类人物来让观众体验一下极不平凡的经历。博·戈德曼在剧本《飞越疯人院》（*One Flew Over the Cuckoo's Nest*, 1975）和《月落妇人心》（*Shoot the Moon*, 1982）中就充分利用了这点。

受害者

疯狂的人物往往是剧本中最大的受害者。但是,很多剧本中的主角虽然不疯狂,却也是受害者。神经喜剧、黑色电影、恐怖片、讽刺剧、情节剧、战争片和情境喜剧的主角通常都是受害者。大家一定都记得尼尔·西蒙（Neil Simon）的剧本《单身公寓》（*The Odd Couple*, 1968）中的费利克斯吧？如果我们的主角是个受害者,如果他遭到外力的欺压,我们不但希望他能够苦撑下去,更希望他有朝一日可以还击,因为同情弱者是人类的天性。

在有些故事中,和主角过不去的不是别人而是主角自己。在罗杰·西蒙（Roger Simon）和保罗·马祖斯基的剧本《伪情半生》（*Enemies, A Love Story*, 1989）中,主角生活在过去,且恐惧现在的状况,这使他显得像个受害者。就像边缘人物需要和主流社会互动，受害者也需要和压迫者互动。你的作为受害者的主角不能认命，他必须和压迫者抗争。只要他抗争，观众就会站在他这边，这样对编剧来说他才是个有用的人物。

英雄人物

剧本中的主角都应当是个英雄人物。英雄人物一般比较好写。他应当迷人，应当有魅力，应当遭遇困境，应当英雄般地排解困境。当然，我们不是建议你把主角都写成007詹姆斯·邦德。在《真正朋友》中的主角罗里，他虽然个性被动窝囊，但是他终于决定要好好活下去，这个举动使他变成了一个英雄。在《小狐狸》中的雷吉娜终于决定反抗母亲，这个决定使她成为英雄。

要使你的主角成为英雄人物，必须有两重设计。第一，你必须设计充满艰难险阻的情节让主角英勇地克服；第二，你必须设计一个强而有力的反面人物，这样主角的行径才更显英勇。

英雄不必是超人。对编剧来说，你只要找到主角在剧本中适当的位置，并替他设计适当的情节，他就可以是个英雄。英雄最容易被观众认同。设计英雄行径简单，但是要观众相信却很困难。主角既要是英雄又要可信，你的挑战就像爬珠穆朗玛峰，很艰难但是值得一试。

17.6 对待人物的态度

编剧为自己剧本所做的最重要的决定就是选择人物。不必爱自己的人物，但是应该对他痴迷。痴迷到情不自禁地去挖掘他的各种面貌。如果这个人物能抓住你自己，他也就能抓住你的观众。

选择不同的人物会导致不同的冲突，边缘人物与疯狂人物的立场会打击主流社会的价值观。他们的抗争带领我们进入故事。受害者与英雄人物更容易取得大家的认同。他们的处境就是冲突的核心，因此我们能很快地进入他们的故事。

17.7 如何把剧本个人化

成功的叙事法则包括适当的人物与适宜的结构。它能带给观众惊喜和愉悦。但是为了使剧本个人化，编剧必须在成功的叙事法则之外，注入对你个人有意义的细节，以及充满感情的对白。这道理很简单，但是做起来却不易。

我们认为光是选择适当的人物与适宜的结构并无法使剧本特殊或个人化。唯有注入个人的感情才能使剧本超凡脱俗。要达到此目的，你也许可以从修改剧本中的刻板人物着手。理想主义、对凡事都很好奇、并且将好奇用于实践，是一般人对教授的刻板印象，于是你就得到了印第安纳·琼斯这号人物。但是这还不够。编剧杰弗里·鲍姆（Jeffrey Baum）继续探究琼斯和父亲的爱恨情结，才使我们了解到琼斯在人际关系上总是充满挫折与误解的原因。这种写法使得琼斯更加人性化，也使得《夺宝奇兵3：圣战奇兵》（Indiana Jones and the Last Crusade，1989）更新鲜。琼斯不再是刻板人物了。

这种创意上的改进使得故事清新讨喜，也一再为编剧所采用。例如阿尔文·萨金特的《茱莉亚》（Julia，1977）；山姆·谢泼德和文德斯的《德州巴黎》；朱利叶斯·爱泼斯坦的《卡萨布兰卡》（Casablanca，1942）和《鲁本，鲁本》。

17.8 编剧和其他艺术形式

编剧就是利用电影说故事的人。一少部分的编剧能赚很多钱，但是却得不到同侪的尊敬；一大部分的编剧赚不到什么钱，而且也得不到同侪的尊敬。编剧的处境就是如此令人困惑。然而，写作天才如克里佛德·奥德兹、山姆森·拉斐尔森、普莱斯顿·斯特奇斯和哈罗德·品特都热衷此道。而编剧大师如比利·怀尔德、约瑟夫·L·曼凯维奇和本·赫克特的作品，由今天的角度看来，仍相当具有艺术价值。

今日的编剧不能再闭门造车，而必须广泛地接触其他类型的传播媒介和通俗文化。编剧可以从小说家、记者和舞台剧工作者那里学到许多东西，正像他们可以从编剧老师那里获益良多一样。

剧本的前景故事应该像记者的报道般简洁有力；剧本的背景故事、人物和语言应该多向以此见长的舞台剧取经；剧本更可以从像安·贝蒂（Ann Beattie）和唐·狄利罗（Don DeLillo）这样的作家的作品中得到创新结构的灵感。

17.9 编剧和电影市场

电影《收播新闻》（*Broadcast News*，1987）的序幕是 3 位主角的青春期片段。序幕之后，电影的时空转至 15 年后的今日。导演詹姆斯·L·布鲁克斯（James L. Brooks）利用序幕来告诉观众这些人物不同的生长环境、文化特色、性别特征、行为模式等等。同理，电影编剧也应该具有这些差异。但是很不幸的是，如果看看近 3 个月发行的电影，我们会以为这些编剧都是在环球片厂附近长大的，他们年龄相近，性别相同。

我们这番话的重点是，你就是独一无二的你。好剧本都能反映出编剧的个性，而非仅仅反映出市场的需求。这绝非激进的想法。在好莱坞工作的摄影师和导演，来自澳大利亚、英国、荷兰、德国等世界各地。只要有才华，好莱坞就会吸收他们。美国编剧所占的优势不过是流利的英语而已。但是，这种优势随着英语的普及化而将有所改变。除非能立刻写出更好的剧本，美国的编剧将很难继续垄断好莱坞的剧本市场。

安·贝蒂、理查德·福特（Richard Ford）、巴哈拉提·莫赫吉（Baharati Mukherjee）和玛格丽特·阿特伍德（Margaret Atwood）是世界级的北美小说家。而山姆·谢泼德和尼尔·西蒙则是众人皆知的北美剧作家。我们不乏优秀的说故事的人。但是优秀的电影剧本在哪儿？当我们的电影编剧都如小说家和剧作家般地大胆创新，编写更有力更个人化的剧本时，我们将在电影市场上获得更强的竞争力。

我们希望你们能做到。

我们知道你们能做到。

出版后记

首先让我们用最简单的语言概括一下传统的复原型三幕剧式结构的基本特征。一个采用复原型三幕剧式结构创作的剧本通常包含前景故事和背景故事两个部分。影片的前景故事展现的是故事的动作线，这个动作线在三幕剧中被明晰地划分为"铺陈—对抗—解决"三个步骤。而影片的背景故事（也是潜文本的所在）展现的则是动作的主体，即某个单一人物的内心世界。这个内心世界是与动作线严格对应的，经常被划分为"犯错—认知—救赎"三个步骤。由于好莱坞悠久的类型片传统，采用复原型三幕剧式结构的电影通常可以归属于某种类型片，并包含此种类型片惯用的一些母题。在创作的过程中，编剧作为故事的叙述者（叙述的声音）常常是隐形的，这使得故事看起来好像是自发地展示出来，这种创作方法即叙述的声音让位于戏剧的声音。

然后让我们看看最近几年的奥斯卡最佳影片获得者。第 78 届奥斯卡最佳影片《撞车》（*Crsah*，2005）。在短短的 36 小时之内，在多种族和多文化混杂的现代大都市洛杉矶，上演着一个个既相对独立又错综相连的故事。身为中产阶级的黑人电视导演和他的妻子；性格暴躁又要照顾病弱父亲的白人警察；老实巴交的波斯商店店主和墨西哥修锁匠；两个整天在大街上游荡的黑人小混混……电影故事不再是一条由单一主角牵引的动作线，每一个人的遭遇和命运都同其他人交织在一起，共同形成一张庞大的叙事网。在这里，传统的单一主角的功能被分散在影片的各个人物身上，但是由所有人物共同承担的电影主题却没有被分散，反而凝结成一股更加强大的戏剧力量。我们可以想见，这部电影的主角不是某个人，而是洛杉矶这座种族和文化错综交杂的现代大都市，甚至是整个美国（见本书第八章：主要角色与次要角色）。

第 80 届奥斯卡最佳影片《老无所依》（*No Country for Old Men*，

2007）。在美国西部巴尔的摩的荒野上，冷血杀手奇戈在追杀协赃款潜逃的牛仔莫斯，而当地治安官贝尔则在尽力追捕奇戈并试图拯救莫斯。在追捕的过程中，贝尔总是还差一步就能赶上奇戈的脚步，但是这延迟的一步却永远存在。也就是说，在这部西部片里，传统的正面角色和传统的反面角色始终没有迎头相遇，从而创造了一种深刻的反传统。冷血杀手奇戈的作案动机不似传统的西部片反派一样全然是为了收敛钱财，他木然的表情和极端的行事方式使自己看起来象征了一种纯粹的恶。而老治安官贝尔那无端的拖延使他只能感怀老一辈西部英雄的凛然风采，并对自己的无能深感沮丧。银幕上的世界没有被"复原"，它像现实世界一样，在观众心里留下一道巨大的虚空（见本书第六章：反类型而行）。

第 81 届奥斯卡最佳影片《贫民窟的百万富翁》（*Slumdog Millionaire*，2008）。在一档问答节目上，印度青年马利克只差一个问题就能够赢得 2 千万卢比。出身在贫民窟且没有任何教育背景的他是怎么做到的？警察粗暴地带走了马利克，并用严刑逼他供出事实的真相。在此处，影片的动作线被悬置在一个空前的高度：观众对于事实真相的好奇心一定不亚于那些严刑逼供的警察。而影片之后的内容就是对于这个被悬置的问题的一种解答。传统的三幕剧中"对抗"的高潮部分（相当于第二幕结尾）被编剧巧妙地前置在影片开头，使影片一开始就凝聚了强大的戏剧张力，从而也调动出观众浓厚的观影兴趣（见本书第四章：反传统结构）。

第 83 届奥斯卡最佳影片《国王的演讲》（*The King's Speech*，2010）。在传统的三幕剧式结构中，影片的前景故事（动作线）总是在表现一个正面人物与一个反面人物的不懈斗争。而在背景故事（潜文本）中，这个正面人物则是在与自己斗争，一旦他克服自身的种种弱点和心理障碍，他离自己最终的胜利也就不远了。动作线和潜文本之间总是隔着一段距离，这段距离就像我们的心灵同外界的距离一样。但是在《国王的演讲》中，这段距离却消失不见了。乔治六世所要战胜的不是任何反面角色，而是自己的口吃和心理障碍。正面角色和反面角色融合成一体，潜文本突出到同动作线一样显著的位置（见本书第十章：潜文本、动作及角色）。

第 84 届奥斯卡最佳影片《艺术家》（*The Artist*，2011）。确实，本片的故事就是一个俗套的复原型三幕剧。默片明星瓦伦蒂诺在有声片初期遭遇事业瓶颈,他一度沮丧沉沦,甚至企图自杀。但是最终在佳偶米勒的支持和鼓励下,他重拾自信,终于在有声电影中找到了属于自己的位置。瓦伦汀犯错和救赎的方式同其他的复原型三幕剧主角没有任何的不同。这部影片与众不同的地方在于,它仿造黑白默片而向古典好莱坞传统致敬的独特方式。电影的形式僭越了电影的内容,对戏剧的叙述超越了戏剧本身。观众因为影片独特的美学形式和编导的明显意图而忽略了这个故事本身的可以被诟病的俗套(见本书第十四章:戏剧的声音与叙述的声音)。

由此可见,百年好莱坞并不是一成不变的。编剧们小心翼翼地沿着传统套路寻找自己的电影故事,但是他们一旦从这个套路上岔开,却有可能发现说故事的艺术其实别有洞天。

本书是一部经典编剧教程,在海外多次修订再版,并曾经在台湾地区推出过中文版,译者是易智言导演及其他优秀的电影业内人士,他们的译稿生动准确,广受推崇,所以我们这次特别延用了这一版本。希望它能帮助你超越那些即成的编剧套路,使你的作品从浩瀚的剧本海洋中脱颖而出。

服务热线:133-6631-2326 188-1142-1266

服务信箱:reader@hinabook.com

"电影学院"编辑部
拍电影网(www.pmovie.com)
后浪出版公司
2016 年 9 月

图书在版编目（CIP）数据

超越套路的剧作法 /（美）肯·丹西格，（美）杰夫·拉什著；易智言等译.
— 北京：北京联合出版公司，2016.11
ISBN 978-7-5502-8544-6

Ⅰ.①超… Ⅱ.①肯…②杰…③易… Ⅲ.①剧本—创作方法 Ⅳ.① I053

中国版本图书馆 CIP 数据核字 (2016) 第 219389 号

Alternative Scriptwriting : Beyond the Hollywood Formula, 5e / by Ken Dancyger and Jeff Rush / ISBN: 0-240-52246-X
Copyright © 2013 by Focal Press Authorized translation from English language edition publish by Focal Press, part of Taylor & Francis Group LLC; All rights reserved; 本书原版由 Taylor & Francis 出版集团旗下，Focal Press 出版公司出版，并经其授权翻译出版。版权所有，侵权必究。
POST WAVE PUBLISHING CONSULTING (Beijing) Co., Ltd. is authorized to publish and distribute exclusively the Chinese (Simplified characters) language edition. This edition is authorized for sale throughout Mainland of China. No part of the publication reproduced or distributed by any means, or stored in database or retrieval system, without the prior written permission of the publisher. 本书中文简体翻译版授权后浪出版咨询（北京）有限责任公司独家出版并仅限在中国大陆地区销售。未经出版者书面许可，不得以任何方式复制或发行本书的任何部分。Copies of this book sold without a Taylor & Francis sticker on the cover are unauthorized and illegal. 本书封面贴有 Taylor & Francis 公司防伪标签，无标签者不得销售。

超越套路的剧作法（修订版）

著　　者：[美]肯·丹西格　杰夫·拉什
译　　者：易智言等
选题策划：后浪出版公司
出版统筹：吴兴元
编辑统筹：陈草心
特约编辑：申　强　曹　佳
责任编辑：夏应鹏
营销推广：ONEBOOK
装帧制造：墨白空间·张静涵

北京联合出版公司出版
（北京市西城区德外大街 83 号楼 9 层　100088）
北京京都六环印刷厂印刷　新华书店经销
字数 238 千字　690 毫米 × 960 毫米　1/16　16 印张　插页 6
2016 年 12 月第 1 版　2016 年 12 月第 1 次印刷
ISBN 978-7-5502-8544-6
定价：38.00 元

后浪出版咨询（北京）有限责任公司 常年法律顾问：北京大成律师事务所　周天晖 copyright@hinabook.com
未经许可，不得以任何方式复制或抄袭本书部分或全部内容
版权所有，侵权必究
本书若有质量问题，请与本公司图书销售中心联系调换。电话：010-64010019